हस्तक्षेप

AF747027

प्रदीप पंडित

डायमंड बुक्स
www.diamondbook.in

प्रकाशक: डायमंड पॉकेट बुक्स (प्रा.) लि.
X-30, ओखला इंडस्ट्रियल एरिया, फेज-II
नई दिल्ली- 110 020
फोन : 011-40712200
ई-मेल : sales@dpb.in
वेबसाइट : www.diamondbook.in

Hastakshep
By : *Pardeep Pandit*

प्रकाशकीय

प्रदीप पंडित एक जाना–माना नाम है पत्राकरिता की दुनिया का। वर्तमान में वे 'दैनिक भास्कर' के एडिटर के पद पर कार्यरत हैं, उनके लिखे लेख प्रतिदिन अखबार में प्रकाशित होते रहते हैं। 'हस्तक्षेप' उनकी नवीनतम रचना है, जिसमें उन्होंने अपने 115 लेखों का संकलन किया है, जो भारतवर्ष में घटित हो चुके विभिन्न घटनाक्रमों पर आधारित है, चाहे वह राजनीतिक हो, सामाजिक हो, व्यक्ति विशेष से संबंधित हो या अन्य कोई ज्वलंत मुद्दा हो, जिनसे प्रेरित होकर लेखक ने उन पर अपने विचार व्यक्त किए हैं और लेख का रूप दिया है।

उनके लेखों में 'पाकिस्तान है कि मानता नहीं' पाकिस्तान की उद्दंडता को दर्शाता उसकी बदनीयती पर प्रहार करता एक अच्छा लेख है। 'लोकपाल, मांग तो जायज है मगर होगा कब' विचारणीय प्रश्न है और इसी प्रश्न को आधार बनाकर इस लेख में इस मुद्दे को उठाया गया है कि लोकायुक्त तो कई राज्यों में काम कर रहे हैं, लेकिन लोकपाल का गठित होना शेष है।

'टकराहटों और नसीहतों के बीच भी उम्मीद' विमुद्रीकरण की घटना से उत्पन्न ताने–बाने को ध्यान में रखकर लिखा गया है, जिसके अनुसार गरीब के हक में बोलना संवेदित दिखना हो सकता है, लेकिन गरीब के हक में सचमुच खड़ा होना मौलिक संवेदना से कहीं आगे जाता है। 'रामदेव का ममता जापी मंत्र' भी एक तरह से ईमानदारी के मुखौटे को उतार फेंकने का ज्वलंत लेख है, जिसके अनुसार नैतिकता के कुछ प्रत्यय सर्वजनीन रूप में स्वीकारे जाते हैं, ईमानदारी भी ऐसा ही प्रत्यय है, रास सबको आती है, लेकिन

ईमानदार रहना अलग बात है और प्रमाणपत्र हासिल करना दूसरी बात। इसी प्रकार 'जयललिता! जो हसरत ही नहीं हैसियत भी रखती थी' में उन्होंने तमिलनाडु की मुख्यमंत्री और अपने समय की मशहूर अभिनेत्री रह चुकी जयललिता की उस अदम्य इच्छाशक्ति का वर्णन करते हुए लिखा कि जनहित में जहां उदारवाद मांग है, जहां स्थायी मैत्री और दुश्मनी की गुंजाइश नहीं होती, वहां जयललिता जैसी नेत्रियां भी हुई। 'लोकतंत्र का ताकतवर संपेरा नरेंद्र मोदी' में प्रदीप पंडित ने नरेंद्र मोदी की मानवीयता को परखते हुए लिखा कि राजनीति के वनखंड में विचरते लोगों के बीच मोदी ने आत्मीयता की ऐसी भावुकताएं या क्षण विस्थापित हो चुके लम्हों को पुनः स्थापित किए जाने की पहल करने की कोशिश में हमेशा तत्पर रहे हैं।

इस पुस्तक का प्रत्येक लेख अपने–आप में एक सारगर्भिता छुपाए हुए हैं, जरूरत है तो इसे पढ़कर समझने की। इस पुस्तक को पढ़कर हमें कई ज्वलंत मुद्दों से रूबरू होने का, उन्हें समझने का मौका मिलेगा, जो तथ्यनीय है।

अतः पाठकों से निवेदन है कि इस पुस्तक को पढ़ें और अपने अमूल्य विचारों से हमें अवगत कराएं।

–नरेन्द्र कुमार वर्मा
nk@dpb.in

विषय सूची

1 दिसंबर 201

पाकिस्तान है कि मानता ही नहीं!

दिनकर जी ने लिखा था, 'मनु नहीं मनु पुत्र है, यह सामने जिसकी कल्पना की जीभ में भी धार होती है' मगर पाकिस्तान ने न पढ़ा, न सुना। लगातार छीज गई हसरतों पर धर्म का मुलम्मा चढ़ाकर हरकत करता ही रहता है। शुरू से कर रहा है। कभी कश्मीरी कबाइलियों पर हमला कर, कभी भड़काकर, कभी शेख अब्दुल्ला को बरगलाकर, कभी भुट्टो की राजनीतिक आकांक्षाओं को हवा देकर, उसका यह क्रम आज भी बदस्तूर जारी है। मुंबई हमला हो या संसद पर हमला, सदैव संवाद की भारतीय कोशिशें नाकाम हो गईं। अय्यूब खान के समय जब जम्हूरियत (लोकतंत्र) का ढोंग रचाकर वहां चुनाव कराए गए थे, तब अवामी लीग और पाकिस्तान पीपल्स पार्टी चुनाव लड़ी थीं। अवामी लीग का पूर्वी पाकिस्तान में जनाधार था और पीपीपी का पश्चिमी पाकिस्तान में। भुट्टो ने उसी समय अखंड पाकिस्तान की कसमें खाई थीं और सेना प्रमुख अय्यूब खान को अमर्त्यता का मंत्र सिखाया। उन्होंने शेख मुजीबुर रहमान की वजह से असेंबली का सत्र ही नहीं बुलवाया, इसके उलट पाकिस्तानी टैंकों ने ढाका विश्वविद्यालय में घुसकर अंधाधुंध गोले बरसाए और युवाओं को रक्त से नहला दिया। फिर पूरे ढाका, बाद में चिटगांव में यही सब किया गया। सहर हुई तो मंजर बदला हुआ था। लोग भागे, पलायन हुआ और उन्हें भारत में शरण मिली। शरणार्थियों की समस्या ७० के दशक में इतनी बड़ी थी कि तत्कालीन प्रधानमंत्री के बयान पर अमेरिका को भरोसा नहीं हुआ। फिर किसिंजर ने इस देश का दौरा किया, वे यहां से पाकिस्तान और गुप्त रूप से चीन गए

थे। यही वह तिकड़ी है, जो पूर्वी पाकिस्तान को बांग्लादेश में बदलने से रोक रही थी। निक्सन जो उस समय अमेरिकी राष्ट्रपति थे, किसी भी हालत में बांग्लादेश के अभ्युदय के खिलाफ थे। सोवियत संघ के भारत का साथ देने और यहां की मुक्तवाहिनी के भारतीय सेना के साथ ढाका फतेह करने से पाकिस्तान हतप्रभ रह गया। हालांकि उस समय पश्चिमी सीमा पर पहला हमला उसी ने किया था, इस भरोसे के साथ कि अमेरिका की इमदाद उसे समय रहते मिल जाएगी। वैसा हुआ नहीं और करीब पंद्रह दिन चले इस युद्ध में पाकिस्तान के जनरल नियाजी को 90 हजार सैनिकों के साथ भारतीय फौज के आगे आत्मसमर्पण करना पड़ा था। यह किसी भी युद्ध में किसी देश की सबसे बड़ी शिकस्त थी। तब उर्दू के अखबारों ने बेहद निराशा जताते हुए लिखा था कि ऐसा हजारों साल में नहीं हुआ कि हम हिंदुओं से शिकस्त खा गए। फिर कुछ दिनों में उन्होंने मुहम्मद गौरी का हवाला दते हुए कहा कि कोई बात नहीं वह भी पहली लड़ाई हार गया था, हम युद्ध जारी रखेंगे। युद्ध विराम की भाषा और संधियों को देखते हुए कहीं कुछ नहीं हो रहा। थोड़े–बहुत पाकिस्तानी बुद्धिजीवी भाईचारे की बात करते भी हैं तो वे किनारे कर दिए जाते हैं। शिमला समझौता किसी मकसद का साबित नहीं हुआ। हमने अपनी जीती हुई जमीन और उसके 90 हजार सैनिक लौटा दिए। मगर ये संतुष्ट नहीं हुए। अटलजी के समय कोशिशें हुईं, बसें चलीं, मगर कोई सार्थक परिणाम नहीं पैदा कर सकीं.। सर्जिकल अटैक से भी बात नहीं बनी। वे रह–रहकर हमला किए जा रहे हैं। अंतर्राष्ट्रीय मंच पर अलग–थलग पड़ने के बावजूद वह कश्मीर के मसले को उतनी ही मुस्तैदी से उठाता है, जैसे अपना हक मांग रहा हो। मोदी सरकार को इस मसले पर गंभीरता से विचार करना होगा, इसलिए भी कि देश की जवानी सिर्फ व्यर्थ कुर्बानी के लिए नहीं है। सिंधु नदी के जल पर उन्होंने संकेत जरूर किया, लेकिन इसका फैसला अभी हुआ नहीं। यही कदम पाकिस्तान की जान सांसत में लाने के लिए पर्याप्त है, बशर्ते जल्दी उठाया जाए।

2 दिसंबर 2016

लोकपाल, मांग तो जायज है मगर होगा कब ?

ओम्वड्समैन के विचार के साथ लोकपाल और लोकायुक्त जैसी संस्थाओं का जन्म होता है। 2013 में संसद ने इसके लिए कानून भी पारित कर दिया, लेकिन कुछ होता दिखाई नहीं देता। संसद के भीतर और बाहर लोकपाल के बारे में इस संस्था की अनिवार्यता के बारे में आधे–अधूरे मन से अनेक बार चर्चाएं हुईं। सभी इस बात पर एकमत हैं कि भ्रष्टाचार से लड़ने में यह संस्था महत्वपूर्ण योगदान दे सकती है। भाजपा ने नेशनल एजेंडा फार गवर्नेंस में इसे कानून बनाने का वादा किया। अर्थात बुनियादी रूप में सारे राष्ट्रीय और क्षेत्रीय दल इस बात पर सहमत हैं, लेकिन इसके क्रियान्वयन से बचने लगते हैं। लोकपाल की परिधि से इन पदों और पदासीन लोगों को दूर रखा जाए इस तरह की बातें 1966 से हो रही हैं। यह वह समय था जब मोरारजीभाई देसाई की अध्यक्षता में एडमिनिस्ट्रेअविरिफॉर्म कमीशन बना। उन्होंने भी लोकपाल और लोकायुक्त इन दो संस्थाओं के सुझाव दिए थे। लोकायुक्त तो कई राज्यों में काम कर रहे हैं, लेकिन लोकपाल का गठित होना अभी शेष है। कई समितियां तब से बन गईं, अनेक प्रस्ताव उभरकर आए। 1998 में तब कहीं इसका सिलसिला शुरू हुआ। 1971 में विचार प्रबंधन हुआ, फिर विचार राजनीति की समांतर दूसरी दौड़ में कहीं पीछे छूट गया। 1985 में इसे फिर लाया गया, 1966 में पुनः प्रत्यन हुए, लेकिन इसका क्रम आते–आते लोकसभा भंग हो जाती और मुद्दा रेत में खेत हो जाती नदी की तरह रह जाता। एक अंतराल से

देश के राजनीति क्षितिज पर लोकपाल को राष्ट्रीय दलों की विचार सीरीज के बजाय नए उगे क्षेत्रीय दलों और उनके किए आंदोलन से निसृत विचार माना जाने लगा, जबकि ऐसा नहीं है। अटलजी के कार्यकाल के समय संसद में यह बात उठी थी कि इसकी परिधि में मंत्रियों, प्रधानमंत्री और सांसदों को रखा जाए। उनमें अंतर न किया जाए। सभी इसकी परिधि में हों। जब बात सड़क पर होती है तो हमारे सांसद इससे इत्तेफाक रखते हैं, लेकिन जैसे ही मसला संसद में उभरता है तो वे इससे वस्तुगत रूप में राजी नहीं दिखाई देते।

उन्हें सदैव यह लगता है कि एक और संस्था को इस तरह के अधिकार देने से सांसदों और मंत्रियों की शक्ति स्वायत्तता पर अंकुश लग जाएगा और संसद के लिए लंबी पारी खेलनी असंभव हो जाएगी। अभी अगर सरकार ऐसा करना चाहे अर्थात लोकपाल को गठित करना चाहे तो भी दिक्कतें आएंगी। लोकपाल के तीन सदस्य होंगे। तीनों अनिवार्य रूप से न्यायपालिका से लिए जाएंगे। इनका चयन एक समिति करेगी। उपराष्ट्रपति की अध्यक्षता में गठित इस समिति में प्रधानमंत्री के अलावा लोकसभा अध्यक्ष, गृह मंत्री और लोकसभा तथा राज्यसभा में प्रतिपक्ष के नेता शामिल होंगे। लोकपाल 'प्रिवेंशन ऑफ करप्ट एक्ट' के तहत ही शिकायतों की जांच कर सकेगा। अब सवाल यह है कि लोकसभा में तो प्रतिपक्ष का नेता ही नहीं है। ऐसे में क्या किया जा सकता है? ऐसे में सिर्फ यही संभव है कि इसके गठन के कानून की भाषा में थोड़ा–बहुत बदलाव करना होगा। कुछ इस तरह कि 'प्रतिपक्ष के सबसे बड़े दल के नेता' को समिति में शरीक किया जा सके। संपूर्ण प्रतिबद्धता के साथ भ्रष्टाचार से की जाने वाली जंग ही परिणामकारी हो सकती है, अन्यथा सभी यह कहते पाए जाएंगे कि हम लोकपाल के पक्ष में हैं, लेकिन दूसरे इसे संजीदगी से नहीं ले रहे हैं। यह अलग बात है कि संसद में जब–जब यह मुद्दा उठा दर्जनों सांसदों ने लोकपाल का तो समर्थन किया, लेकिन इसकी परिधि को बड़ा रखने के प्रति असम्मति जाहिर की। आंदोलनी बयार और लोकपाल कानून की शिराएं ओम्वड्समैन के हिसाब से किसी को नहीं बख्शतीं।

3, 5 दिसंबर 2016

टकराहटों और नसीहतों के बीच भी उम्मीद!

अजीब संभावनाओं का लोकतांत्रिक देश है यह! अगर न्यूयॉर्क टाइम्स के हवाले से कहें तो कहना होगा इसमें अप्रतिम राजनीतिक साहस है। विमुद्रीकरण के मसले में पूरा देश झकझोरा हुआ महसूस कर रहा है। जेबें खाली हैं और कतार में लगने की आदत नहीं है। अव्वल तो पैसा एक समस्या है और किसी तरह से उसे जुटा भी लिया जाए तो हासिल कैसे करें? इस तरह की रोजमर्रा की टकराहटों और सैकड़ों अर्थशास्त्री नसीहतों के बाद भी लोगों में निराशा है, हताशा है, लेकिन गुस्सा नहीं है। संभवतया यह इसी देश में हो सकता है कि जब तक लोगों को इस बात की गारंटी है कि उन्हें खर्च करने लायक या कि पेट भरने, सोने और बच्चों की देखभाल लायक पैसा एक तय तारीख तक मिल सकता है, तब तक उस तरह के गुस्से की गुंजाइश नहीं है, जो एक दूसरी तरह की क्रांति के लिए अनिवार्य माना जाता है। डॉ. राधाकृष्णन ने कहा था–एक तरह की क्रांति क्रमागत परिवर्तन को कहते हैं और दूसरी तरह की क्रांति रक्त रंजित अथवा तत्काल हुए परिवर्तन को कहते हैं। इसीलिए कहा कि दूसरी तरह की क्रांति की कतई गुंजाइश नहीं है। नरेंद्र मोदी ने कहा कि जनधन खातों में जो बेहिसाब धन इन दिनों आया है, वे लोग इसे उन लोगों को न लौटाएं, जिनका वस्तुतः यह पैसा है। यदि वे इसकी मांग करते हैं तो कहें कि हम 'हम मोदीजी को चिट्ठी लिख रहे हैं'। कदाचित आजाद भारत में किसी प्रधानमंत्री ने इस तरह का फरमान नहीं दिया। गरीब के हक में बोलना संवेदित दिखना हो सकता है, लेकिन गरीब के हक में सचमुच खड़ा होना

मौलिक संवेदना से कहीं आगे जाता है। मगर इसमें यह सवाल है, जिसे भाजपा को समझना होगा कि आखिर वंचित और गरीब लोग चाहे वे किसी भी जाति और मजहब के हों, यकायक विमुद्रीकरण के पक्ष में क्यों हो गए? दिन–रात धक्के खाने और मुट्ठीभर पैसे भी न जुटा पाने, जो कि उनके अपने हैं, उनमें गुस्सा नहीं पनप रहा! वे फिर भी केंद्र सरकार के पक्ष में खड़े हैं। यह मोदी एप के सर्वे की अप्पिणी नहीं है। इसका असली कारण यह है कि देश के गरीब और वंचित तबके को पहली बार यकीं हुआ कि मोदी सरकार सचमुच भ्रष्ट और कदाचारियों को इस बार निपटाने की फिराक में है।

याद होगा कि आपातकाल के बाद शुरू हुए जनांदोलन का मुख्य उद्देश्य श्रीमती गांधी को पद से हटाना नहीं, देश से भ्रष्टाचार को उखाड़ फेंकना था। संपूर्ण क्रांति के मुख्य मकसद दो थे, पहला वैकल्पिक राजनैतिक चिंतन के आधार पर सरकार बनाना और दूस. रा भ्रष्टाचार को समूल नष्ट करना। उस समय भी आम आदमी ने सपना देखा था कि हमें अपवंचित और किनारे कर, पेट और घर भरने वाले सामंतियों को समस्या का सामना कब करना पड़ेगा? वे हमारी चौपाल पर कब बैठ पाएंगे? यही भाव समाजवादियों को तब था जब वे जेपी के इस यज्ञ में भागीदारी करने आ जुटे थे। आज भी देश का गरीब इसलिए चुप नहीं है कि वह अमर्त्य सेन की तरह अर्थशास्त्र समझता है और वह जानता है कि आगे क्या होगा? बल्कि वह इस उम्मीद में है कि अब सामंती लुटेरों और नेताओं की शक्ल में घूमते थैली शाहों के खिलाफ आखिर क्या कुछ होता है? और कैसे वे आम आदमी को अपनी ही तरह का हाड़–मांस का शख्स समझने को तैयार हो जाते हैं। इसी आधार पर वह गुस्से में नहीं है, व्यवस्था से तिक्त, त्रस्त, 'लथ और ऊबा हुआ जरूर है। इसलिए भाजपा को ज्यादा पीठ ठोंकने की जरूरत नहीं है। उसे चाहिए कि विमुद्रीकरण के बाद की योजनाओं को नए नोटों के एटीएम में पहुंचने से पूर्व उजागर करे ताकि उसके प्रति भरोसे की कंदील जलती रहे, वरना महाराष्ट्र, गुजरात के नगर निकाय और परिषद के चुनाव नतीजों से या कि उपचुनावों के नतीजों से एक दूसरे को बधाई देने का अवसर भी क्षणभर में बीत जाएगा।

6 दिसंबर 2016

रामदेव का ममता जापी मंत्र!

योग गुरु रामदेव! आत्मतृप्त, आत्मघोषी रामदेव! ने कहा कि एक चायवाला प्रधानमंत्री बन सकता है, तो ममता बनर्जी क्यों नहीं। वे ममता की सादगी से मुग्ध हैं। ऐसा भी उन्होंने कहा। रामदेव ने गिनाया कि वे हवाई चप्पल पहनती हैं और कॉटन की साड़ी भी। उनके रहन–सहन और व्यवहार से रामदेव इतने प्रभावित हो गए कि उन्होंने यह मसला उछाल दिया कि वे प्रधानमंत्री बन सकती हैं। किसी में संभावना हो और वह शीर्ष पद तक पहुंच जाए तो इसमें किसी को भी दिक्कत नहीं होती। यह तो हमारे लोकतंत्र की सदाशयी गुणवत्ता है कि कोई भी कहीं तक पहुंच सकता है। अपनी ही पार्टी के लोगों से जूझकर भी लोग शीर्ष पदों पर काबिज रहे। 50 के दशक में नेहरू और 70 के दशक में इंदिरा अपनी ही पार्टी के लोगों से संघर्षरत रहते हुए विजयी हुए। लंदन टाइम्स के पत्रकार नेविले मेक्सवेल ने भारतीय लोकतंत्र के बिखराव पर श्रृंखला लिखी थी। उसने उसमें लिखा था कि बावजूद दिखते बिखराव के संभावनाओं के सभी दरवाजे बंद नहीं हुए हैं। जब तक इस देश में लोकतांत्रिक व्यवस्था, विचारों की अभिव्यक्ति, वयस्क मताधिकार, सामाजिक सद्भाव, समतावादी न्याय व्यवस्था और हर वर्ग के लिए समान अवसर मौजूद हैं, तब तक तो कोई भी अधिकारपूर्वक अधिकार के पदों तक जा सकता है। इसमें कोई खास बात नहीं है। लाल बहादुर शास्त्री भी बड़े घरानेदार और तिजारतदार परिवार से नहीं आते थे। प्रधानमंत्री बनने के बाद उन्होंने उस समय फिएट कार खरीदी थी। कर्ज लेकर। उनके बच्चे भी उसका इस्तेमाल नहीं

करते थे। गलती से सरकारी वाहन इस्तेमाल करने पर वे पेट्रोल खर्च जमा करवाते। महज सादगी आपका स्वभाव हो सकता है। वह यह संप्रेषित करने के लिए पर्याप्त है कि आपने अपनी जरूरतों को आकाशी नहीं बनाया या कि आपकी दिलचस्पी दिखनौटेपन में नहीं है। लेकिन इससे यह आशा नहीं बंधती कि आप प्रशांसकीय स्तर पर भी जरूरतमंदों के हक में खड़े होंगे। मधुलिमये, ममता जैसे सादगीपसंद नहीं थे, लेकिन देश की रेल में आज जो आप कंप्यूटर का इस्तेमाल देखते हैं, उन्हीं की देन है। पेन्ट्रीकार में दी जाने वाली आज की सुविधा के केंद्र में माधवराव सिंधिया हैं। रामदेव किस आधार पर यह बात कह रहे हैं कि ममता बनर्जी प्रधानमंत्री बन सकती हैं। वे संभावनाओं को टटोल रहे हैं या कि उनकी योग्यता, कौशल और जनाधार को व्यक्त कर रहे हैं। उन्होंने प्रमाण पत्र भी दिया कि उनके पास यानी ममता के पास कालाधन नहीं है। क्या बाबा जानते भी हैं कि इस देश में औसत शहरी क्षेत्रों में लोकसभा चुनाव लड़ने का खर्च 10 करोड़ और ग्रामीण आबादी में 5 करोड़ बैठता है। यह औसत खर्च है। दूसरी बात राजनीतिक दलों को 20 हजार रुपए तक की राशि का चंदा किसी भी तरह के कराधान से मुक्त है। सुनने में 20 हजार रुपए कुछ नहीं लगते, लेकिन पिछले चुनाव तक के आंकड़ों पर गौर करें तो इसी आधार पर कांग्रेस पार्टी ने 138 करोड़ एकत्रित कर लिए थे, तो तृणमूल कांग्रेस का हिसाब भी तो कुछ होगा! वे ईमानदार कैसे? अचानक चुनाव सुधार की वकालत करने वाले बाबा रामदेव बिना चुनाव सुधार के ही लोगों को प्रमाण पत्र वितरित करने लगे! यह आश्चर्यजनक नहीं है? हालात के इस कदर अर्थकेंद्री होने के बावजूद आप किसी को ईमानदार कैसे कह सकते हैं? और क्यों कह रहे हैं? इसमें आपका स्वार्थ तो नहीं है? एक शख्स ईमानदार है यदि इतना ही कहा जाए तो आशय यह निकलता है कि शेष लोगों में और कोई ईमानदार नहीं है। नैतिकता के कुछ प्रत्यय सर्वजनीन रूप में स्वीकारे जाते हैं, ईमानदारी भी ऐसा ही प्रत्यय है, रास सबको आती है, लेकिन ईमानदार रहना अलग बात है और प्रमाण पत्र हासिल करना दूसरी बात।

7 दिसंबर 2016

जयललिता! जो हसरत ही नहीं है. सियत भी रखती थीं

हसरतें तो स्वाभाविक होती हैं, सभी में होती हैं, लेकिन जवां हसरतों को इस कदर पालना कि वे हरारत बन जाएं, एक जुनून में तब्दील हो जाएं और अपने लक्ष्य तय कर सकें, इसके लिए जरूरी हौसला भी चाहिए। ऐसे ही हौसले के साथ पली–बढ़ी जयललिता ने फिल्म, पारिवारिक और राजनीत सभी पारियों में अपनी वाक उपस्थिति से विरोधियों को निर्वाक कर दिया। 24 फरवरी, 1948 को वेदावल्ली में जयराम के घर जन्मी कोमलवल्ली (जयललिता) को बचपन से ही यह पता चल गया था कि समकालीन समाज रचना में होने और व्यक्त करने के बीच अनिवार्य अंतर रखा जाना चाहिए। व्यक्त वही होना चाहिए जिसे समाज की स्वीकृति हो। उनके दादाजी मैसूर राजदरबार में शाही चिकित्सक थे, यही वजह थी कि उन्होंने अपने नाम के आगे जय लगाना शुरू कर दिया। इसलिए भी कि जनता जान सके कि उनका संबंध मैसूर के राजा जयचमारराजेन्द्र वोडेयार से है। इसका उन्हें लाभ भी मिला। पिता दो साल की थीं, तभी गुजर गए। लिहाजा, माताजी और परिवार वालों का साथ ही मिल सका। उनकी मां फिल्मों में नसीब चमकाने चेन्नई चली गईं। उन्हीं के सुझाव के कारण जयललिता ने फिल्मों की ओर रुख किया। इस कदम के बाद उनका हर कदम एक विजेता का कदम है। उन्होंने हाथ की लकीरों को भाग्य मानने से इनकार करते हुए पसीने से गोड़ी गई रेखाओं में आने वाले कल की जयललिता की जमीन तैयार की।

न पीछे देखा, न ठिठकी, कहें कि इतिहास से ठिठके हुए भूगोल को बदलने की अदम्य इच्छाशक्ति का नाम जयललिता था। चयन अपना, इच्छाशक्ति अपनी, लक्ष्य अपना, इसे संधानित करने के लिए उन्हें किसी सलाह की दरकार नहीं रही। एम. जी. रामचंद्रन के सान्निध्य में उन्होंने अपनी हसरतों को पर्याप्त हिंडोले दिए। वहीं से फिल्मों में निपुण और राजनीत के लिए परिपक्व होने लगीं। यही वह वजह थी कि उन्होंने तमिल, तेलुगू, कन्नड़ के अलावा हिंदी और अंग्रेजी फिल्मों में भी दांव आजमाया और पर्याप्त यश अर्जित किया। हिंदी में 'इज्जत' फिल्म में वे धर्मेंद्र के साथ आईं और उन पर अभिनीत गीत 'जागी बदन में ज्वाला' पर्याप्त चर्चित हुआ, लेकिन फिर वे हिंदी फिल्मों की तरफ नहीं आईं।

इसी तरह शंकर वी. गिरी की फिल्म थी 'अपीस्टल' इसमें भी उन्होंने काम किया। वे अपने निजी जीवन को दामन की तरह बचाने वाली मितभाषी थीं। इसीलिए उनकी तरफ से कुछ जानना मुश्किल–सा था। एक–दो इंटरव्यू की बात छोड़ दें तो उन्होंने कभी कुछ नहीं कहा सिवा इसके कि क्रिकेटर नारी कांट्रेक्टर और शम्मी कपूर उनकी पसंद थे और यह कि 'राजनीति में आने के बाद मैं अपने अहसासात को छुपाना सीख गई हूं। इसलिए कि जनता को इस सबसे जोड़ना ठीक नहीं होता।' एम. जी. रामचंद्रन को अपना मेन्टर, फिलासफर, दोस्त और बाद में उनकी राजनीतिक विरासत की उत्तराधिकारी जयललिता अपने फैसलों पर कभी पुनर्विचार नहीं करती थीं। उन्होंने कहा भी था कि इसकी जरूरत भी नहीं होती, इतिहास तय करेगा कि लिया गया कदम सही था या नहीं। राजनीति में भी जहां उदारवाद मांग है, जहां स्थायी मैत्री और दुश्मनी की गुंजाइश नहीं होती, वहां जयललिता जैसी नेत्रियां भी हुईं, जिन्होंने सरेआम कहा कि 'मैं ऐसी महिला नहीं, जिस पर आप आघात करें और मैं अंसुआंकर आपको जीतने का विश्वास दे सकूं। मैं ऐसी महिला हूं, जो मुझपर एक आघात करता है, उस पर मैं दस आघात करती हूं।' इस सबके बावजूद एमजीआर की उत्तराधिकारी होने की घोषणा के बाद पार्टी दो भागों में बंटी और शून्य से उन्होंने

अपने लिए नया आकाश रचा। तमाम आरोपों जिनमें कदाचार के भी थे, इसके बाद भी 99, 2002 और 2011 के चुनावों में विजय हासिल की। एक फिनिक्स पंछी की आत्मा और जज्बा था जयललिता में, वे चली तो गईं, देखें कहीं फिर पुनः न उठ खड़ी हों, जनता के लिए सामाजिक समता तलाशती।

8 दिसंबर 2016

लोकतंत्र का ताकतवर सपेरा नरेंद्र मोदी

भारतीय लोकतंत्र में राजनीति को अपने अनुसार चलाने वाले राजनीतिज्ञ आजादी के पहले तो थे, लेकिन आजादी के बाद ऐसी शख्सियतों में यकायक कमी आ गई। लोकगीतों के आखेटकों से अलग लोकभाषा और लोकस्वर की चिंता में मोदी ने दशकों खर्च किए और अपने को साफ नजरिए का प्रतिस्थापित किया। थोड़ी चतुराई और जनता को साथ लेकर चलने का प्रण और काबिलियत कदाचित पूर्व के दो–तीन प्रधानमंत्रियों को छोड़ किसी में नहीं रही। वे इस बार जयललिता के अवसान पर तमिलनाडु चले गए, अपने श्रद्धासुमन तो उन्होंने दिल्ली में ही चढ़ा दिए थे, लेकिन यकायक उन्होंने अपने कार्यक्रम में तब्दीली की और वे वहां पहुंच गए। उनकी उपस्थिति महज किसी राजनेता का राज्य आगमन नहीं था। वे पूरी आत्मीयता से शशिकला से मिले और उसके सिर पर हाथ रखा, जैसे घर का कोई वृद्ध पुनः जीवन में बची आशा की ओर देखने और जीवन को आगे बढ़ाने का संकेत कर रहा हो। इसी तरह उन्होंने पनीरसेल्वम, मुख्यमंत्री तमिलनाडु का सिर भी अपने कंधे पर टिकाकर उन्हें सांत्वना दी। कुलजमा, उनकी उपस्थिति ने प्रमाणित किया कि राजनीति के वनखंड में विचरते लोगों के बीच आत्मीयता की ऐसी भावुकताएं या कि क्षण विस्थापित हो चुके हैं और इनको पुनः स्थापित किए जाने की अनिवार्यता है। तमाम असहमतियों के बीच भी जीवन और उससे

जुड़ी आवश्यक वस्तुओं पर सहमति है, नहीं है तो होनी चाहिए। चाहे स्थापित स्थापनाओं को ऊपर से नीचे तक बदलने की जरूरत ही क्यों न हो। कम से कम आलू की चिप्स के बाजार को आलू की प्रगति कहने की लाचारी तो न रहे। नए राजनीतिक समीकरण में अन्नाद्रमुक के एक बरगदी शख्सियत के न रहने से खुले आसमान में खड़ा हो गया था। उसकी अपनी दिक्कत आज यह है कि उसे पहले की तरह एकजुट रहना है, राज्य के लिए यदि इसी तरह उसे कुछ करते रहना है। करीब 250 सदस्यों की विधानसभा में उसके 150 सदस्य है और करीब 50 सांसद। इनमें से 37 लोकसभा के और 13 राज्यसभा के सदस्य हैं। नमो ने अन्नाद्रमुक की वैचारिक नाव को पाल की नाव में बदलने का काम किया है। साफ है कि आने वाले समय में अन्नाद्रमुक, भारतीय जनता पार्टी के साथ ज्यादा न सही, फिर भी कुछ कदम चलकर देखेगी। इसलिए भी कि उनकी वैचारिक निष्ठाएं कभी कांग्रेसी पाले की कठपुतलियां नहीं बन पाईं। इसलिए अवकाश पर्याप्त है कि अन्नाद्रमुक, भाजपा के साथ नए राजनीतिक समीकरणों को संतुलित करे। यदि ऐसा होता है तो भारतीय जनता पार्टी के लिए एक और राज्य में अपने घानित्विक विचार मलखंभ को गाड़ना आसान होगा। एक नए दल को पुनः एनडीए की परिधि में लाना संभव होगा। वैसे जयललिता स्वयं अटलबिहारी वाजपेयी का पर्याप्त सम्मान करती थीं। लेकिन दो–एक मसलों में राजनीतिक हठधर्मिता चुनकर वे अलग हो गई थीं। खामियाजा एनडीए को उठाना पड़ा था। उसके बाद से यह पहला सांवेदनिक और ठोस राजनीतिक प्रयास है जिसके चलते अन्नाद्रमुक, एनडीए के पास आ जाएगा। नमो का नजरिया स्पष्ट है, उन्हें मालूम है कि वे क्या कर रहे हैं? चाहे आधार कॉर्ड का मामला हो या सभी के लिए बैंक एकाउंट खोलने का, याकि नोटबंदी का अथवा पाकिस्तान को अंतर्राष्ट्रीय मंच पर अकेले पटक देने का। मोदी कन्फ्यूज नहीं हैं। उन्हें पता है कि अन्नाद्रमुक के साथ से संसद में क्या किया जा सकता है। अन्नाद्रमुक भी अपने नजरिए में इसलिए अब तक साफ रही है कि 'हमारी निष्ठाएं तमिलनाडु के साथ हैं, हमारा जो साथ दे हम उसके साथ हैं।'

9 दिसंबर 2016

'टाइम पर्सन ऑफ द इयर' एक नौटंकी

अमेरिका के नवनिर्वाचित राष्ट्रपति डोनाल्ड ट्रंप को 'टाइम' पत्रिका ने 'पर्सन ऑफ द इयर 2016' चुना है। पत्रिका हर साल खबरों को प्रभावित करने वाले एक शख्स को चुनती है। दूसरे नंबर पर हिलेरी क्लिंटन को चुना गया और लगातार दो सर्वे जीतने वाले नरेंद्र मोदी को संपादकों के समूह ने इस दौड़ से बाहर कर दिया। पिछले वर्ष इन्होंने जर्मनी की चांसलर मर्केल को चुना था। मर्केल यदि 2017 का भी चुनाव जीतती हैं और फिर से चांसलर बनकर अपना कार्यकाल पूरा करती हैं, तो बिस्मार्क के बाद सबसे ज्यादा समय तक पद पर लोकप्रियता के साथ रहने का समय पूरा करने वाली अकेली होंगी। वैसे हेल्मुट कोल उनके समकक्ष होंगे। यदि पत्रिका का चयन करने का आधार इतना गंभीर है और काम तथा लोकप्रियता के हिसाब से शख्सियतों का चुनाव करना है तो ट्रंप कहीं ठहरते नहीं। ट्रंप हैं क्या? जिस तरह अभिनय करने के अंदाज में वे अर्द्धनर्तन करते हुए बोलते हैं, उसकी तुलना रोनाल्ड रीगन से की जा सकती है। रीगन हॉलीवुड में रहे थे और फिल्मी अंदाज में डायलॉग बोलने की तरह अपनी बात रखते थे। मगर उसके बाद से 2009 के कालखंड को देखें तो वह अमेरिका का सबसे भौंडा कालखंड था। इसका आर्थिक रुतबा जिस पर अमेरिका मूंछे मरोड़े रखता था, समाप्त हुआ, दुनियावी अगुआई में जहां इसका सिक्का चलता था, वह नीचे आते–आते रसातल में चला गया। अमेरिकी

राजनीति के पुरोधा बने लोगों ने इसकी अस्मिता को उठाने के लिए कुछ नहीं किया। याद करें कि वर्ल्ड टॉवर पर जब हमला हुआ तो बुश की प्रतिक्रिया कैसी थी? क्या वह दहाड़ मारकर वियतनाम की तरफ लपकते अमेरिका की प्रतिक्रिया थी? नहीं। वह एक बदहवास चूहे की प्रतिक्रिया थी। फिर कुछ नहीं बना तो उन्होंने मदमस्त तरीके से इराक और अफगानिस्तान पर हमला किया। इसके बाद ओबामा का कालखंड शुरू होता है, उन्होंने अमेरिका को समृद्ध किया, सजग किया और पुकारा, उनकी आवाज से अमेरिका एकजुट हुआ और किसी श्वेत के अनिवार्य रूप से अमेरिकी राष्ट्रपति होने की उनकी अनिवार्यता को ठेंगा दिखा दिया गया। ये लोग तो अमेरिकी होने की शर्त के रूप में सफेद चमड़ी का उल्लेख करते हैं। 'ह्वाइट' होना अमेरिकी होने की शर्त है। ट्रंप तो अब आए। इन्होंने अमेरिका में पीछे रह गए या कि प्रतिगामी विचारों को उभारा और अपने को प्रस्तुत किया।

ट्रंप ने अपने समूचे प्रचार के दरमियां अमेरिका को सफेद चमड़ी वालों का देश कहा और कहा कि यहां आंतरिक बीमारियों का उभार बढ़ गया है, इतना ही नहीं यहां अश्वेतों का और मुसलमानों का दबाव बढ़ रहा है। उन्होंने धुआंधार प्रचार किया कि कैसे एक समय में अमेरिकियों की ठोकर में जमाना था, इसे लौटाने की गरज को खड़ा करते हुए वे अमूमन अपने भाषण को विराम दे रहे थे। यही वह वजह थी कि 'हमिंगटन पोस्ट' जैसे अखबार ने लिखा–'ट्रंप नियमित रूप से हिंसा को उकसाता है, रंगभेदी है, विदेशियों से घृणा करता है और घृणा फैलाता है, उसने अनेक बार कसम खाई है कि 180 करोड़ मुसलमानों में से वह किसी को अमेरिका में पैर नहीं रखने देगा।' ऐसे ट्रंप 'टाइम' के पर्सन ऑफ द इयर हैं और नरेंद्र मोदी जैसी शख्सियत नहीं, जिन्होंने 'न्यूयॉर्क टाइम्स' अखबार से लेकर अमेरिकी आसमान तक लिखा कि मनुष्य की एक जाति है मनुष्य! वह रंगभेद अथवा जातियों से नहीं, अपने मानवीय गुणों से पहचानी जाती है। वैसे मोदी जैसे व्यक्तित्व को टाइम के प्रमाण पत्र की दरकार नहीं, इसलिए भी नहीं कि ऐसे लोग समय के केंद्र में मनुष्य की चिंता और कल्याण में करते हैं काम!

10 दिसंबर 2016

'घर' तलाक से तो बचेंगे नहीं

मसला एक तलाक का हो या तीन तलाक का, तलाक के बाद 'घर' को कहां खोजेंगे और कैसे खोजेंगे लोग? फिलहाल तीन तलाक के मुआमले में अदालत ने कहा है कि यह स्त्री के खिलाफ क्रूरता है। वस्तुतः यह मनुष्यता के खिलाफ क्रूरता है। घर आपसी सहमति की स्थायी प्रतीत होती उस संधि का नाम है, जिसमें उतरकर दोनों समान विकास की संभावनाएं तलाशते हुए परिवार के लिए शांति और उत्सव, प्रगति और वैभव प्राप्त करते हैं। लेकिन ऐसा हो नहीं रहा। न हिंदुओं में, न मुसलमानों में, न किसी और में! मुसलमानों में तो यह अजीब सी स्थिति तक पहुंच गया है। तीन तलाक ने पूरे समुदाय को जिस्मफरोशी की हद तक बदनाम कर दिया है। जमात–ए–उलमा–एहिंद, देवबंद पहले तीन तलाक के हक में अपने तर्क देते रहे, लेकिन अब वे बदल रहे हैं। अब उन्होंने भी माना कि मुस्लिम बच्चियों के समकालीन विकास, सहचरी विकास के लिए जरूरी है कि इस तरह के प्रावधान से निजात पाई जाए। किसी भी हालत में इससे निपटा जाना चाहिए। पिछले हफ्ते बेकल उत्साही का निधन हो गया– उन्होंने लिखा– 'वजु करूं अजमेर में, काशि में स्नान, धर्म मेरा इस्लाम है, भारत जन्म स्थान।' इस तरह की अवधारणा ही देश को अखण्ड भारत, एकीकृत भारत बना सकती है। एक समान नागरिक संहिता की दरकार इस देश की अनिवार्यता है, इसे सभी समुदायों, खासकर मुसलमानों को समझना होगा। कम से कम तब जब इस अर्थयुग की स्थापनाएं घरों में घुसकर आतंकवादी प्रभाव डाल रही हैं। घरों से हिंदुस्तान है। आज सारी जाति और मतावलंबियों के करीब 82 फीसदी बच्चे अपने परिवारियों के साथ

घरों में रहते हैं। जानते हैं घर सारे टूट गए तो इतने प्रतिशत बच्चे जिनका कोई कसूर नहीं है, सड़कों पर होंगे, अपनी टूटी हुई खपरैलों को हाथ में लिए, ताकि माता–पिता के सिर तोड़ सकें। इसलिए कि उनकी पहली संभावना वे पालक हैं जो उन्हें दुनिया में लाए, तो पहली जिम्मेदारी भी उनकी होनी चाहिए। सीवीआरइ एक अंतर्राष्ट्रीय संगठन है, उसने कहा हमारे यहां ही नहीं, चीन जैसे देश में भी 60 फीसदी युवा आबादी अपने पतियों के साथ रहती है। तो इस मसले पर विभिन्न धर्मावलंबियों में मतभेद क्यों? मुसलमानों का मसला तो और भी चिंतनीय है। शायराबानो ने 2015 में इसी सबको चुनौती दी थी। उसकी मांग थी कि इकतरफा तलाक का मुद्दा खत्म हो। उस समय भी सरकार चाहती थी कि तीन तलाक मामला समाप्त होना चाहिए तो मुस्लिम लॉ बोर्ड ने इसे धार्मिक मामलों में हस्तक्षेप बताया।

भला एक सामाजिक और पारिवारिक सरोकार धार्मिक मामलों में हस्तक्षेप कैसे हो सकता है। मिस्र जैसा देश 1929 में इससे दूर हो गया। पाकिस्तान, बांग्लादेश, इंडोनेशिया, ईरान जैसे देशों में पूरी प्रक्रिया होती है, महज कहने भर से तलाक नहीं होता, तो साफ है कि इसका धर्म से कोई लेना–देना नहीं है। नहीं है तो पवित्र कुरान से भी इसका ताल्लुक नहीं है। फिर इस्लामी संगठन इस तरह के तर्क क्यों उठाते रहे हैं कि सरकार और अदालत इसमें दखलंदाजी नहीं कर सकतीं। संविधान और कानून से ऊपर कौन–सा धर्म होता है? फिर ये बातें तो धर्म की हैं ही नहीं। इनका संबंध सामाजिक सरोकारों से है, सभ्यता से है। पुरुषवादी विमर्श से है, जो स्त्रियों को अपनी जड़खरीद गुलाम की तरह इस्तेमाल करना चाहता है। समुदायों की, समाजों की और उन सबकी जो राष्ट्र–राज्य की अवधारणा में यकीन रखते हैं, उन सबकी पहली जरूरत है घर! यह प्राथमिक इकाई है, जिसके पल्लवित होने से समाज और वृद्ध राष्ट्र का निर्माण होता है। जब इंग्लैंड जैसे देश में 'क्राउन' अधिक समय तक वैवाहिक संबंधों के निर्वाह पर दंपतियों को पुरस्कृत करता है तो हिंदुस्तान में भी यह किया जाना चाहिए। घर बचेंगे तो देश बचेगा। इसलिए किसी भी कीमत पर तीन तलाक इस देश में ही नहीं दुनिया में कहीं भी मान्य नहीं होना चाहिए।

12 दिसंबर 2016

केजरीवाल बंगला खाली कब कर रहे?

आंबेडकर परिनिर्वाण दिवस पर साथियों ने आग्रह किया कि दिल्ली के मुख्यमंत्री अरविंद केजरीवाल के पास जो बंगला है, उसे उन्हें खाली कर देना चाहिए। इसलिए कि उसके आसन्न बंगले में ही डॉ. भीमराव आंबेडकर ने अपना शरीर छोड़ा था। वे सभी चाहते हैं कि इस बंगले समेत एक बड़े परिसर में संविधान दर्शाते हुए आंबेडकर की स्मृति को अक्षुण्ण बनाया जाए। पहले यह निवास खाली था। कहते हैं जैसे ही केजरीवाल को इस बात का पता लगा वे तत्काल इसमें प्रवेश कर गए। अरविंद, एक अजीब छटपटाहट से भरे राजनेता हैं, अपनी अमर्त्यता की खोज में लगे हुए। अन्ना हजारे के पास भी वे किसी क्रांति की आकांक्षा और तैयारी से नहीं गए थे, वे अपनी ऊब, वर्तमान के प्रति खीझ और भविष्य के प्रति दिखती शून्यता की वजह से गए थे। इसलिए वे ज्यादा देर तक अन्ना हजारे के अमूर्त प्रतीकों और क्रांति की अमूर्त धारणाओं से जुड़े नहीं रह सके। पंजाब चुनाव को लेकर वे अपनी पार्टी के साथ मैदान में उतर गए और दलित मुख्यमंत्री होगा, उपमुख्यमंत्री होगा, इस आशय की अप्पिणियां भी करने लगे। उनके तमाम नुक्ताचीनी करते भाषणों के बाद भी आज यह जानना मुश्किल है कि वे कितने आंबेडकरवादी हैं और कितने गांधीवादी या हजारेवादी। डॉ. य. दि. फड़के ने कहा था–आंबेडकर पर विविध ग्रंथों में मुख्यतः सामाजिक, राजनीतिक, संविधान के बारे में व धर्म के बारे में बाबा साहब के चिंतन की मीमांसा हुई, लेकिन एमए, पीएचडी, डीएससी की उपाधियों के लिए उनके द्वारा कोलंबिया विश्वविद्यालय, लंदन स्कूल ऑफ इकनोमिक्स जैसी विख्यात संस्थाओं में पेश आर्थिक विषयों पर प्रबंधों की समीक्षा किसी ने नहीं की। आंबेडकर जैसे शख्स ने स्टुअर्ट मिल, महादेव गोविंद रानाडे, मेजर विंगेट जैसे लोगों का भी प्रतिकार किया। आशय यह है कि केजरीवाल दलित इच्छाओं के बीच क्यों आना चाह

रहे हैं? यह विरोधाभास नहीं कि एकतरफ आप दलितों के पक्ष में खड़े दिखना चाहते हैं, क्योंकि उनके पास थोक वोट बैंक है। कहीं पढ़ा होगा कि इस वोट बैंक के कांग्रेस से छिटक जाने के बाद से कांग्रेस आज तक फिसलन बिन्दु पर है। इतनी ही तो बात है जो अरविंद को पंजाब जाकर दलितों के पक्ष में दलील देने को बाध्य कर रही है। यदि ऐसा नहीं है तो दिल्ली चुनाव या हरियाणा या बनारस में जहां वे खुद प्रत्याशी थे, कभी कहीं उन्होंने दलितों के मसीहा डॉ. आंबेडकर का उल्लेख भी किया। कभी उन्हें पढ़ा भी?

वस्तुतः आंबेडकर के कामों पर और शोध होनी चाहिए। यदि होगी तो उसका पहला निष्कर्ष यही आएगा कि वे सिर्फ दलितों के ही पक्षधर नहीं थे, वे सही अर्थों में देश के हर वर्ण में सामंजस्य के पक्षधर थे, इसलिए राष्ट्रीय और राष्ट्रवादी थे। एरिक फ्राम एक जर्मन मनोवैज्ञानिक हुए हैं। उन्होंने एक पुस्तक लिखी 'द फीयर ऑफ फ्रीडम'। उसमें उन्होंने कहा कि मनुष्य मुक्ति चाहता है, लेकिन यदि मुक्ति अचानक उसकी गोद में आ गिरे तो उसे पता ही नहीं होता कि इसका करना क्या है? इसे केजरीवाल पर फिट कर देखें तो उन्हें मालूम ही नहीं था कि अन्ना हजारे आंदोलन के बाद उनकी नई पार्टी कुछ कर पाएगी, मगर कर गई। अर्थात सत्ता तक आ गई। अब तो आपको सैद्धांतिक रूप से भी मजबूत होना होगा। कहिए कि आप आंबेडकरवादी हैं कि नहीं। गांधीवादी हैं या नहीं हैं। सिर्फ ईमानदारी या बेईमानी के प्रमाण पत्र बांटने से वैचारिक प्रतिष्ठापन नहीं होता। कहने में हर्ज नहीं कि श्मैं आबंडेकरवादी हूं।' नहीं हैं तब भी बंगला तो कम से कम खाली कर दीजिए। कुछ नहीं तो करोड़ों दलितों की इच्छा का ही मान रख लीजिए।

13 दिसंबर 2016

हंगामा है क्यूं बरपा... ?

प्रतिदिन की खबरों में विपक्षी दलों की आलोचनाएं हैं। विमुद्रीकरण पर मचे हंगामे का जिक्र है, बसपा प्रमुख मायावती से लेकर कांग्रेस प्रमुख होने जा रहे राहुल गांधी के भोथरे वक्तव्य हैं। राहुल जी को पता होना चाहिए कि पंडित नेहरू ने फ्रांसीसी लेखक आन्द्रे मालरो से बात करते हुए कहा था कि 'अब हम न्यायपूर्ण साधनों के जरिए एक न्यायपूर्ण समाज की रचना की शुरुआत करेंगे।' वे किस तरफ इशारा कर रहे थे, उन साधनों की तरफ जिस तरह से गांधी के अंतिम आदमी की मदद हो सके। एक समतामूलक समाज की रचना की बात कर रहे थे। ठीक इसी तरह से दलितों की अगुआई करने वाले सभी लोगों को ज्ञात होना चाहिए कि डॉ. आंबेडकर चाहते क्या थे? उन्होंने 'प्राब्लम्स ऑफ इंडियन रुपीज, इट्स ओरिजन एंड साल्यूशन' लिखा। उसमें पहली बार उन्होंने कालेधन के सृजन और संचय जैसे विषय को छुआ, जिसे इससे पहले कभी किसी ने नहीं छुआ था। उन्होंने लिखा कि एक सफल सरकार का कर्तव्य है कि वह अपनी मुद्रा की क्रय शक्ति को मजबूत बनाए रखे, और विश्व मुद्रा बाजार में इसकी विनिमय दर को स्थिर रखे। नरेंद्र मोदी की सरकार ने विमुद्रीकरण का यह जो कदम उठाया है, वह इसी दिशा में उठाया गया कदाचित पहला ठोस कदम है। एक न्यायपूर्ण समाज की रचना बिना सबको समान अवसर और आर्थिक पारदर्शिता के कैसे संभव है। सभी प्रधानमंत्रियों ने शायद इस लक्ष्य को पाना चाहा होगा, लेकिन उस दिशा में ठोस कदम नहीं उठाए जा सके। मुद्रा की क्रय शक्ति की जिस मजबूती की बात डॉ. आंबेडकर कर रहे हैं, क्या यह कदम उस संकेत की ओर उठा पहला कदम नहीं है। ऐसा नहीं कि नरेंद्र मोदी मनमानी कर रहे हैं, या अधिनायकवादी हैं,

जैसा कि विपक्ष की ओर से कहा जा रहा है। उन्हें ऐसा माना जा सकता है बशर्ते इतिहास में इस विचार का हमारा कोई विचारक इनके कदम की सहमति में न बोल रहा हो। कहा जा सकता है कि यदि इससे सिर्फ उनके ही हाथ मजबूत हो रहे हों और देश को कुछ न मिल रहा हो। उन्होंने जब बैंकों से आग्रह किया कि हर गरीब का खाता बैंक में होना चाहिए। कितने लोग जानते हैं कि अनेक जनजातियों के पति–पत्नी दोनों अर्जन करते हैं। पत्नी का अपनी कमाई पर कोई हक नहीं होता। उसकी कमाई पति और बच्चों पर खर्च हो जाती है। बांछड़ा, भील, भिलाला, बैगा और अन्यान्य ऐसी अनेक जनजातियां हैं, जिन्हें बैंक में खाता होने और संचालित करने का कोई अनुभव नहीं था। परिश्रम से उपजाई गई संपत्ति समाज में जीने और जरूरत पड़ने पर टकराने का आत्मविश्वास देती है। नमो ने इसके लिए प्रयास किया और जनधन के तहत करोड़ों खाते खोले गए। प्रचारित किया गया कि प्रधानमंत्री ने कहा था कि इनके खातों में लाखों रुपए डाले जाएंगे। राजनीति में बिजूके के तरह के संवाद शर्मनाक हास्य पैदा करते हैं। वे उन्हें आत्मविश्वासी बनाने के पक्षधर थे, आप उन्हें धनवान न बनाए जाने की आलोचना कर रहे हैं। फिर विमुद्रीकरण की बारी आई तो जन–धन खातों में पैसे डालने वालों की कतार लग गई। यह जरूर ठीक है कि व्यवस्था को सुचारू और ठीक ढंग से चलाने की महती जिम्मेदारी सरकार पर होती है। यह भी ठीक है कि इस सबके चलते अनेक लोगों को पर्याप्त दिक्कतें आईं। पैसा निकालने में भी और जमा करने में भी। लेकिन इससे यह अर्थ फिर भी नहीं निकलता कि बुनियादी तौर पर विमुद्रीकरण का फैसला गलत है या मोदी अधिनायकवादी हैं जैसा कि पी. चिदंबरम और आम कहते रहे हैं। मोदी एक प्रयास का नाम है, ऐसे प्रयास का जो गरीब के घर में भी बुनियादी सुविधाओं के बाद उसे जीवन जीने के दूसरे उपक्रमों की ओर बढ़ाता रहे। एक विकसित देश की कल्पना कुछ इसी तरह तो की जाती है। उन्होंने बताया कि सिर्फ नारेबाजी से कुछ नहीं होता, कुछ करना है तो अपने स्वार्थ को ही छोड़ना होगा, जैसा जगन्नाथराव जोशी कहा करते थे।

14 दिसंबर 2016

रोज खराब होता मानसिक स्वास्थ्य

बेहद चौंकाने वाली खबर है कि केवल भारत में ही नहीं पूरी दुनिया में रक्तचाप के मरीजों की संख्या में इजाफा हो रहा है। अब तो यह पता करना मुश्किल है कि इसके मरीजों की कुल संख्या कितनी है? क्योंकि इस सवाल का अन्तर्निहित भाव यह है कि कुछ ऐसे भी हैं जिन्हें रक्तचाप नहीं है। अर्थात जिनका रक्तचाप सामान्य है। नए शोधों के निष्कर्ष कह रहे हैं कि पिछले 40 वर्षों में रक्तचाप के मरीजों की संख्या में 100 फीसदी की बढ़ोतरी हुई है। 1975 में इसे 594 मिलियन बताया जाता था, यह 2015 में बढ़कर 1.1 बिलियन हो गई। इसमें कहा गया कि इंग्लैण्ड, अमेरिका, कनाडा जैसे विकसित देशों में लो–बीपी और विकासशील देशों में हाई–बीपी के मरीजों की संख्या बढ़ी है। अकेले हिंदुस्तान में 19 करोड़ 90 लाख मरीज बीपी के हैं। चीन में करीब 22 करोड़ इसके मरीज बताए जाते हैं। मतलब यह कि सालाना करीब 7.5 लाख से ज्यादा लोग इस रोग से ग्रसित होकर मृत्यु को प्राप्त हो जाते हैं। स्वभाविक है कि संपूर्ण जीवनशैली के बदल जाने से रक्तचाप जैसी बीमारियों ने जकड़ लिया है। संपूर्ण जीवन को देखने का नजरिया जीवन को अतिरिक्त अपेक्षाओं से भर देने और उनसे जूझने में बदल गया है। आकांक्षा तक तो ठीक है, बीज लगाया है तो फल होगा। फलाकांक्षित होना फल की आकांक्षा है, लेकिन अति–महत्वाकांक्षा में जिसे हमने पश्चिम से उधार लिया नतीजतन, पूरा देशज समाज हलाकान हो गया। वस्तुतः समाज वैयक्तिक या कि सामुदायिक रूप में विकास करता है। पश्चिम ने वैयक्तिक को चुना था। इसका परिणाम यह कि कनाडा जैसे देश में दीर्घजीवी लोग एकाकी रह गए। साधन तो हैं लेकिन जीवन सिर्फ

साधनों से नहीं चलता। प्रकृति में एकाकी कुछ नहीं होता। नदी का भी पवित्र स्थल संगम माना जाता है। भारत ने अपने विकास के लिए सामुदायिक विकास को चुना था। लिहाजा विकास की गति धीमी थी। आंकड़ों में लज्जित और परास्त कर भारत के अंग्रेजीधर्मा नेताओं को समझाया गया कि प्रगति सिर्फ सामुदायिक नहीं होती है। यह बिल्कुल उसी तरह का वैचारिक हमला है जिसे भाषा, परंपरा, भूषा, मान्यताओं पर कुछ दशक ठहरकर पश्चिम ने 'क्रियोलाइजेशन' के नाम पर किया। इसके बाद एक दौड़ शुरू हो गई। आदिवासी से लंगोट छीनकर उसे पाजामा पहना देना उसका विकास माना जाने लगा। अपनी जमीन, जंगल और जमीर से उसे दूर कर देने के करतब शुरू हो गए। मध्यवर्गीय जगत धनाड्यों से होड़ करने लगे। कोई कहीं पहुंच नहीं रहा, लेकिन सभी अंधी दौड़ में शामिल हो गए। नतीजा वही कि 'अंधेरा आया था हमसे रोशनी की भीख मांगने, हम अपना घर न जलाते तो क्या करते'। देश के करोड़ों लोग समायोजन के अभाव में रक्तचाप तक पहुंच चुके हैं और दौड़ने वालों की दुहाई यह है कि किनारा पास है। किनारा किसका? यह न दौड़ने वाले को पता है न दौड़ाने वाले को। हालांकि विश्व स्वास्थ्य संगठन का संकल्प यह है कि 2025 तक रक्तचाप के मरीजों की संख्या में 25 फीसदी की कमी हासिल की जाएगी, लेकिन यह संभव नहीं लगता। एलोपैथी में इसका इलाज है ही नहीं और दूसरी किसी पद्धति पर डब्ल्यूएचओ काम करेगा, लगता नहीं। इसके लिए प्रभावी नीतियां बनाने की जरूरत है, जो अब तक बनाई नहीं गईं। हमारे यहां तो कहा गया 'स्वधमर्रू निधनरू श्रेयरू' 'स्व–धर्म' इसका आशय मान्यता के धर्म से नहीं। हिंदू, मुसलमान से नहीं। इसका आशय है जो आपके लिए रुचिकर है, जो आपकी देह, मन के लिए अनुकूल है, वह आपका 'स्व–धर्म' है। इसके अनुसार काम करें तो ही रक्तचाप जैसी कभी न खत्म होने वाली बीमारी से बचा जा सकता है, अन्यथा मृत्यु की ओर बढ़ते आबादी के आंकड़े नहीं घटेंगे, चाहे डब्ल्यूएचओ कोई संकल्प ले ले।

15 दिसंबर 2016

अखिलेश के मनसूबे तो ठीक हैं मगर...!

उत्तर प्रदेश के नवोन्मेषी, युवा, उष्माई मुख्यमंत्री अखिलेश यादव ने मुख्यमंत्रियों की लंबी कतार से अलग अपनी जगह बनाई है। वे समाजवाद को नारे की तरह गुब्बारा बनाकर उड़ाते नहीं, ओढ़ते–बिछाते हैं। लेकिन व्यवस्था और सरकार के बीच समीकरण नहीं बना पाते। इसलिए भी कि व्यवस्था का संपूर्ण दायित्व अकेले सरकार पर नहीं होता। अब जो दिक्कतें समाजवाद के तहत वैचारिक तौर पर आती हैं, वे तो हैं ही, मगर कुछेक कठिनाइयां पारिवारिक तौर पर भी हैं, जिसे पूरा प्रदेश जानता है। वे आरंभ से ही सभी जगह बिजली कनेक्शन देने के पक्षधर थे, लेकिन ऐसा हुआ नहीं। अब कहा गया कि प्रदेश के 40 हजार विद्यालयों में बिजली कनेक्शन दिए जाएंगे। इसकी लागत करीब 32 करोड़ रुपए आएगी। लेकिन प्रशासनिक करतब यह है कि फैसला कुछ इस तरह लिया गया कि बिजली कनेक्शन की वायरिंग का खर्च जिला प्रशासन को उठाना होगा। यह व्यय करीब 110 करोड़ रुपए का बताया जाता है। यह वैसा ही नहीं है, जैसा नेहरू के कार्यकाल में आदिवासी इलाके में कुएं खोदने का काम करना। उस समय हुआ यूं कि कुएं खुदे, उनमें पानी भी आया, पानी मीठा भी था, लेकिन खबर आई कि आदिवासी आज भी प्यासे हैं। प्रशासन हिला–डुला और तपासा गया कि बात क्या है? बात असल में यह थी कि कुआं भी था, पानी भी था, मगर रस्सी–बाल्टी नहीं थी, जिससे आदिवासी पानी खींच पाते। ऐसे ही पूरा उल्लास है अखिलेश में, प्रदेश बदलने की अभीप्सा भी है, लेकिन नीतियां उतनी गहराई से नहीं बन पातीं। अब भला! इन

स्कूलों में 110 करोड़ की वायरिंग जिला प्रशासन कैसे कराएगा? मगर यह होगा इसलिए नहीं कि विद्यार्थियों और शिक्षा जगत से जुड़े लोगों को रोशनी मिल सके और वे मिली रोशनी को हर घर बांटते रहें। यदि योजना की मंशा यह होती कि शिक्षा जगत में उजियारा फैले, तो यह अब तक क्यों नहीं हुआ? बरस बीतने को आया, लेकिन योजना का क्रियान्वयन नहीं हुआ। अब जो कुछ हो रहा है, उसका कारण सिर्फ चुनाव है, और इन्हीं विद्यालयों में मतदान केंद्र बनने हैं। सिर्फ इसीलिए यह सब किया जा रहा है। याद दिला दें कि अपनी सरकार की शुरुआत में युवा मुख्यमंत्री ने जितने भरोसे दिए थे, उनमें शिक्षा और खासकर प्राथमिक शिक्षा को ऊंचा उठाने और उसे और अधिक कारगर बनाने का भरोसा भी शामिल था। जानते होंगे एक संस्था है 'प्रथम'! वे 'असर' नाम से शिक्षा की स्थिति पर हर साल रिपोर्ट छापते हैं। वह इतनी प्रमाणिक होती है कि कई बार संसद में उसका हवाला दिया जा चुका है। उसने भी अपनी रिपोर्ट में जिन उदाहरणों को दिया है, उनमें कहा गया कि प्राथमिक शिक्षा का स्तर प्राथमिकी के रूप में बच्चे को तैयार करना है, लेकिन उत्तर प्रदेश में सभी जगह ऐसा नहीं हो पा रहा। पांचवीं कक्षा के बच्चे को अध्याय पढ़ने, समझने में दिक्कत होती है। वस्तुतः एफ. जोलमैन ने, जिन्होंने सीखने (लर्निंग) पर बड़ा काम किया, उन्होंने 1966 में लिखा अनुभव, निरीक्षण, अभ्यास के बिना सीखना संभव नहीं है। बच्चे को अक्षर को, उसके आकार को, फिर उसकी छवि को, इसके बाद दोनों के साहचर्य को पहचानना होता है। जब यह हो जाता है तो बच्चा अक्षर पहचान लेता है। अखिलेश के सीएम होने पर यह आशा बंधी थी कि पारंपरिक रूप में यूपी में जिस तरह की शिक्षा पद्धति है, उसमें जरूरी बदलाव होगा, लेकिन उनके पारिवारियों ने नहीं होने दिया। बिल्कुल वैसे ही जैसे दिग्विजय सिंह कांग्रेस नेता ने कहा था– काम करने से चुनाव नहीं जीते जाते, चुनाव सिर्फ समीकरणों को संतुलित करने से जीते जाते हैं। कहीं अखिलेश यादव भी ऐसा ही तो नहीं सोच रहे? फिलहाल लगता तो नहीं, फिर स्कूलों में बिजली के काम में इतनी देरी क्यों हुई?

16 दिसंबर 2016

राहुल की रुस्तमी या रुलाई...!

कांग्रेस उपाध्यक्ष राहुल गांधी ने कहा कि उनके पास प्रधानमंत्री नरेंद्र मोदी के भ्रष्टाचार की पुख्ता जानकारी है। इतना ही नहीं, उन्होंने संकेत दिया कि इसीलिए उन्हें लोकसभा में बोलने नहीं दिया जा रहा। विमुद्रीकरण पर मचे और मचाए गए हंगामे की अगुआई कांग्रेस कर रही है। सदन न चले, इस बात को जैसे सुनिश्चित कर लिया गया। पूरा शीतकालीन सत्र अध्यक्ष की असंदी के पास आकर चिल्लाने, अपनी जगह पर खड़े होकर बांहे चढ़ाने और चीखने, सिर्फ अपनी कही बात को सच और सही मानने और मनवाने के लिए कवायद करने वाले सांसदों की गवाही में बीत रहा है। सत्र के यूं निरर्थक, निष्प्रभावी और निस्तेज बीत जाने से खिन्न देश के वरिष्ठ सांसद लालकृष्ण आडवाणी कहते हुए सुने गए कि 'इस्तीफा देने का मन कर रहा है'। उन्होंने कहा कि 'यदि कल भी हंगामे के साथ सदन स्थगित हो गया तो संसद हार जाएगी और हम सबकी बहुत बदनामी होगी'। इससे ज्यादा संयत और संजीदा अप्पिणी कोई वरिष्ठ सांसद भला क्या कर सकता है? विपक्ष क्या वस्तुतः चाहता है कि विमुद्रीकरण पर संसद में चर्चा हो? क्या उसने इस बात का एक भी सबूत दिया? नहीं, वह सिर्फ राजनीति कर रहा है और मत विभाजन की बात कर रहा है, ताकि राज्यसभा में सत्तारूढ़ दल को

दिक्कत का सामना करना पड़े। अन्यथा कोई कारण नहीं कि लोकसभा शांति से न चलने दी जाए। आप मुतमईन हैं, राजी हैं, सन्नद्ध हैं अपने तर्कों से कि कोई गलत बात सरकार कर रही है तो आप चर्चा तो करेंगे। अपनी बात के लिए प्रमाण तो इकट्ठा कर सत्ता को बताएंगे। देश की करोड़ों की संपत्ति को निजी गुरुर के लिए कुर्बान करने का हक आप लोगों को किसी ने नहीं दिया। लोकसभा चलने नहीं दी जा रही और राहुल कह रहे हैं कि उन्हें बोलने नहीं दिया जा रहा। कौन है जो उनको बोलने से रोक रहा है? सिर्फ उनका संशय, वे अपनी ही चुनी हुई चुप्पी के बीच खदबदा रहे हैं। उन्हें यकीं है कि यदि उन्होंने आरोप लगा दिया तो उन्हें प्रमाण देने होंगे, इससे दिक्कत हो सकती है। सदन में न सही बाहर तो वे इतना कह ही चुके हैं कि उनके पास प्रधानमंत्री के भ्रष्टाचार की जानकारी है। कह चुके हैं तो बात पूरी करें। देश स्तब्ध है और जानना चाहता है कि आप ऐसा क्या जान चुके हैं, जिसे सबको जानना चाहिए। राहुल भी जानते होंगे कि नुक्कड़ सभाओं में बोलना और बात है, वहीं आरोपों के पत्थर उछालना या जुमलेबाजी कर तालियां बजवा लेना और बात है और संसद में बोलना दूसरी।

संसद में कुछ कह देंगे तो सांसद शोर–गुल करेंगे, हंगामा होगा। कदाचित एक–दो दिन के सीन के बाद मामला रफा–दफा हो जाएगा, लेकिन बाहर बोल देंगे तो उन्हें मीडिया से लेकर तमाम समूहों को जवाब देना होगा। इसलिए वे सीधे–सीधे प्रधानमंत्री पर हमला तो करना चाह रहे हैं, लेकिन संसद के भीतर। उन्हें याद भी है कि वे अब तक यूपीए पर लगे घोटालों के किसी भी आरोप का जवाब नहीं दे पाए हैं। अब उनके कांग्रेस अध्यक्ष बनने के दिन हैं। उनसे अधिक

जिम्मेदारी और गंभीरता की अपेक्षा है। पार्टी को भी और देश को भी। पार्टी अपनी फिसलन से अब तक उबर नहीं पाई है। वह रोज लोकतांत्रिक शर्म को झेलती बेशर्मी के आवरण में फिर एक ऐसी हरकत कर जाती है, जिससे बाहर निकलना उसे नहीं आता। बूढ़ी होती कांग्रेस का पूरी तरह दम निकले उससे पहले राहुल गांधी सजग हो जाएं तो डायलेसिस के बाद भी इसे कुछ साल और जिंदा रखा जा सकेगा। अन्यथा वे तिरोहित कांग्रेस के अध्यक्ष रह जाएंगे। अगर उन्हें अपनी सूचनाओं पर भरोसा है, तो उन्हें चाहिए कि वे निडरता से उसे उजागर करें। यदि वे ऐसा कर पाए तो कांग्रेस को आज जो सांस लेने में दिक्कत आ रही है, नहीं आएगी।

17 दिसंबर 2016

जिनके अपने मकान शीशे के होते हैं...!

'वक्त' अपने समय की मशहूर फिल्म थी। उसमें राजकुमार ने कहा, 'जिनके अपने मकान शीशे के होते हैं, वो दूसरों के मकानों पर पत्थर नहीं फेंका करते'। यह बात राहुल गांधी पर पूरी तरह सटीक बैठ रही है। कल तक वे किसी 'नट' की तरह खेल दिखा रहे थे, कह रहे थे कि उनके पास प्रधानमंत्री की बेईमानी के भी चिट्ठे हैं। आज अगस्ता वेस्टलैण्ड हेलिकाप्टर सौदे के बिचौलिये मिशेल की डायरी के अंश ने उनसे बिल्कुल वही कहा जो राजकुमार फिल्म में कह रहे हैं। डायरी में लिखा है कि भारत के सबसे रसूखदार परिवार को 1.6 करोड़ यूरो यानी 115 करोड़ रुपए की घूस दी गई। ऐसा नहीं कि यह सिर्फ मिशेल की डायरी ही कह रही है। अगस्ता वेस्टलैण्ड की मूल कंपनी के सीइओ थे–न्यूगोन ओरसी। 2012 में जब हेलिकाप्टर सौदा चर्चा में आया तब इटली की अदालत में पेश आरोप पत्र में कहा गया था कि सोनिया के सलाहकारों को खरीदने की कोशिश हुई है। इसमें बाजाप्ता 'डील' जैसा आरोप भी शामिल है। जानते होंगे मसला 2005 का है। सरकार कांग्रेस की थी और त्यागी वायुसेना प्रमुख। यह सब तो शायद राहुल गांधी को पता ही होगा। और यह भी कि इस सबमें 423 करोड़ की रिश्वत दी गई। इस बात पर राहुल गांधी भूकंप क्यों नहीं ला पा रहे? भूकंप न सही स्पष्टीकरण ही दे दें, ताकि कांग्रेस से रोज–ब–रोज निराश हो रहे लोग कुछ दिनों तक और उसकी परिधि में बने रहें। वस्तुतः

ईमानदारी शायद आज एक ऐसी पवित्र चादर है, जिस पर हर धर्म और भाषा में लिखा है, उसके लपेटते ही देखने वाला अपने धर्म और भाषा के अनुसार उसे देख और पढ़ लेता है। वह अपनी भाषा और धर्म के प्रति नत–मस्तक रहता है, इसलिए इसके ओढ़ते ही हर शख्स ईमानदार कहलाने लगता है। हर धर्म का भाव लिखा होने से हर जगह उसकी स्वीकृति है। इसके साथ–साथ ही एक शब्द और चलता है भ्रष्टाचार! इसके उन्मूलन के लिए नेहरू ने बड़ी कोशिशें कीं, लेकिन आजादी के बाद का कांग्रेस का इतिहास इस बात का प्रमाण है कि वह सब नीतिशतक से ज्यादा कुछ नहीं साबित हुए। इंदिरा गांधी के प्रधानमंत्री बनने के बाद दलीय दल–दल से लेकर प्रशासन तक ऐसी कोई जगह नहीं थी, जहां भ्रष्टाचार ने अपना आशियां न बना लिया हो। इसी से खिन्न होकर जयप्रकाश नारायण ने संपूर्ण क्रांति का नारा दिया था। वह युद्ध भी भ्रष्टाचार से युद्ध था। यह सब राहुल गांधी के पारिवारिक ही रहे हैं और जो मिशेल की डायरी में कहा गया, वह भी उन्हीं से जुड़ा है। इस पर इतना तो बनता ही है कि वे कोई स्पष्टीकरण दें। आखिर देश को कौन बताएगा कि आइ.ए.एफ. और एसपीजी के कंसलटेशन के बाद नए आधार तैयार किए गए थे, जबकि एसपीजी पहले केबिन ऊंचाई और उड़ान की ऊंचाई के मुद्दे पर अपनी अलग राय रखती थी। खबरें जो अब तक आई हैं, बता रही हैं कि इस पर ऊपरी दबाव काफी ज्यादा था। फिर इस पर फैसला हुआ। शुरुआत के 'रिक्वेस्ट फॉर प्रपोजल' (आर. पी. एफ.) में इसकी उड़ान की ऊंचाई ६ हजार फीट थी, जिसे घटाकर ४,५०० फीट किया गया। यह सब खासा बड़ा घपला है। वीवीआईपी ड्यूटी के लिए हेलिकॉप्टर चाहिए थे, पहले रशियन एमआई–8 का इस्तेमाल होता था। बहरहाल, ईमानदारी की जिस ध्वजा को राहुल गांधी उठाना चाह रहे हैं, उनका इस लोक में स्वागत है, लेकिन वे अब से सारी बात देश को सच बताने की कोशिश करें। जोखिमभरा काम है, फिर भी उनके साहस की कद्र की जानी चाहिए कि वे बड़ी शेखी में प्रधानमंत्री तक को कठघरे में खड़ा करने से परहेज नहीं कर रहे। भवानी दादा ने लिखा–'तुम डरो नहीं, डर वैसे कहां नहीं है, कुछ खास बात लेकिन डरने की यहां नहीं है।'

19 दिसंबर 2016

ऐसा ही रहा तो कांग्रेस सत्तानशीं होने से रही

कांग्रेसी खेमे की कनात में बैठने वाले बिहार के नेता और पूर्व मुख्यमंत्री लालू यादव ने विमुद्रीकरण को 'फ्राड' कह दिया। अमूमन धारदार भदेस तरीके से अपने विरोधियों को चित्त करते आए लालू यादव तमाम आरोपों और अदालती फैसलों के बाद भी खड़े हैं। कांग्रेस को अवसन्न और अवसाद में देखकर उन्होंने विमुद्रीकरण पर हमला बोला। वे न तो गंभीर राजनेता हैं, न कोई उनसे गंभीरता की उम्मीद करता है। वे जब चाहे, जो चाहे बोलने के लिए मशहूर हैं। उसमें तर्क तो होते ही नहीं, मखौल उड़ाने का भाव होता है। लेकिन इस बार उन्हें 'हाथ' के उनकी पीठ से हिलने का अहसास हुआ तो उन्होंने नोटबंदी के खिलाफ तीर चला दिया। यह जानते हुए भी कि नीतीश कुमार लगातार इसके हक में बयान देते रहे हैं। साफ है कि इस गठबंधन की गांठें धीरे–धीरे खुलने लगी हैं। एक मुद्दे पर सीधे–सीधे एक ही गठबंधन के लोग दो अलग–अलग हिस्सों में बंट गए हैं। नीतीश कुमार इसे भविष्य के लिए गरीबों के हित में उठा कदम बता रहे हैं। वहीं कांग्रेस इसे बड़ा घोटाला और लालू यादव 'फ्राड' कह रहे हैं। 28 दिसंबर को कांग्रेस 131 साल की हो जाएगी, इसमें से 125 सालों तक उसकी भावधारा या उसके उदारवाद ने देश के सुदूर अंचलों तक अपनी पैठ बनाई, लेकिन मनमोहनसिंह के युग की शुरुआत के बाद से कांग्रेस तेजी से सिमटने लगी। बमुश्किल 29 में से 6 राज्यों में जैसे–तैसे अपनी सरकार चला पा रही है। 2017 में गुजरात, हिमाचल, मणिपुर, पंजाब, उत्तर प्रदेश और उत्तराखंड में चुनाव होंगे। 2018 में कर्नाटक, मध्य

प्रदेश, राजस्थान, छत्तीसगढ़, मेघालय और त्रिपुरा में चुनाव हैं। 2019 में फिर लोकसभा चुनाव आ जाएंगे। मुद्दा यह है कि कांग्रेस कैसे अपने पिचक रहे गुब्बारे में हवा भरेगी? आज वह लोकसभा में ४४ सीटें लेकर महज अपनी उपस्थिति दर्शा रही है। जिन राज्यों में चुनाव होने हैं, उनमें कहीं भी कांग्रेस अपने गौरवशाली अतीत की दुंदुंभी नहीं बजा पा रही। उसे अपनी जाजम बिछाने के लिए लालू यादव जैसे नेताओं की जरूरत क्यों पड़ रही है? फिर क्या ऐसे नेता जो कभी क्षेत्रीय क्षत्रप थे और आज भी हैं, कैसे एक राष्ट्रीय सोच वाली पार्टी को संभालने में महत्त्वपूर्ण भूमिका निभा पाएंगे? वे ऐसा करना चाह सकते हैं, लेकिन सिर्फ नीतीश कुमार को सबक सिखाने के लिए। वरना कांग्रेस की शान में आलोचनात्मक कसीदे पढ़ने में पीछे नहीं रह रहे हैं। यह तो लालू यादव की दिक्कत है, लेकिन कांग्रेस क्यों उन्हें आगे कर रही है और कैसे वे इस इत्मीनान में हैं कि जितने लोग केंद्र की आलोचना कर रहे हैं, वे वाकई कांग्रेस के लिए वोटों की बुआई करने का काम कर रहे हैं। तो क्या कांग्रेस पूरी तरह निस्तेज हो चुकी है, जिसे अपने जनाधार को टटोलने, संभालने, बचाने और नाराज लोगों को फिर से अपनी परिधि में लाने के लिए बिजुके किस्म के नेताओं की जरूरत है? क्या इस सबसे कांग्रेस फिर से अपने वजूद को हासिल कर पाएगी? उत्तर है नहीं। उत्तर प्रदेश में कांग्रेस पिछले 27 बरसों से निढाल है। उस प्रदेश में जहां से वह कभी हारेगी या कि बेदखल की जाएगी, इसकी कल्पना भी किसी ने नहीं की थी, आज वहां जति–बिरादरियों के पोखर में छप–छप करती इसकी अगुआई बबुआई लगती है। हालत यही रही तो तय है कि यूपी में तो कुछ कर ही नहीं पाएगी। इसलिए कि उसकी कोई तैयारी नहीं है सिवा इसके कि वह क्षेत्रीय पार्टियों की तरह आरोप लगा रही है। अपने धसके और खिसके जनाधार की पुनर्प्राप्ति के लिए कांग्रेस बेचैन भी नहीं दिख रही। न दलितों के लिए वह कुछ कर रही है, न अपने स्थायी वोटरों के लिए। यही हाल रहा तो कांग्रेस 2019 के लोकसभा चुनाव में भी सपनीले सपने देखने से भी वंचित हो जाएगी। सपने भी सोई हुई आकांक्षा के आकार ही तो होते हैं!

20 दिसंबर 2016

चुनावी चंदे के सवाल पर पार्टियां परेशान!

पहले बात आई कि चुनावों में सुधार होना चाहिए। ताकि कालेधन के इस्तेमाल पर रोक लग सके, ताकि बाहुबलियों का प्रभुत्व न बढ़ सके, ताकि जनता के लिए सचमुच सरोकार रखने वाले लोग चुनाव में जीतकर आ सकें। जनप्रतिनिधित्व कानून के तहत यूं तो कई बाते हैं, जैसे एक सीमा तय है कि इससे ऊपर खर्च न करें। खर्च का ब्यौरा चुनाव आयोग को दिया जाए। लोकसभा और विधानसभा चुनाव दोनों के लिए आर्थिक सीमाएं निर्धारित हैं, लेकिन किसी भी चुनाव में, किसी भी क्षेत्र में इसका अनुपालन नहीं हुआ, फिर भी विधायक हैं, सांसद हैं। अर्थात काम बदस्तूर जारी है। रुपए की, छुपे हुए रुपए की ताकत कम नहीं हो रही। इसी कानून में अब तक तो यह है कि 20 हजार रुपए तक की धनराशि के चंदे का ब्यौरा राजनीतिक दल को नहीं देना होता। इतना पर्याप्त रहा है सभी दलों के लिए शेष गणित को संतुलित करने के लिए। चुनावी खर्च को कम किए जाने के लिए अनेक राजनीतिक चिंतकों और कई दलों ने सहमति जाहिर की है, लेकिन आज तक हुआ कुछ नहीं। यदि 20 हजार रुपए चंदे की सीमा को घटाकर 2 हजार रुपए कर दिया गया, इतने में भी कई दलों के आर्थिक और इसके चलते राजनीतिक गणित गड़बड़ा जाएंगे। इसलिए सहमति जताने के लिए उठे हाथ दरअसल, सहमत लोगों के ही नहीं होते। वे सहमत दिखते दिखनोटों के चेहरे होते हैं। वरना कारण क्या है कि आज भी अकादमिक रूप से समर्थ लोग चुनाव से मीलों दूर रहते हैं। लोकतंत्र आम आदमी के लिए उसकी सत्ता के प्रतिष्ठान

का त्योहार है, लेकिन वह उसकी परोक्ष भागीदारी घोषित करता है। वह सीधे हिस्सेदारी कर सके ऐसा राजनीतिक वातावरण सभी दलों ने बनने नहीं दिया। गांधी, जयप्रकाश नारायण, के अलावा आचार्य कृपलानी, और अनेक लोगों ने समय–समय पर इस बारे में गंभीरता से बात उठाई। नानाजी देशमुख ने तो इस विषय पर श्रृंखलाबद्ध विचार रखे, लेकिन सिवा विमर्श होने और उसे एकांतिक वनवासी बनाए जाने के एक भी सुधार नहीं हुआ। इसकी वजह शायद यह भी थी कि सत्तारूढ़ दल भी तो इस सुधार की परिधि में आता, और वह कदाचित अपने को किसी आर्थिक जिम्मेदारी से लकदक उत्तरों से बांधना नहीं चाहता था। जयप्रकाश नारायण ने तो संपूर्ण क्रांति का कथानक रचते हुए कहा था कि हमारे यहां भी 'वोट फॉर रिकॉल'होना चाहिए। इस विचार की सराहना ज्यादातर राजनीतिक दलों ने की थी। हम चुनकर भेज सकते हैं तो हमें उन्हें वापस बुलाने का अधिकार भी होना चाहिए। इससे आम आदमी के मतदान की क्षमता में बढ़ोतरी होगी। लेकिन यह विचार भी 'ट्रस्टीशिप' के सिद्धांत की तरह या 'अध्यक्षीय प्रणाली' के विमर्श की तरह वक्त की किताब का हिस्सा हो गया। आज चुनाव सुधार सबसे बड़ी जरूरत है यह वाक्य साहित्य समाज का दर्पण की तरह रूढ़ वाक्य है। यदि हमारे राजनेता इस बारे में पर्याप्त गंभीर हैं और उनके लिए गरीब, वंचित, दलित ये सब नारे नहीं, मनुष्य हैं तो उनके लिए, योग्य लोगों के लिए चुनाव में अवसर पैदा किए जाएं। ये अवसर तभी पैदा हो सकेंगे जब चुनाव में कालेधन का प्रभाव समाप्त किया जा सके। केवल आर्थिक आधार पर ही नहीं, और भी कई सुधार करने होंगे। पिछले दिनों खबरें थीं कि सैकड़ों ऐसी रजिस्टर्ड पार्टियां हैं, जिन्होंने कभी कोई चुनाव नहीं लड़ा। लेकिन वे पार्टियां हैं। करती क्या हैं ये पार्टियां सिवा चंदा इकट्ठा करने और काले को सफेद करने के। देश को जानने का हक है कि खड़खड़ाती खादी में खड़े हो गए नए क्षेत्रीय लोग यहां के क्षत्रप होने को उत्सुक क्यों हो गए? और हो गए तो इनके पास अकूत धन कहां से बरसा? इन सारे मसलों पर सर्वानुमति बनाए जाने की अनिवार्यता है, जिसकी कोई संभावना नहीं दिखती।

23, 24 दिसंबर 2016

अखिलेश यादव के संतुलित समीकरण

उत्तर प्रदेश के युवा मुख्यमंत्री अखिलेश यादव का हर कदम उनके संतुलित समीकरण की ओर संकेत करता है। ऐसा समीकरण जो जनता के बीच संप्रेषित करने के लिए अनिवार्य है। वह कितनी संप्रेषित हुई, यह बात अमूमन चुनावी नतीजे बताते हैं। ताजादम उठाए फैसले में उन्होंने 17 ओबीसी जातियों को अनुसूचित जाति संवर्ग में शामिल करने की अनुशंसा की है। ये सारी जातियां अति पिछड़ी जातियां हैं। इससे पहले भी समाजवादी सरकार दो बार इस आशय की सिफारिशें कर चुकी हैं, लेकिन ऐसा बिना संसदी सहमति के संभव नहीं होता, इसलिए 2004 और 2013 में नहीं हो सका। इसमें कहार, मांझी, कुम्हार, धीमर, निषाद केवट जैसी जातियां भी हैं जो लगातार इस बात के लिए पहल करती रही हैं। इनके अनुसूचित जाति संवर्ग में शामिल होने से इन्हें कई और ऐसी सुविधाएं मुहैया हो जाएंगी, जिससे उनके जीवन–यापन में कोई बड़ी मुश्किल खड़ी नहीं होगी।

हालांकि इससे ये सभी प्रदेश के विकास की मुख्यधारा में शामिल नहीं हो जाएंगे, फिर भी उनके लिए संभावनाओं का बड़ा आकाश तो खुल ही जाएगा। मगर दिक्कत यह है कि अखिलेश के इस फैसले को चुनावी समर के समय एक नए पैंतरे के रूप में माना जा सकता है। माना जा रहा है। वैसे भी उत्तर प्रदेश चुनाव के समय जातियों के रूप में बंटे प्रदेश

को जो दल ठीक से संतुलित कर लेता है, वही विजयी होता है, ऐसी मान्यता है। इसके चलते इस कदम को भी मुख्यमंत्री की ढाईघरी चाल के रूप में देखा जा रहा है। इसलिए भी कि परिप्रेक्ष्य में सारे फैसले देखे जाएं। अन्यथा देखने पर अखिलेश यादव अन्य किसी भी मुख्यमंत्री की तुलना में अधिक सजग, आत्मनिर्भर, प्रतिबद्ध व सरोकारी मुख्यमंत्री के रूप में दिखाई देते हैं।

उन्हें केजरीवाल की तरह कोई गफलत नहीं है, लिहाजा वे अपनी जमीन से जुड़ी राजनीति करते हैं और उससे बाहर उछलकूद नहीं करते। फिर भी वैकल्पिक राजनीति का मुद्दा आने पर समाजवादी पार्टी को अन्य पार्टियों की तुलना में ज्यादा तरजीह दी जाती है। कोई समानता नहीं है उनकी किसी और दल के साथ, बावजूद इसके अखिलेश के निजी रिश्ते और सियासी रिश्तों में कहीं कोई कड़वाहट नहीं है। कांग्रेस उनके पास दस्तक दे रही है, बसपा से उनका राजनीतिक विरोध है, लेकिन वैयक्तिक विरोध नहीं। केंद्र सरकार की भी महत्त्वपूर्ण मसलों पर वे प्रशंसा कर चुके हैं। व्यवस्था सुधारने के लिए वे प्रतिबद्ध हैं, इसलिए इस मुद्दे पर भाजपा नेता केंद्र सरकार की आलोचना करते रहते हैं। यदि उनका पारिवारिक संग्राम स्थाईरूप से थम जाए, जिसकी संभावना नहीं लगती, फिर भी यदि ऐसा हो जाए तो उनके विजय रथ को थामना दूसरी पार्टियों के लिए मुश्किल होगा, ऐसा अब तक कई राजनीतिक विश्लेषक कह चुके हैं। वैसे चाहिए यह था कि अखिलेश सरकार को अपने सरोकारी कदम कुछ पहले उठाने चाहिए थे, ताकि अच्छी योजनाएं सिर्फ पोस्टरों और विज्ञापनों का ही हिस्सा बनकर न रह जाएं। वे उस आदमी तक पहुंचें जिसे इसकी दरकार है। इतने कम समय में वस्तुगत सत्य का लोगों तक पहुंचना संभव नहीं होता। ऐसे में सही कदम भी गलत ठहरा दिए जाते हैं। जब भी समतावादी समाज रचना का नारा उछलता है तब आम आदमी उसमें अपने लिए उम्मीद और न्याय देखने लगता है। यह और बात है कि ऐसा कभी हुआ

नहीं। दूसरी बात यह है कि मुख्यमंत्री के तमाम प्रयासों के बाद भी यूपी की कानून–व्यवस्था की स्थिति बेहतर नहीं हुई। कहीं से कोई बाहुबली सपा टिकट का दावा कर देता है, फिर मुख्यमंत्री से ही कह देता है कि मीडिया के दबाव में टिकट काटोगे तो हम अपनी पार्टी खुद बना लेंगे। अपने परिवार की सुरक्षा करना हर शख्स का अधिकार है। इसमें कोई भी खलल उसे खुन्नसी बना देती है, जो पार्टी के लिए भारी पड़ सकती है।

29 दिसंबर 2016

विपक्षी आठ दलों का ताना–बाना

कांग्रेस की अगुआई में विपक्षी आठ दलों ने विमुद्री करण की नीति को विफल बताया और मांग की कि प्रधानमंत्री त्यागपत्र दे दें। इसमें तृणमूल कांग्रेस, आरजेडी, जद (एस) जैसी पार्टियों ने शिरकत की। इतना ही नहीं, नोटबंदी को 'सुपर इमरजेंसी' भी कहा गया। बात यह है कि कांग्रेस की विपक्षी एकता की यह तान बे–सुरी क्यों हो गई? यदि विपक्ष के सभी लोग इस बात पर एकमत थे कि विमुद्रीकरण ठीक नहीं है या कि यह एक ठोस चुनावी मुद्दा हो सकता है और इसके लपेटे में भाजपा को लिया जा सकता है तो ये सभी छिटक कैसे गए? क्या इसका अर्थ यह लगाया जाना चाहिए कि कांग्रेस की राष्ट्रीय पार्टी की छतरी अब क्षेत्रीय पार्टियों को उतनी छायादार और बचावकारी नहीं लग रही, जितनी कभी लगती थी। वे अपने क्षेत्रीय वजूद और भावुक नारों के दोनों और पत्तलों के साथ राष्ट्रीय क्षमता हासिल करने या दिखावे के लिए राष्ट्रीय बनने के फेर में कांग्रेस की पांत में आकर बैठ जाते थे। वे आज ऐसा नहीं कर रहे। एक ही मुद्दे पर भी उनका साथ, हाथ के साथ नहीं बैठ रहा। राहुल गांधी की विरोध के लिए भींची मुट्ठी को ऊर्जा देने के लिए सोनिया गांधी ने स्वयं विपक्षी दलों से बात की थी और उन्हें राजी करने का प्रयास किया था कि वे अपनी खोखलों से बाहर निकलकर समवेत स्वर में कांग्रेस की अगुआई में केंद्र सरकार के खिलाफ माहौल बनाएं। लेकिन ऐसा नहीं हुआ। राहुल गांधी ने भी अपने सिपहसालारों को भी इस जंग में सीधे उलझने नहीं दिया। वे स्वयं युद्ध की कमान संभाल रहे हैं। लेकिन जब से उन्होंने मोदी विरोध में सहारा डायरी का उल्लेख कर दिया कांग्रेस के कई वरिष्ठ

उनसे खिन्न हो गए। इन लोगों का कहना है कि इससे साबित कुछ नहीं होगा, बल्कि कांग्रेस को भी पर्याप्त खामियाजा उठाना पड़ेगा। इसलिए भी कि उस डायरी में दिग्विजय सिंह से लेकर ए. पी. तक कई कांग्रेसी दिग्गजों के भी नाम हैं। ए. पी. का आशय कुछ लोग अहमद पटेल से ले रहे हैं और वे कहते हैं कि इसके अनेक अर्थ हो सकते हैं। वस्तुतः यह एकता जो राहुल गांधी प्रदर्शित करना चाह रहे थे, वह गठबंधन के नीति धर्म को और अपनी केंद्रीय भूमिका को समझे बिना संभव ही नहीं थी, जिसकी पहल कांग्रेस ने की। आज कांग्रेस जिन राज्यों में भी अपनी पुरानी जमीन और जनाधार को ढूंढ रही है, वहां भी वह सिर्फ आरोपों की गुलेल जाकर चला रही थी। यदि गठबंधन के बिना उसकी कोई गति नहीं है, ऐसा उसे लगता है, तो उसे इसके लिए गंभीर रूप से कोशिश करनी चाहिए थी। इसलिए भी कि चुनाव पूर्व गठबंधन और चुनाव के बाद के गठबंधन में पर्याप्त फर्क होता है। बाद के गठबंधन का आशय तो सिर्फ सत्ता में अपनी भागीदारी के प्रतिशत को सुनिश्चित करना होता है, लेकिन चुनाव पूर्व का गठबंधन सिर्फ राजनीतिक मतैक्य ही पैदा नहीं करता, एक विश्वसनीय रणनीति भी तैयार करता है। कांग्रेस को सिर्फ इतना ही तो भरोसा देना है कि अतीत में गिरी ईंटों को न गिनो, उन भरभराई इमारतों को न देखो जो समर्थन वापसी की वजह से जमींदोज हुई हैं। अब भविष्य में ऐसा नहीं होगा। हाल ही में राहुल गांधी कृषकों के मसले पर प्रधानमंत्री से मिलने चले गए, जबकि खबरों के मुताबिक तय यह हुआ था कि सभी विपक्षी साथ जाएंगे, ऐसा न होने से नाराज विपक्षियों ने राहुल गांधी की विपक्षी एकता की इस मुहीम को जिसे दस, जनपथ से चलाया गया था, पूरी तरह से 'फ्लाप' कर दिया। इन आठ विपक्षी दलों के पीछे नहीं थे राहुल, आगे थे। लेकिन संयुक्त पत्रकार परिषद में भी इससे आगे कुछ नहीं कह पाए कि सरकार क्या कर रही है समझ नहीं आ रहा। उनका फोकस दरअसल, यूपी चुनाव है, लेकिन राजीव शुक्ला जैसे नेताओं के चलते जिनका सपा से समीकरण ठीक नहीं है, वे नहीं चाहते थे कि कांग्रेस गठबंधन करे। राहुल के विरोध की नैया उनके लिए कितने फायदे के घाट ढूंढ पाएगी, कहना मुश्किल है।

2 जनवरी 2017

मगर समाजवादी समुराई कब तक रहेंगे?

जापान में एक छोटा सा वर्ग है समुराई। लड़ना उनका जीवन, आनंद, कला है। वे कुछ इस तरह लड़ते हैं कि लड़ते समय तलवार ही बचे, तुम न बचो। समाजवादी पार्टी में भी कुछ इसी तरह थोड़े हेर–फेर के साथ घट रहा है। लालू की भाषा में कहें तो लड़ना और फिर एक हो जाना समाजवादियों की फितरत है। वैसे तो यादव कुनबे में गुस्से का दूध–उबाल बैठ रहा है, लेकिन इसमें दोबारा उबाल नहीं आएगा, कौन कह सकता है। पार्टी की सेहत के लिए यह ठीक नहीं है। पिछले विधानसभा चुनाव में मिली भारी–भरकम विजय के बाद खांटी जमीनी नेता मुलायम सिंह यादव ने बड़ी शिद्दत, कूबत और इल्म से अखिलेश को मुख्यमंत्री बनाया था। उस समय भी पार्टी के कई नेता अखिलेश के नाम पर सहमत नहीं थे। उस चयन में मुलायम सिंह का राजनीतिक विरासत सौंपने का ऐलान था, ऐसा समझा भी गया और मुलायम समझाना भी चाह रहे थे। उसके बाद मुलायम सिंह मुतमईन हो गए कि खदबदाती पार्टी में सब ठीक हो गया है, लेकिन हुआ नहीं। क्या यह सब उसी का परिणाम नहीं है? अखिलेश का गुनाह है तो यह कि वह लट्ठमार भाषा में संवाद नहीं करता, हर ड्योढ़ी के आगे नतमस्तक होकर 'डिक्टेशन' नहीं लेता और अपने मुख्यमंत्रित्व काल में उसने बनी–बनाई सपाई शैली से अलग निकलकर एक ऐसी सर्वस्वीकार्य छवि बनाई, जिसने उसे पिता की छत्र–छाया से निकालकर प्रदेश का नेता बना दिया। ऐसा नेता जिसके पास समर्पित कार्यकर्ता हैं, विधायक है और जो अपनी

उपलब्धियों को लेकर जनता में जाने का विश्वास और माद्दा रखता है।

इसलिए उसके प्रत्याशियों की सूची थोड़ी भिन्न है, जिस पर अभी तक कोई फैसला नहीं हुआ। बतौर उनके करीबियों के यह सूची आनन–फानन में तैयार नहीं की गई। यह सूची जनता के विधानसभावार फीड बैक के आधार पर तैयार की गई है। इससे जीतने की गारंटी नहीं होती, लेकिन इस कार्यशैली से जीतने के द्वार खुलते तो हैं। सिर्फ जातिगत अंकगणित से चुनाव नहीं जीते जाते, अखिलेश ने इस नई इबारत को भी यूपी में लिखा है। जैसा कि और लोगों का कहना है कि अंतर्कलह पूर्व नियोजित थी या कि नेताजी की भाषा में कहें कि यह 'नूराकुश्ती' थी, ऐसा मान भी लें तो मानना होगा कि नेताजी की इस चाल से सारे असंतुष्ट समाज सेवियों की जुबां बंद हो गई। प्रमाणित हो गया है कि अखिलेश का चयन पदानुकूल शख्स का चयन था। उनके साथ ज्यादा विधायक हैं, सड़क पर जनता है। आत्मदाह पर उतारू युवा हैं। यह सब आज समाजवादी पार्टी में किसी के पास नहीं है, यदि कभी रहा होगा, तो उन्होंने इसे खो दिया है।

एक और तरीके से सोचने वालों का मत है कि यह द्वंद पूर्व निर्धारित नहीं था। इसलिए भी कि असंतुष्ट खेमे को अंदाजा ही नहीं था कि अखिलेश क्या कर सकते हैं? और क्या करेंगे? ये लोग भी इस बात को जानते होंगे कि नेताजी परमाणु करार, राष्ट्रपति चुनाव और महागठबंधन जैसे मसलों पर कदम उठाकर वापस ले चुके हैं। ऐसे में उन्होंने नेताजी को पर्याप्त कुछ–कुछ कहा होगा। बहरहाल इस विवाद का स्थायी पटाक्षेप नेताजी ही कर सकते हैं। अब शायद उनके लिए यह इसलिए भी आसान होगा कि अखिलेश अपनी 'क्लीन इमेज' के साथ पार्टी जिताने की भूमिका में दिखाई भी दे रहे हैं। समाजवादी पार्टी, विजयी हो न हो अखिलेश इस पार्टी के भविष्य हैं, ऐसा उत्तर प्रदेश कह रहा है। इसका अंदाजा मुख्यमंत्री अखिलेश यादव को मिल रहे समर्थन से भी अब साफ तौर पर लगाया जा सकता है।

3 जनवरी 2017

धर्म के नाम पर वोट मांगना कब बंद होगा

एक होता है लोकमानस! इसका लोक सदैव अनुपम और अद्‌भुत होता है। इसलिए कि वह माटी में रचा–बसा–पका होता है। यह हांडी की सौंधी गंध है, इसमें 'इन्स्टेन्ट' कुछ नहीं होता। भाषा, चित्र, मुहावरे, मान्यताएं, परंपराएं यह सब बनने और पकने में बरसों लगते हैं। इसमें ही धर्म भी शामिल है। यह व्यक्ति की निजता का प्रदेश है, जहां घनत्व सिर्फ आस्था का होता है। यह बात हर व्यक्ति को पता होती है, लिहाजा नेताओं को भी पता होता है। ये लोग अपने तर्कों, गलत या सही प्रसारित अपने विचारों से लोगों को राजी नहीं कर पाते, तब इस गिलाफ में उतरते हैं। गांधी अकेले राजनीति के ऐसे शिखर पुरुष हैं जिन्होंने इस बात को सबसे पहले चिह्नित किया और कहा कि राजनीति और धर्म का सम्मिश्रण नहीं होना चाहिए। लेकिन यह कभी रुका नहीं। आज सुप्रीम कोर्ट ने कह दिया कि यदि कोई उम्मीदवार धर्म के नाम पर वोट मांगता है तो यह जन प्रतिनिधित्व कारण के तहत भ्रष्ट आचरण माना जाएगा और कानून की धारा १२३(३) के दायरे में होगा। यह बेहद महत्त्वपूर्ण मसला है, लेकिन इसके लिए भी क्या राजनीतिक पार्टियां कानून की प्रतीक्षा कर रही थीं। ऐसा स्वाभाविक रूप में या अपने आप नहीं हो सकता था! हमारा लोकतंत्र संप्रेषणीयता के कितने तंग तर्कों और प्रतितर्कों में उलझा हुआ है। जो धर्म का इस्तेमाल वोट उगाऊ तरीके से कर रहे हैं उनके अपने तर्क हैं, हालांकि वे कभी ऐसा नहीं मानते और जो इसका विरोध करते हैं, वे विरोध ही करते रह जाते हैं। तो क्या

अब ऐसा माना जाए कि गैर कानूनी करार दिए गए हथकंडे का इस्तेमाल बंद हो जाएगा। सर्वोच्च न्यायालय ने यह भी कहा है कि धर्म ही नहीं जाति और समुदाय के नाम पर भी वोट मांगना गैर कानूनी है। इसलिए कि चुनाव एक धर्म–निरपेक्ष पद्धति है।

तुलसी ने लिखा है 'ऊंचा निवास नीच करतूती' ज्यादातर दलों की यही स्थिति है। वे विजयी होने के लिए व्यक्ति को राजी नहीं करते उसमें अपना निजत्व खोजने को विवश कर देते हैं। वह निजत्व आदमी को एक बोली, एक सा पहनावा और एक से रीति–रिवाज में अपनापन खोजने को लाचार कर देते हैं। यह लाचारी उसमें अपने आदमी का भाव पैदा कर देती है। इसी तलाश में राजनीतिक दल लगे होते हैं। यही तो वह वजह है, जिसके कारण हमारे देश में जातियां विगलित नहीं होतीं। दक्षिण अमेरिका में 350 से ज्यादा तरह के लोग जिन्हें हम मोटे तौर पर जातियां कह लें, वे एक–दूसरे में समायोजित हो गए। हमारे यहां तो टिकट बांटने, विधानसभा क्षेत्र चुनने, कहां–कहां जातियां अपना प्रभाव नहीं डालतीं, ज्यादातर चुनाव क्षेत्रों में पहले से ही तय होता है कि अमुक स्थान अल्पसंख्यक बहुल है या दलित बहुल या कुछ और। उसी आधार पर उम्मीदवार खोजे जाते हैं। डॉ. लोहिया ने ताउम्र इस बात की मुखालफत की कि जातिसूचक उपनाम भी क्यों लगाए जाएं। इससे जातियों के कोष्ठक में बंद समाजों की उम्र बढ़ जाती है। लेकिन कुछ हुआ नहीं। वैसे यह निर्णय ऐसे समय में आया है जब कुछ समय बाद विधानसभा चुनाव होने जा रहे हैं। जानते होंगे कि 95 में जे. एस. वर्मा की पीठ कह चुकी है कि हिन्दुत्व शब्द जीवनशैली की ओर संकेत करता है, इसे धर्म तक सीमित नहीं किया जा सकता।

इसलिए इस शब्द के पीछे छिपकर भी जातिवाद के कनात लगाकर गांव–गांव और चौपाल–चौपाल इसका जहर नहीं फैलाया जा सकेगा। अरविंद ने तो कहा भी था कि वर्ण से जाति में बंटे समाज का भविष्य तभी है जब ये लोग जाति को समाज की संकीर्ण गलियों में पैबंद की तरह इस्तेमाल न करें। ऐसा करना भा. रतीय लोकतंत्र को प्रगतिशील नहीं होने देगा। जो भी हो, यह बेहद जरूरी फैसला है, जिसके परिणाम समाज और चुनाव पर दिखाई देंगे।

4 जनवरी 2017

अदालत की बात मानी क्यों नहीं गई

सर्वोच्च न्यायालय ने आखिरकार बीसीसीआई अध्यक्ष अनुराग ठाकुर और सचिव अजय शिर्के को उनके पदों से हटा दिया। अदालत ने कहा कि उन्हें तत्काल प्रभाव से बोर्ड का कामकाज देखना बंद कर देना चाहिए। इस फैसले पर अप्पिणी करते हुए अनुराग ने कहा कि न्यायाधीशों को लगता है कि सेवानिवृत्त न्यायाधीशों के नेतृत्व में बीसीसीआई बेहतर काम कर सकता है, तो मैं उन्हें शुभकामनाएं देता हूं। अनुराग की यह अप्पिणी खीझ और झूंझ से भरी हुई है, यह सहज अप्पिणी नहीं है। बात यह है कि सुप्रीम कोर्ट ने सुझाव दिया, समझाइश दी, नहीं मानी गई। शुरू में जरूर ढिंढोरचियों की तरह ढोंग हुआ कि बीसीसीआई अनुपालन में सन्नद्ध हो गई, लेकिन ऐसा कुछ नहीं हुआ। लोढ़ा समिति भी सुप्रीम कोर्ट द्वारा नियुक्त समिति थी, जिसने बीसीसीआई में समग्र रूप से बदलाव किए जाने को आवश्यक बताया था। लिहाजा, ज्यादातर अनुशंसाएं अदालत ने मान ली थीं। बावजूद इसके बीसीसीआई के अध्यक्ष अनुराग ठाकुर इसे मानने में हीला–हवाली करते रहे। मालूम होगा कि अनुराग हिमाचल क्रिकेट और शिर्के महाराष्ट्र क्रिकेट के अध्यक्ष हैं। इनके अपने निजी स्वार्थों के अलावा कुछ और कारण नहीं होंगे कि इन्होंने सर्वोच्च न्यायालय के फैसले की अवहेलना जैसा करने का कदम उठाया। इनकी नियत ही नहीं थी कि लोढ़ा समिति की सिफारिशों को लागू होने दिया जाए। इसलिए उन्होंने अदालत के आदेश के

बावजूद पुनर्विचार याचिका दायर की थी। उसमें मांग भी की गई थी कि समिति की सिफारिशों पर फिलहाल रोक लगाई जाए। लेकिन अदालत ने पुनर्विचार याचिका को ग्रहण कर लेने के बाद रोक लगाने से इनकार कर दिया। अनुराग एंड कंपनी को समझ नहीं आया वे स्वायत्तता के चक्कर में लगे थे।

उन्होंने एक व्यक्ति एक पद, एक राज्य, एक वोट और चयन समिति में तीन सदस्यों को रखे जाने जैसी प्रमुख सिफारिशों को भी लागू नहीं किया। इतना ही नहीं कहा गया कि अनुशंसाएं अविकल रूप से लागू करना व्यवहारिक नहीं है। ऐसा था नहीं। एक राज्य एक वोट के प्रावधान में या कि एक से अधिक क्रिकेट संघ वाले राज्य रोटेशन के आधार पर मतदान करेंगे। हितों के टकराव को बचाने के लिए एक व्यक्ति क्रिकेट प्रशासन में एक पद पर ही रहेगा। जनवरी १५ में गठित लोढ़ा समिति की सिफारिशों के चलते शरद पवार जैसे शूगर लॉबी के कद्दावर नेता और पूर्व केंद्रीय मंत्री को हटना पड़ा, यह अनुराग के सामने था, लेकिन उन्होंने इसकी कतई परवाह नहीं की। दुनिया के सबसे अमीर क्रिकेट कंट्रोल बोर्ड जिसके पास ३५७६ करोड़ का कैश हो उसकी अध्यक्षता छोड़ना संभवतः उनके लिए सबसे कठिन काम रहा हो। यदि ऐसा नहीं था तो सुप्रीम कोर्ट के फैसले का सम्मान क्यों नहीं किया गया? आखिर क्यों अदालत को सीधे बैंक को आदेशित करना पड़ा कि वह फंड रिलीज न करे। सम्मान की जगह बीसीसीआई चुनौती देने के फेर में पड़ गया। यह निहायत ही बचकाना और शर्मनाक कदम था, जिससे बचा जाना चाहिए था।

आखिर क्यों पारदर्शिता के मुद्दे पर सहमत होते हुए असहमति का रुख अख्तियार किया गया? क्या पहले ये ही लोग बीसीसीआई की कार्यप्रणाली में पारदर्शिता लाने की बात नहीं कर रहे थे, फिर अपनी बारी पर, अदालत के कहने के बावजूद गलियां तलाशने की जरूरत क्या थी? दरअसल, लोकतंत्र हर नागरिक को शक्ति देता है, लेकिन नेता किस्म के मरजीबड़ों में भ्रम भी कि हर किस्म के फैसले के पीछे भी बाहर जाने का रास्ता होता है, जिससे कुछ और

न सही समय तो बिताया ही जा सकता है। यही बीसीसीआई के ये महानुभाव कर रहे थे। इन्हें चाहिए कि जितना जल्दी हो सके क्रिकेट और अपनी फजीहत करवाने के बजाय पारदर्शिता के लिए उठे कदमों का क्रियान्वयन होने दें। ताकि बिशन सिंह बेदी जैसे अनुभवी और फिरकी गेंदबाज को जैसी उम्मीद की किरण दिखाई दे रही है, वैसी क्रिकेट प्रेमियों को भी दिखाई देने लगे।

6 जनवरी 2017

मोदी और नीतीश ने की परस्पर सराहना

ऐसा पहली बार हुआ है कि प्रधानमंत्री नरेंद्र मोदी के मंच पर नीतीश कुमार बांछें खिलाते आए और उसी तरह गए भी। मोदी ने भी इस बार किसी तरह की धार–धार नुक्ताचीनी नहीं की अपितु बिहार मुख्यमंत्री की नीतियों और कार्यशैली की प्रशंसा की। गुजरात के मुख्यमंत्री रहने तक तो मोदी, नीतीश की पसंद थे, लेकिन एनडीए की अगुआई करने की बात आते ही नीतीश खुराफात पर अमादा हो गए। शायद उन्हें भान रहा होगा कि एनडीए में इस बार कौशल व राजनीतिक कलात्मकता में वे सबसे आगे हैं और भाजपा भी उनका ही समर्थन करेगी। भ्रम यह था कि जैसा उनका सहज स्वीकार एनडीए में है, वैसा ही अगुआई के मसले पर भी होगा। वे यह भूल गए कि अमूमन भाजपा सबसे बड़ा दल रहता है, तो नेतृत्व के प्रश्न पर भी इसी दल का सर्वस्वीकार्य नेता ही आगे बढ़ाया जाएगा। मन की टीस लेकर नीतीश बहुत दिन चले नहीं, उस तिर्यक रेखा ने दोनों के बीच की बरसों की संधि को तोड़ दिया। नीतीश के पास चारा नहीं था, सिवा 'चारा–प्रेमी' लालू यादव के साथ कदम मिलाने के। जेपी आंदोलन में तो दोनों साथ थे ही, लेकिन बाद में अलग–अलग खड़े हो गए। फिर 'जंगलराज' की संज्ञा उछालकर भाजपा के सहयोग से इन्होंने पदच्युत कर दिया था। लेकिन बिहार की अस्मिता और अपने लोगों को लामबंद रखने के खयाल से लालू–नीतीश साथ हो लिए जिसका नतीजा आज की बिहार सरकार

है। मगर उनकी राजनीति की खनक और चमक लालू यादव की बाजीगरी और कारीगरी के चलते फीकी पड़ने लगी। लालू कुनबाई राजनीति की मसनद से बाज नहीं आए और नीतीश के लिए काम करना मुश्किल होने लगा। यह वह बिंदु है जहां से नीतीश पलटकर देखने लगे कि उन्होंने भाजपा का साथ छोड़कर हासिल क्या किया? मुद्दावार विरोध नहीं था उनका, उनका विरोध वैयक्तिक था। वे सिर्फ मोदी की मुखालफत कर रहे थे। जब भाजपा ने मोदी को प्रधानमंत्री पद का उम्मीदवार घोषित कर दिया तब नीतीश लाचार बच्चे की मानिंद रूठ गए और पार्टी से दूर हो गए। भाजपा ने भी कभी नीतीश के कलात्मक प्रशासनिक संचालन का मखौल नहीं उड़ाया, बल्कि जितना यश उन्हें अपनी पार्टी के नेताओं से हासिल नहीं हुआ उससे ज्यादा यश उन्हें भारतीय जनता पार्टी ने दिया। इसलिए यह सहज और स्वाभाविक है कि वे इस समय 'बामे उरूज' पर होकर यानी सर्वोच्च शिखर पर होकर भी अकेले महसूस कर रहे हैं।

दूसरी तरफ भारतीय जनता पार्टी के पास नीतीश कुमार, बादल और बाल ठाकरे से पुराने कौन से साथी हैं? जिन्होंने पारदर्शिता और ईमानदारी की नीयत पर सवाल आने पर ही भाजपा की आलोचना की है, उन्होंने अपनी क्षेत्रीय प्रतिबद्धता को बरकरार रखते हुए भी भाजपा के राष्ट्रीय स्वरूप, आकार और दर्शन को सदैव ऊपर रखा। यही तो वह कारण था जिसके चलते यह राजनीतिक संधि इतने वर्षों तक निभ गई। अब दोनों को एक–दूसरे की दरकार है। पहले भी नीतीश कुमार नोटबंदी के मसले पर अपनी पार्टी लाइन से इतर मोदी की सराहना कर चुके हैं। उस समय भी अचरज हुआ था कि आखिर यह ऊंट किस करवट बैठेगा। आज प्रधानमंत्री मोदी, नीतीश की शराबबंदी नीति की प्रशंसा कर गए। चाहे धीमे–धीमे ही सही दोनों पास आ रहे हैं। वैसे इसके बिना नीतीश और करेंगे भी क्या? सिवा इसके कि वे तीसरे मोर्चे की आस करें और कांग्रेस को मोर्चा अगुआई न दें। ऐसा भी तभी हो सकता है जब कांग्रेस लगभग हर चुनाव में धराशायी हो जाए और उसका राष्ट्रीय पार्टी का गर्व और रुतबा उससे छिन जाए। ऐसे में ही उसे पिछली सीट पर भेजा जा

सकता है। यदि वह आगे रही तो नीतीश जैसों की आकांक्षा को पर नहीं मिल पाएंगे। केवल कांग्रेस का पराभव ही वह संभावना है जो क्षेत्रीय क्षत्रपों के लिए अवसर खोल सकता है। उस समय कहीं नीतीश के लिए संभावना के दरीचे खुल सकते हैं। मगर संभावना के सिर्फ!

9 जनवरी 2017

किताबें झांकती हैं बंद अलमारी के शीशों से

गुलजार की एक नज्म है 'किताबें झांकती हैं बंद अलमारी के शीशों से, बड़ी हसरत से तकती है, महीनों अब उनसे मुलाकातें नहीं होतीं....मगर वो जो किताबों में मिला करते थे सूखे फूल और महके हुए रुक्के, किताबें मांगने, गिरने–उठाने के बहाने जो रिश्ते बनते थे, उनका क्या होगा..शायद वो अब नहीं होंगे।' जैसे घरों से गुजारी जा रही हैं पुरानी अलमारियां और उनकी जगह दीवार में जड़ सकने लायक 'वारड्रोब' बनने लगे हैं, जैसे संदेश की जगह चलन में आ गया 'मैसेज' और बातचीत बन चुकी है 'चौटिंग' वैसे ही किताबें पुरानी बौद्धिक हसरतों की एन्टीक पसंद की तरह होने लगी हैं। जबकि किताबें राजनीति, धर्म, समाज, अर्थशास्त्र, विज्ञान, साहित्य हर विषय के लिए एक जरूरी संपदा है। वह सिर्फ अपनी विषय सामग्री का समुच्चय नहीं होता, बल्कि विचार की गतिशीलता का आधार भी होती हैं। जिसमें छुअन भी है और तर्क प्रतितर्कों से इतर प्रतीती भी। किताब, विषय, प्रस्तुति, प्रकाशन कई चीजों से निर्मित होती है। इसलिए टैगोर से टालस्टाय तक उनसे संवाद करते रहे। लेकिन पिछले एक अंतराल से पुस्तक प्रकाशन अनेक दिक्कतों का सामना कर रहा है।

अव्वल तो पुस्तकें छापना पर्याप्त धैर्य के साथ श्रमसाध्य काम है, उस पर पुस्तकों की बिक्री उतनी होती नहीं। फैशन बतौर कुछ लोग किताबों के मेले में टहलते हुए कुछेक पुस्तकें ले आते हैं, जिनके चेहरे पर खरीदी का उत्सव तो होता है, अध्ययन की जिज्ञासा नहीं। रही बात सरकारों की खरीद की तो वह भी बहुत कम है। गांव–गांव वाचनालय खुलें और प्राथमिकी से बच्चे को वाचनालय आदत के रूप

में मिल सके, ऐसा हम नहीं कर पाए हैं। बुनियादी शिक्षा तो दूर बड़ी कक्षाओं के विद्यार्थियों को भी पुस्तकें उपलब्ध नहीं होतीं। वे निर्धारित पाठ्यक्रम में ही खर्च हो जाते हैं, फिर अतिरिक्त या निर्धारित पाठ्यक्रम से इतर भी पढ़ा जाना चाहिए, ऐसा कोई बोध बच्चों में विकसित नहीं किया जाता, जिसे किया जाना चाहिए। शायद अब हो क्योंकि अमरीका, फ्रांस में यह शुरू हो गया है। वहां बुनियादी स्तर पर भी बच्चे की किताब से दोस्ती कराई जाती है। उसके लिए भिन्न किस्म का साहित्य लिखा जा रहा है, जो सूचनात्मक होता है। उसकी सूचना उसके व्यवहार को प्रभावित करती है। यही किताबें करती हैं। इसलिए सरकारों को चाहिए कि वे अपने पुस्तक खरीद के बजट को बढ़ाएं और ग्राम पंचायत स्तर तक पुस्तकें पहुंचाने और नई पीढ़ी की उनसे दोस्ती हो सके, इसका प्रबंध भी करें। वरना यदि पुस्तकों के अध्ययन का अभ्यास ही नहीं होगा तो सिर्फ अपेक्षा रहेगी कि नई पीढ़ी को यह भी पता होना चाहिए और उन्हें नहीं होगा, क्योंकि वह उनके लिए जरूरी नहीं है।

जैसे विज्ञापन परिवेश बनाता है और उस परिवेश में ही वस्तु की जरूरत पैदा करता है। वैसे ही अध्ययन का परिवेश बनाना होगा। हमारे शिक्षा संस्थानों को भी हमें पारंपरिक शिक्षा पद्धति से निजात दिलानी होगी। उन्हें किताबों के अनंत आकाश की तरफ खुलवाना होगा। ताकि नई पीढ़ी दुनिया–भर के विचारकों को उनकी मौलिक कृतियों के साथ समझ सकें, सिर्फ उनके नाम रटकर ही कक्षोन्नत न हों। कुछ लोगों की हर पुस्तक मेले में चिंता रहती है कि यदि एक दिन सारी किताबें 'ई–बुक्स' में तब्दील हो गईं तो क्या होगा? यह कुछ ऐसी ही चिंता है कि टीवी खबर दिखाने लगेंगे तो अखबारों का क्या होगा ? टीवी खबर दिखा रहे हैं और अखवार पहले से ज्यादा प्रकाशित–प्रसारित ही रहे हैं। वैसे ही 'ई–बुक्स' किसी तरह का खतरा नहीं हैं। लेखकों को यथोचित पारिश्रमिक मिले और सरकारें अपनी खरीद बढ़ाएं तो प्रकाशन उद्योग पर मंडरा रहा संकट हमेशा के लिए टल सकता है। गुलजार की तरह रिश्तों के चम्पई स्वरूप और रेशमी अहसास को कोई खतरा नहीं है। इसलिए कि किताबों की दुनिया रोशन है, पहले से कुछ ज्यादा।

१० जनवरी २०१७

आदिवासी महिलाओं से ज्यादती!

यह खबर छत्तीसगढ़ की है कि वहां की 16 आदिवासी महिलाओं से ज्यादती की गई। यह सब करने वाले पुलिसिया थे। प्रदेश कांग्रेस अध्यक्ष भूपेश बघेल ने एक चिट्ठी लिखकर राष्ट्रपति से रमन सरकार को बर्खास्त करने की मांग की है। आदिवासियों पर जुल्म की कथा अनंत है। उनके शोषण की कहानियां पूरे प्रदेश में फैली हैं। बस्तर से आगे बढ़ते हैं तो तोकापाल, दंतेबाड़ा ऐसी जगहें हैं जहां व्यवस्था के कैक्टसों ने सालों से आदिवासियों को लहूलुहान कर रखा है। वैसे आज ये जगहें नक्सली इलाके में आती हैं। वे जो नक्सलियों को सही ठहराने की जिद करते हुए अंग्रेजी में धारधार विरोध करते हैं, वहां सड़क के रास्ते जाने की हिम्मत नहीं करते। हालांकि रायपुर से बस्तर की सड़क पर हिचकोले नहीं लगते। आदिवासियों की हकीकत किसी को भी द्रवित करने के लिए पर्याप्त है। सरकारें उन्हें मुख्यधारा में आज तक तो नहीं ला पाईं। मारिया, मूरिया जैसी जातियों पर ज्यादा काम भी नहीं हुआ।

आज तक वेरियर एल्विन का काम ही सबसे प्रमाणिक है, जिन्होंने अपनी पुस्तक 'मारिया–मूरिया एंड घोटुल' की प्रस्तावना में लिखा कि 'मुझे मिशनरियों ने यहां धर्म परिवर्तन करवाने के लिए भेजा था।' जानते होंगे कि एल्विन छत्तीसगढ़ रहे हैं और गांधी के समकालीन थे, फिर इन्होंने मिशन के काम से इस्तीफा दे दिया था। उस समय से अब तक धान का कटोरा कहे जाने वाले प्रदेश में भी आदिवासी की पीठ और पेट में कोई फर्क नहीं दिखता। ये इतने भोले, मासूम और सीधे लोग हैं जो अपनी भाषा, परंपरा, लोकगीत,

और परिश्रम की मस्ती में डूबे रहते हैं। उनकी सामाजिक संरचना इनके आपसी व्यवहार को दर्शाती है। ये कतई हिंसक नहीं हैं। अंग्रेज जिनसे सबसे ज्यादा परेशान हुए तो वे ये लोग थे। इन्होंने गांधी से पहले अहिंसक सत्याग्रह किया। लेकिन इनकी किस्मत से गरीबी, अभाव, संत्रास कभी कम नहीं हुआ।

ये अंग्रेज ही थे जिन्होंने अपनी जनगणना करवाई और कुछ शब्द हमें दे गए। उनमें आदिम, लड़ाकू, वंचित मूलवासी जैसे शब्द भी हैं। इसी आधार पर हमारी तत्कालीन केंद्र सरकार ने अनुसूचित जातिधजनजाति की सूची तैयार की। सूचियां, शब्द, संज्ञाएं यह सब ईज़ाद किया गया, इस नाम पर कि इनका विकास होगा और विकास के नाम पर हमारी जिद है कि वे अपनी भाषा की बजाय हमारी भाषा बोलें, अपनी झुग्गियों की बजाय भीड़भाड़ वाले इलाकों में रहें, यही तो विकास की हमारी शर्तें हैं।

ब्रह्मदत्त शर्मा ने अपनी एक किताब में लिखा– आदिवासी का कुछ करना चाहते हैं तो पहले उसे अपनी जमीन, जंगल, नदी के पास अपनी अवस्था में रहने दें और आस–पास की स्थिति बदलें। ठीक ही तो है कि स्थितियां बदलेंगी तो उनके अभावग्रस्त जीवन से उन्हें निजात मिलेगी, जिसकी बाट जोहते–जोहते न जाने कितनी पीढ़ियां बर्बाद हो गईं। डॉ. रमन सिंह चोखे वाले बाबा के नाम से जाने गए, लेकिन उन्हें पता भी नहीं होगा कि अबूझमाड़ के भीतरी हिस्से में आज भी आदिवासी बांस के भीतर की गांठ का सफेद पदार्थ निकालकर खाता है। चूल्हे जलते तो हैं मगर कभी–कभार। ऐसे में उन आदिवासी ललनाओं, महिलाओं के साथ भी बदसलूकी, ज्यादती, बेहद विकृत मानसिकता को दर्शाता है।

सुना है कि पुलिसिया के खिलाफ जांच होगी। इस पर शर्म आनी चाहिए सरकार को, साक्ष्य मौजूद हैं तो जांच किस बात की। याद रखे सरकार कि आदिवासियों पर जोगी राज में ज्यादती की तस्वीरें दिखा–दिखाकर ही इन्होंने वोट हासिल किए थे। इसलिए प्रतीक्षा न करें जो करना है, तत्काल किया जाना चाहिए।

11 जनवरी 2017

नींद भी जरूरी है इस सब के साथ

मध्यप्रदेश के ग्वालियर शहर के एक व्यापारी ने नींद नहीं आने की वजह से त्रस्त होकर आत्महत्या कर ली। खबर में बताया गया कि वह लगातार दवाइयां लेने विभिन्न चिकित्सीय परामर्श हासिल करने के बाद भी ठीक से सो नहीं पा रहा था। इनसोमनिया अथवा अनिद्रा की इस बीमारी का प्रसार हमारे देश में बढ़ता जा रहा है। इसकी दर लगभग उतनी ही और वैसी ही है जितनी और जैसी अवसाद के प्रकरणों में पाई गई। रजिस्टर्ड चिकित्सकों की एक संस्था है 'क्यू. रोफाई' उसका मानना है कि देश में २० फीसदी मरीज अनिद्रा के हैं। इन प्रकरणों में इजाफा मूलतः जीवनशैली के बदलने से हो रहा है। आकांक्षा, महत्त्वाकांक्षा, तनाव, परिवेश, परिवार, कार्यालय यह सब इसके कारक हैं। आपाधापी, भागदौड़ के चलते सीधा प्रभाव कहते हैं कि नर्वस सिस्टम पर पड़ता है और पेरानोइया और अन्यान्य बीमारियां घर कर जाती हैं। हिंदुस्तान का एक बड़ा हिस्सा आज भी स्वास्थ्य को प्रकाश की तरह समझता है। अर्थात अंधेरा नहीं है तो उजियारा है। उसी तरह बीमार नहीं हैं तो स्वस्थ हैं। लिहाजा, जो बात सबसे अंत में सोची जाती है, उसका नाम स्वास्थ्य है।

छोटी–मोटी सर्दी, खांसी, या बुखार में डॉक्टर से संपर्क कर दवाई लेना हमारी आदत में शुमार नहीं है। खासकर हिंदी प्रदेशों में यह स्थिति भयावह है। इसलिए भी कि यहां प्राथमिकता हमारी चुनी गई नहीं होती, दूसरों द्वारा आरोपित होती है। प्राथमिकता का निध. ारण भी हम लोग 'लर्नन्ड बिहेवियर' से करते हैं। सीखा हुआ व्यवहार

ही हमारी जीवन शैली को जकड़े है। शरद जोशी ने स्वास्थ्य पर हमारी लापरवाही और फलों के फकत कुछ समय पर ही इस्तेमाल करने की आदत पर लिखा 'घर के बाहर फलों के छिलके पड़े हों तो पड़ोसी सदाचार में घर आ जाते हैं। पूछने लगते हैं कौन बीमार है?'

इसी से जुड़ी है जीवनशैली, जिसे यहां–वहां की नकल कर या उधार लेकर निर्मित किया गया है। यह बात सिर्फ पुनरुत्थानवादी नहीं है कि कृष्ण ने भी कहा था 'स्वधर्म' अपने स्वभाव के अनुसार आचरण करें, तो शरीर–मन को संत्रास नहीं झेलना पड़ेगा। लेकिन आर्थिक खींच–तान में अपने–आप जीवन में रक्तचाप और मधुमेह उतर आता है। आंकड़ों का उल्लेख किए बिना बात करें तो पता ही नहीं चलता और चल भी जाए तो वे उससे रूबरू होने की स्थिति में नहीं होते। स्वास्थ्य को यदि पुरुष, स्त्री, बच्चे और बूढ़ों में बांटकर देखें तो हालत और चिंताजनक है। गांव की महिलाएं खासकर पिछड़े वर्ग और आदिवासी समाज की महिलाएं कभी–कभार ही नियमित दवाई ले पाती हैं। शहरी महिला स्वास्थ्य की स्थिति भी बहुत अच्छी नहीं है। बच्चों में कुपोषण की खबरें जब भी जिस राज्य की आती हैं, तत्काल सरकारें वहां से खंडन जारी करती हैं। यह मुद्दा राजनीतिक नहीं सामाजिक है। इस पर जांच हो और तय किया जाए कि कैसे किसी प्रदेश का बच्चा कुपोषित रह सकता है। अभी इस सब की चिंता सरकारें नहीं कर पा रही हैं। निरोगी प्रदेश हो यह किसी पार्टी की प्राथमिकता में नहीं है। न सबके लिए भोजन, न सबके लिए स्वास्थ्य आखिर कैसे देश की परिकल्पना में ये सारे दल हैं! कुछेक राज्यों ने कदम बढ़ाए हैं, लेकिन वे नाकाफी हैं।

अनिद्रा जैसी समस्या को तो बीमारी माना ही नहीं जाता। वह व्यक्ति खुद नहीं मानता जो इससे पीड़ित होता है। क्योंकि हमारे समाज में नींद न आने को गंभीरता से नहीं, परिहास में लिया जाता है और इसे अनदेखा कर दिया जाता है। इस पर काम करने की जरूरत है कि उन २० फीसदी अनिद्रा के बीमारों में कितने प्रतिशत युवा वर्ग के लोग हैं और कैसे उन्हें इससे छुटकारा दिलाकर मनचाही नींद दिलाई जा सकती है।

१२ जनवरी २०१७

और अब जली रोटी की राजनीति

रमेश शर्मा महबूब के काव्य 'रोटी हँसे' के विमोचन पर महादेवी वर्मा इंदौर के रवींद्र नाट्य गृह आईं थीं। उन्होंने कहा था कि एक रोटी ही है जिसका उद्दीपक हँसी नहीं है। वह भेदाभेद से इतर मनुष्यों में फर्क किए बिना पूरी गंभीरता से पेट भरती है। 'रोटी' को लेकर एक सवाल उठा और राजनीति में सैकड़ों हाथ उठ गए, जैसे और कुछ करने को था ही नहीं। वैसे बीएसएफ की 29वीं बटालियन के तेज बहादुर यादव ने उस जली हुई रोटी को रविवार को सार्वजनिक कर दिया था, जिसे उसके हिस्से में दिया गया था। सभी जानते हैं कि इसका प्रबंध सेना के अधिकारियों के हाथ में होता है। वहां की शिकायतें अमूमन आती नहीं। इसकी एक वजह विधायी हो सकती है कि ऐसा कुछ होता ही नहीं कि उसकी शिकायत की जाए या कि उसे उजागर किया जाए अथवा वहां से खबरें आना नितांत मुश्किल होता है। बात जो भी हो यदि वह उजागर हो ही गई तो उसकी तफ्तीश की जानी चाहिए और संबंधित लोगों को दंडित किया जाना चाहिए।

इसलिए भी कि 4600 कैलोरी रोज एक जवान को जरूरत होती है और उसे दी जानी चाहिए, ऐसा भारत सरकार मानती है, तो वे लोग कौन हैं जो अमानत में खयानत के खयाल से इतने जिम्मेदार पदों पर हैं। मौसम हो या और तरह की दुश्वारियां हरेक से जूझता है सीमा सुरक्षा बल ! कभी यूं कीजिए कि बांग्लादेश की सीमा पर जहां हम लोगों ने कंटीले बाड़ लगाए हैं, वह मेघालय के पास का भी हिस्सा है। 'लो कोस्ट' होने से बारिश बहुत होती है, कभी वहां जाकर देखें तो पाएंगे कि अविचलित एक–एक जवान वहां घंटों

तैनात रहता है। एक से दूसरे की दूरी इतनी अधिक होती है कि बतौलेबाजी की गुंजाइश नहीं होती। कठिनतम परिस्थिति में भी जो नौजवान देश के लिए प्राण–पण न्यौछावर करने के लिए उद्यत रहते हैं, उनके भोजन में गड़बड़ी ! और कदाचित कोई गलती किसी से हो भी गई तो आगे न हो इसके उपाय किए जाने चाहिए न कि सफाई देने की कोशिश की जानी चाहिए।

संभव है कि जैसा कहा गया वह पूरी तरह स्वस्थ नहीं है यानी तेज बहादुर ! तो भी क्या यह सच नहीं है कि उसे नाश्ते में दिया जाने वाला भोजन नाश्ते के लायक भी नहीं था? क्या उसने जिस फोटो को सार्वजनिक किया वह बनावटी और झूठी थी? उसकी मानसिक स्थिति का इससे लेना–देना क्या है? हम क्यों अपनी गलतियों पर रेशमी आवरण डालकर मुक्त होने की बिजुकाई कोशिश करते हैं।

सेना के एक बड़े अफसर इस गलती पर कुछ इस तरह पर्दा डाल रहे थे, जैसे कुछ हुआ ही नहीं और बवाल मच गया। यह संभव है कि सैनिक मानसिक रूप से संतुलित न हो, कोई और दिक्कत हो और नाश्ता भी ठीक न मिले तो उसने गुस्से में आकर बात उजागर कर दी, लेकिन बात थी तो ठीक! इसे जांचने में हर्ज क्या है कि वे कौन लोग हैं जो सैनिक के जीवन जीने के हक पर भी डाका डालना चाहते हैं? आखिर उनके पेट कितने बड़े हैं? इतने बड़े कि वे देश की सुरक्षा में जुटे सैनिकों को भी नहीं बख्शते। तेज बहादुर ने यह भी सूचित किया है कि भारत सरकार तो पर्याप्त ध्यान देती है, लेकिन स्थानीय अफसर इस पर कुछ ज्यादा ही ध्यान देने लगते हैं।

बहरहाल, इस खबर पर जो कि शर्मनाक है विपक्षी दलों के लोग टूट पड़े और वे इसकी आड़ में रक्षा मंत्री मनोहर पर्रिकर पर हमला करने से नहीं चूके, जिनका इस घटना से कोई ताल्लुक नहीं। सिवा इसके कि अब वे इन लोगों का पता लगाकर उन्हें दंड दिलवाने की व्यवस्था करें। वैसे हर सवाल राजनीति करने के लिए नहीं होता। कम से कम हर राजनीतिक दल को यह बात समझनी चाहिए। सिर्फ इसका इंतजार नहीं करना चाहिए कि एक नकारात्मक खबर आई और आपने अपने नंबर बनाने का आयोजन कर डाला।

13 जनवरी 2017

विपक्ष के आरोपों के गुब्बारे का क्या हुआ?

सुप्रीम कोर्ट ने सहारा डायरी मामले में जांच की मांग करने वाली अर्जी को खारिज कर दिया। इसके लिए न्यायमूर्ति अरुण मिश्रा और अमित रॉय की नई पीठ ने इसकी सुनवाई की। जानते होंगे कि अर्जी प्रख्यात वकील और पूर्व केंद्रीय मंत्री शांतिभूषण के बेटे प्रशांत भूषण ने की थी। इसी डायरी के कुछ अंश पहले दिल्ली के मुख्यमंत्री अरविंद केजरीवाल के हाथ लगे, फिर राहुल गांधी के। ये दोनों ही प्रधानमंत्री को अंतराल से घेरने में लगे हैं।

अपनी नाकामयाबी से हताश इन दोनों नेताओं को लगा कि यह डायरी एक ऐसा अमोघ मंत्र है जिसके जरिए अपने बूते जीतकर आई भाजपा का संपूर्ण गौरवमान धोया जा सकता है और ईमानदारी, पारदर्शिता के लिए घोषित उसकी हर कार्रवाई को सशंकित दिखाकर एक राजनीतिक जीत हासिल की जा सकती है। इतना ही नहीं इन्हें यह भी लगा कि इसका इस्तेमाल हवाला डायरी की तरह हो सकता है या नरसिंह राव के जमाने में एक दलाल हर्षद मेहता ने आरोप उछाल दिया था कि प्रधानमंत्री नरसिंह राव ने उससे एक करोड़ रुपए लिए हैं। हवाला केस में तो देश में खासा हंगामा हुआ था। यही सब सोचकर केजरीवाल ने विधानसभा का एक विशेष सत्र एक दिन ही बुलाया और उसमें लहराकर उस डायरी को कुछ इस तरह दिखाया कि इससे अकाट्य प्रमाण और क्या हो सकता है? इससे अभिप्रेरित होकर कांग्रेस के उपाध्यक्ष राहुल गांधी ने भूकंप ला देने की घोषणा की थी। वे भी इसे अंतिम प्रमाण मान रहे थे और मान रहे थे कि इससे मोदी का बच निकलना असंभव है। इसी आधार

और विश्वास पर वे लगे रहे कि इस डायरी के पक्षों में भूकंप लाने की सामर्थ्य है।

यही उन्होंने कहा भी और दो दिन बाद की सभा में कुर्ते की बांह चढ़ाकर डायरी दिखाई। अदालत ने कहा कि इधर–उधर के पक्षों, कागजात, ई–मेल प्रिंटआउट जैसी कहीं–कहीं की सामग्रियों पर आधारित मामला महत्त्व नहीं रखता। क्योंकि ये अस्वीकार्य सामग्रियां हैं। इनकी कानून के तहत इतनी अहमियत नहीं है कि प्राथमिकी दर्ज की जाए या जांच के आदेश दिए जाएं। न्यायालय ने कहा कि आयकर निपटारा आयोग ने इसे प्रथम दृष्टया 'गढ़ा हुआ' करार दिया है और यह भी कहा है कि राजनीतिक हित साधने के लिए न्यायालय का दुरुपयोग न किया जाए। यह बेहद महत्वपूर्ण अप्पिणी है। जिस तरह आए दिन कोई भी अदालत पहुंचने लगा, बिना तैयारी और ठोस सबूतों के, उसी तरह से देश के किसी भी शख्स का जो 'आइकान' बन चुका है सम्मान बचा पाना मुश्किल हो जाएगा।

प्रशांत भूषण ने अपनी दलीलों के जरिए यह मांग की थी कि इसकी सुनवाई के लिए नई पीठ गठित की जाए, यह फैसला उसी नई पीठ का है। सवाल यह है कि हमारे बीच यह धारणा कितनी बलवती हो चुकी है कि हर शख्स गड़बड़ करता है और उसकी गड़बड़ कहीं न कहीं तो पता चल ही जाएगी। इसे प्रचारित करना भी आसान है और लोगों को मनवाना भी आसान। इसी सामान्य मनोविज्ञान का इस्तेमाल राहुल गांधी कर रहे थे, जिसमें कुछ निकला नहीं। उनकी भू–कंपित डायरी आज भू–लुंठित हो गई।

कांग्रेस जैसी पार्टी का उपाध्यक्ष इतनी गंभीरता भी नहीं रखता कि वह तथ्यों की पुष्टि कर ले और फिर आरोप लगाए। ऐसी बातें इस देश में हर नुक्कड़ पर पाई जाने वाली पान की दुकान पर होती रहती हैं। आम आदमी पार्टी को तो अभी काफी कुछ साबित करना है, लेकिन कांग्रेस जिस हड़बड़ी में तरल कदम उठा रही है वे वहीं फैल रहे हैं, जिसके निशांनात यहां–वहां धब्बों के रूप में जरूर दिखाई देते हैं। काश! ये ठोस कदम उठाना सीख लें जिससे कांग्रेस में पुनर्जागरण का काल आ सके।

14 जनवरी 2017

समस्या कहां है... मोदी में या चरखे में

खादी ग्रामोद्योग ने नए वर्ष का केलेण्डर जारी किया है। अमूमन, उस केलेण्डर पर चरखा काटते हुए गांधी जी का चित्र होता था। इस बार ऐसा नहीं हुआ। परंपरा टूटी और गांधी जी के स्थान पर मोदी की तस्वीर आ गई। चरखा इसमें भी है और उसमें भी था। चरखा गांधी जी भी कातते हुए दिखाई देते थे और मोदी जी भी इसी तरह दिखाई दे रहे हैं। समस्या कहां है? क्यों है? यह एक परंपरा थी और लोगों को खादी से जोड़ने की कोशिश। संदेश कुछ यह था कि गांधी जी चरखे से सूत कात रहे हैं और वह खादी में परिलक्षित हो रहा है। इसलिए युवाओं को खादी उन्मुख होना चाहिए। एक तरह से यह स्वदेशी का भी प्रचार था। लेकिन खादी अपनी पावनता में, गरिमा में, अपने ठेठ स्वदेशीपन में भी व्यावसायिक स्थापनाओं से बड़ी दूर रही। इसलिए व्यावसायिक स्पर्धा में उसे नहीं लाया जा सका और खादी पिछड़ती चली गई। खादी आम आदमी का जिस्मानी लिबास नहीं बन पाई, हां कुछेक दलों की वर्दी के रूप में जरूर दिखाई दी।

ऐसा कभी कहा नहीं गया कि गांधी जी की तस्वीर सदैव यहां से प्रकाशित होने वाले केलेण्डर पर होगी। न ग्रामोद्योग का ऐसा कोई संकल्प था। यह तो निरंतरता के चलते परंपरा में बदल गया था। गांधी और खादी अन्योन्याश्रित रहे हैं, लेकिन हम यह समझाने में नाकामयाब रहे कि गांधी जी चाहते रहे हैं कि देश का युवा खादी पहने। खादी का अपना सादापन, खादी की अपनी नफासत, खादी

का अपना एक जरूरी इतिहास है, जिसके चलते खादी को आंदोलन से युग–धर्म में बदलना था, मगर बदल नहीं पाया।

एक अरसे तक कलफ लगी खड़खड़ाती खादी कांग्रेस के सत्ता. ई गलियारों का परिचय थी। ऐसा नहीं कि खादी को विपक्षियों ने सम्मान नहीं दिया, लेकिन वह लंबे अंतराल तक अघोषित रूप से कांग्रेसी उत्पाद की तरह समझी गई, जबकि ऐसा है नहीं। कुछ दशकों को छोड़कर खादी की बिक्री को पसंदीदा उत्पाद के रूप में भी स्थान नहीं मिल सका। लिहाजा, वर्षों खादी ग्रामोद्योग संकट से जूझता रहा है। नरेंद्र मोदी के सत्तानशीन होने के बाद के शुरुआती भाषणों में ही उन्होंने खादी का उल्लेख कुछ इस तरह किया कि खादी नियमित परिधान का हिस्सा बन सके। बाद में तो उन्होंने बिल्कुल साफ इसका आह्वान किया कि इतने कपड़ों में कम से कम एक कपड़ा खादी का भी हो सकता है। यह खादी को 'प्रमोट' करना नहीं था तो क्या था? पिछले कई सालों में किसी भी प्रधानमंत्री ने खादी को बढ़ावा दिए जाने की बात नहीं की।

शायद यह इसलिए भी हो गया कि स्वदेशी का मुद्दा किसी के लिए भी प्राथमिकी का मसला नहीं था। और मोदी के खादी को बढ़ावा देने वाले वक्तव्यों के बाद खादी की बिक्री 40 फीसदी से ज्यादा बढ़ी है। लोग अब इसे आभूषणी–परिधान के बजाय नियमित–परिधान में बदल रहे हैं। ऐसे में गांधी जी के चित्र की जगह यदि नरेंद्र मोदी का चित्र आ गया या किसी ने प्रकाशित कर दिया तो कौन सा अपराध कर दिया। यह गांधी का असम्मान तो नहीं है।

प्रधानमंत्री नरेंद्र मोदी की खादी के साथ की गई नई स्था. पना है। एक ऐसी स्थापना है जिससे आलोचक विचलित हैं और वह यह कि गांधी की मौलिक अवधारणा 'चरखे' के साथ मोदी की तस्वीर साबित करती है कि मोदी जीवन– अभ्यास में उन लोगों से ज्यादा गांधीनेही हैं, जो उन्हें सिर्फ नारे की तरह इस्तेमाल करते हैं। इसलिए सिर्फ आलोचना के लिए आलोचना निरर्थक है। इसके लिए (मोदी इस्तीफा दें) जैसी मांग तो अपने आप में हास्यास्पद भी है। इस प्रकार की मांग करने वालों को कम से कम इससे तो बचा ही जाना चाहिए।

16 जनवरी 2017

शिक्षा पर सचिवों की अनुशंसा

शिक्षा को और अधुनातन, और यर्थाथवादी, प्रायोगिक या उपयोगी बनाने के विमर्श बरसों से उठ रहे हैं। इसमें बुनियादी शिक्षा, माध्यमिक शिक्षा की स्थिति, दिक्कतें, विद्यार्थियों के 'ड्रॉप आउट' जैसे मसलों पर मंथन चल रहा है। लेकिन कुछ निकलकर नहीं आ रहा। हाल ही में शिक्षा के मामले में सचिवों के एक समूह ने प्रधानमंत्री नरेंद्र मोदी को अनुशंसा की है कि देश के सभी माध्यमिक विद्यालयों में इसी साल के अप्रैल सत्र से अंग्रेजी को अनिवार्य रूप में पढ़ाया जाए। इतना ही नहीं हर विकासखंड में एक सरकारी विद्यालय ऐसा हो जो अंग्रेजी माध्यम में पढ़ाई करवाए।

जानते होंगे कि देश में 6 हजार से ज्यादा विकासखंड हैं। उनका कहना है कि कक्षा छठवीं से अंग्रेजी को अनिवार्य भाषा के तौर पर पढ़ाया जाना चाहिए। सवाल यह है कि हम अंग्रेजी की अनिवार्यता से हासिल क्या करेंगे? अनेक देशों में अंग्रेजी पढ़ाई ही नहीं जाती और वे विकास की दौड़ में पीछे नहीं हैं। लिहाजा, अंग्रेजी विकास की स्पर्धा में आगे जाने की गारंटी तो नहीं है। हम शिक्षा के समकालीन वातावरण में अपनी भाषा अर्थात हिंदी जो दुनिया में आज सबसे ज्यादा बोली और समझी जा रही है, उसके साथ क्यों नहीं खड़े हो सकते। जब जापान, चीन, फ्रांस और अन्यान्य देश अपनी भाषा के साथ इस दौड़ में पीछे नहीं छूट रहे तो हम कैसे छूट जाएंगे। क्यों अनिवार्य है अंग्रेजी में पढ़ाई करवाना? क्यों हम नई पीढ़ी को उधारी के अहसासों में जीने को मजबूर कर रहे हैं। क्या इन्हें पता भी है कि भाषा और सभ्यता हाथ में हाथ लिए साथ चलते हैं। भाषा की अनिवार्यता सभ्यता को अपने आप जरूरी बना देती है,

जिसकी कतई जरूरत हिंदुस्तान जैसे देश में नहीं है।

वैसे सीबीएसई ने ६वीं और १२वीं कक्षा में भाषा के इस सवाल को वैकल्पिक बना दिया है। सचिवों के समूह ने कहा है कि 'स्किल ट्रेनिंग' को भी आरंभ किया जाए और इसमें २५ फीसदी आदिवासी बच्चों को जगह दी जाए। यदि इसका पाठ्यक्रम निर्धारित है और प्रयोगधर्मी है तो निश्चित ही आदिवासियों के बालकों को मुख्यध. ारा में लाने में मदद मिलेगी। बशर्ते इसमें सैद्धांतिक अध्ययन का पाठ्यक्रम न्यूनतम हो और प्रायोगिक पाठ्यक्रम अधिक से अधिक। वरना नागार्जुन की एक कविता है 'चम्पा काले–काले अक्षर नहीं चीह्नती' की हालत हो जाएगी। बुनियादी शिक्षा में जिस तरह की कठिनाई आती है, अभी उस पर भी काम किए जाने की आवश्यकता है। आखिर क्या बात है हमारे प्राथमिक शाला उत्तीर्ण बच्चे भी ठीक से अपना अध्याय नहीं पढ़ पाते। समझने का तो सवाल ही नहीं। अक्षर में मूलतः आकार, ध्वनि होती है, इसकी आवृत्ति, पहचान बनाती है। सुदूर गांवों में चलने वाली पाठशालाओं में विद्यार्थी इस बारे में परेशान हैं कि वे अक्षर पहचान नहीं पाते। अक्षर नहीं पहचानने से शब्द में दिक्कत आती है, फिर शब्द जोड़ या संयुक्ताक्षर और कठिन होते हैं। अंग्रेजी में यह दिक्कत हिज्जे की पहचान के रूप में उभरती है। राष्ट्रीय स्वयं सेवक संघ के आनुषांगिक संगठन शिक्षा, संस्कृति उत्थान न्यास की राय है कि अंग्रेजी को अनिवार्य करने की क्या आवश्यकता है।

अंग्रेजी माध्यम के विद्यालय की बात भी संगठन ने सिरे से खारिज कर दी है। उनका कहना है कि दुनिया का कोई भी देश दूसरे किसी देश की भाषा को अपने यहां अनिवार्य नहीं कर सकता और न ही उस भाषा के माध्यम में शिक्षा देता है। इस पर जरूर विचार होना चाहिए कि हिंदी की जगह किसी भी विदेशी भाषा को जरूरी बनाने की आवश्यकता क्या है ? वैचारिक उपनिवेश से आखिर भारत को मुक्ति कब मिलेगी ? नए बदलाव अच्छे हो सकते हैं, लेकिन सदैव नहीं होते। शिक्षा में बदलाव हो तो वे भारतीय हों जैसी अपेक्षा महर्षि अरविंद ने की थी। उनका कहना था कि भारतीय शिक्षा के बिना भारत की समुन्नति की कल्पना नहीं की जा सकती।

17 जनवरी 2017

क्रिकेट जगत की दो उपलब्धियां

फटाफट क्रिकेट ने बहुत ही कम समय में अतुलनीय लोकप्रियता बटोरी है। एक दौर था जब परिणाम पांच दिन खेलने के बाद भी नहीं मिलते थे। उस समय में बड़े स्ट्रोक्स को देखने के लिए दर्शक तरस जाते थे। यह वही समय था जब क्रिकेट भारत में राजे–रजवाड़ों का खेल हुआ करता था। धीरे–धीरे इस खेल की लोकप्रियता ने इसमें पसीना बहाने वाले पारिवारिकजन को भी अपनाना शुरू कर दिया और इसमें मध्यवर्ग और निम्न मध्यम वर्ग का प्रवेश हो गया। फिर तो ऐसे खिलाड़ियों की कतार लग गई जिन्होंने दुनिया के बड़े क्रिकेटरों के स्थापित रन स्कोर को बौना कर दिया।

इसमें सचिन तेंदुलकर, सौरभ गांगुली, राहुल द्रविड़ अनेक नाम हैं। ये वे नाम हैं जिन्होंने भारत के नाम लगातार विजय लिखकर इस खेल को धर्म की तरह प्रस्थापित कर दिया। इसी के साथ–साथ व्यवस्थागत समस्याएं क्रिकेट के साथ जुड़ती गईं या महसूस होती गईं। नई पीढ़ी को आज अनेक दरवाजों से होकर गुजरना पड़ता है। डीडीसीए में पिछले दिनों अंडर 16 की टीम के लिए चयन होना था। वह दृश्य बता रहा था कि क्रिकेट का क्रेज किस कदर बढ़ा है। सैकड़ों बच्चे ! किस आधार पर निर्धारित ओवरों में चुने गए यह तो डीडीसीए ही जानता है। लेकिन खेलने और जीतने का जुनून नई पीढ़ी में साफ दिखाई दे रहा था। यह तो चयन करने वाले आकाओं और मठाधीश बने लोगों ने कई दिक्कतें पैदा कीं, जिसमें सुप्रीम कोर्ट को हस्तक्षेप करना पड़ा। लगता है कि अब शायद व्यवस्थाएं ठीक हो सकेंगी और क्रिकेट में आ रही उभरती प्रतिभाओं को मौका मिल सकेगा। वैसे अंडर 19 की टीम में शानदार प्रदर्शन से भारतीय टीम

में जगह बना लेने वाले विराट कोहली एक दिनी क्रिकेट मैच की कप्तानी करते हुए इंग्लैंड को शिकस्त दे दी। इंग्लैंड ने पहली बार फटाफट क्रिकेट में 350 रन का स्कोर खड़ा किया था।

यह आदमकद स्कोर को देखकर एकबारगी नहीं कहा जा सकता था कि इंग्लैंड हार जाएगा। वैसे भारत ऐसे कारनामे पहले कर चुका है, फिर भी स्कोर भयभीत करने वाला था। लेकिन विराट कोहली ने कप्तानी पारी खेलते हुए न केवल शतक लगाया, बल्कि भारत को जीत भी दिलवाई। लयात्मक बल्लेबाजी, लबालब आत्मविश्वास, अडिग दृष्टि और फुटवर्क के चलते विराट ने पांच छक्कों की मदद से १२२ रन बनाए। उनका बैकफुट पर जाकर मिडऑन से उड़ाया छक्का तो अद्भुत था। केदार जाधव की शतकीय पारी पर्याप्त रोमांच से भरी पारी थी। उसने मैदान के चारों तरफ चौके उड़ाए और साहसिक छक्कों की मदद से गोरे गोलंदाजों को बौना बना दिया।

क्रिकेट में यह पीढ़ी का कमाल है। इनमें रन बनाने का अद्भुत कौशल है। ये पुस्तकीय और पारंपरिक शॉट्स तो खेलते ही हैं, गेंद की गति और दिशा को देखकर शॉट्स ईजाद भी कर लेते हैं। संभावनाओं और साहस से भरी नई पीढ़ी के पारदर्शी चयन के लिए खेल मंत्रालय को कुछ करना चाहिए, ताकि पूरी टीम ऐसे ही होनहारों से भर सके। गुजरात की रंजीट्रॉफी टीम ने भी ऐसा ही कारनामा कर दिखाया और उसने दशकों से विजयी हो रही मुंबई की टीम को परास्त कर दिया। पार्थिव पटेल ने भी कप्तानी पारी खेली और शतक लगाया। वैसे गुजरात पिछले एक अरसे से जाता रहा है कि यहां भी क्रिकेट की अपार संभावना है। मुश्ताकअली ट्रॉफी के अलावा भी वह एक और ट्रॉफी पर कब्जा जमा चुका है। अर्थात क्रिकेट के लिए तो भारत में सैकड़ों दरीचे ऐसे हैं, जहां से झांक रही है नई पीढ़ी, बात है तो सिर्फ अवसर की ! और अवसर मठाधीशों की मुट्ठी से दूर हो तभी कुछ हो सकता है। वैसे क्रिकेट के अलावा और खेलों को भी लोकप्रिय और जनता तक पहुंचाने, उसकी कोचिंग और उसके लिए जरूरी अवसरों की तलाश का जिम्मा भी सरकार को उठाना होगा। ताकि हॉकी जैसे खेल की प्रेरणा चक–दे–इंडिया जैसी फिल्मों में न खोजी जाएं।

18 जनवरी 2017

शशि थरूर का भाषा संबंधी प्रलाप

शशि थरूर खासे पढ़े–लिखे शख्स हैं। कुछ उसी तरह के जिस तरह के शख्स लंदन में पढ़कर लिली के बारे में तो जानते हैं पर हरसिंगार को पहचानते भी नहीं। कुछ उसी तरह के जिस तरह के युवा दूसरी भाषा के परिसर में तरुणाई पाते हैं और उसे सर्वाधिक या कि इकलौती प्रसारित और संप्रेषित करती भाषा मानते हैं। उसी तरह उन्होंने लिखा कि हिंदीवादियों को अहसास होना चाहिए कि वे युद्ध जीत रहे हैं और आज हिंदी आधी सदी से ज्यादा बोली और समझी जा रही है। दूसरा उत्तर भारत के अधिकांश हिस्से में बढ़ती आबादी पर काबू पाने की स्पष्ट नाकामी के कारण हिंदी बोलने वालों की संख्या बढ़ रही है। तीसरी बात उन्होंने लिखी कि हिंदी वाले भावुक होकर भावनात्मक रोष व्यक्त करते हैं और हिंदी के इस्तेमाल की मांग करते हैं। और 'भारत की आस्मा' की बात करते हैं। उनका कहना है कि तमिल और बंगाली ऐसा नहीं करेगा।

पहली बात यह कि हिंदी वैसे ही प्रसारित हो रही है तो हिंदी को लादने का उपक्रम नहीं करना चाहिए। क्या यह सही नहीं है कि जिन देशों ने भी अंग्रेजी की जड़ों को अपने घर से उखाड़ फेंका उन्होंने विकास के गगनचुंबी मानक ही नहीं चूमे। अपनी सभ्यता को कुछ इस तरह ढाला कि वह उनकी भाषा में सांस लेती है। जैसे जापान, चीन वगैरह ! फिर अंग्रेजी भी वहां की उस तरह की भाषा नहीं रही जहां और जिस तरह उसे आज माना जा रहा है। वहां तो लैटिन और ग्रीक भाषाओं का वर्चस्व था। सभ्यता के एक वर्ग के इससे दूरी बनाने पर अंग्रेजी विकसित होती गई। इसे अंग्रेजी की पुरानी कविताओं और नाटकों में साफ–साफ समझा जा सकता

है। अपने आप कोई भाषा पूरे देश में प्रसारित नहीं होती, हां! यह ठीक है कि आबादी का हिसाब ऐसा ही बना रहा तो एक दिन सभी भाषा–भाषियों को हिंदी आने लगेगी। जैसा असम वगैरह में हुआ। वहां के सुदूर अंचल में भी हिंदी निरंतर नहीं बोली जाती, लेकिन वे लोग हिंदी समझते हैं। हिंदी गीत वहां गाए जाते हैं, वैसा ही बंगाल में भी है। डॉ. राम विलास शर्मा ने भाषा, समाज और परिवार में कैसे भाषा अपनी भूमिका निभाती है और कब समाज एक से दूसरे में मिल जाते हैं, इस पर विस्तार से लिखा है। तो क्या किसी एक भाषा में काम करने के लिए सरकारों को कुछ नहीं करना चाहिए। क्या सिर्फ इसलिए कि तमिल क्षेत्र से हिंदी विरोध की आवाज उठी थी, इसलिए अंग्रेजी को संपर्क भाषा के रूप में अनिवार्य रखना चाहिए? क्या सरकारों का किसी देश की मातृभाषा को चिरस्थायी बनाने में कोई योगदान नहीं होता? या नहीं होना चाहिए? मतलब क्या है इस तरह के अर्थहीन तर्कों का! आज दुनिया में सर्वाधिक बोली जाने वाली भाषा हिंदी है। यह सिर्फ आबादी से तय नहीं हो रहा।

यह कदाचित दुनिया की अकेली ऐसी भाषा है, जो जैसी बोली जाती है वैसी ही लिखी जाती है। इसमें उच्चारण के भी भेद नहीं होते। भाषा अपने साथ सभ्यता के नैतिक, राजनैतिक, धार्मिक, आर्थिक तमाम प्रत्ययों को साथ लेकर ही नहीं चलती उन्हें व्यक्त भी करती है और संप्रेषित भी करती है। ऐसा क्यों नहीं हो सकता कि एक बड़ी छतरी के तले जैसे छोटी –छोटी अनेक तारें होती हैं जो छतरी को छतरी बनाती हैं, ठीक उसी तरह विभिन्न भाषाएं हिंदी की छतरी तले बनी रहें और कार्य निष्पादन सिर्फ हिंदी में हो। ऐसे ही खोखले और क्षेत्रीय तर्क उर्दू के पक्ष में भी दिए गए। उर्दू और हिंदी को विरोधी भाषाओं की तरह प्रचारित भी किया गया। ये वे लोग हैं जो वस्तुतः सांप्रदायिक हैं। यदि ऐसा नहीं है तो वे मीर को मदरसे से निकालकर स्कूलों में पढ़ाएं और स्कूलों के पाठयक्रम से मीरा को मदरसे तक पहुंचने दें। देखेंगे कि भाषा क्या चमत्कार करती है । वह आपकी रूढ़ मान्यताओं, प्रतीकों और परंपराओं को उखाड़कर एक समरस वातावरण तैयार कर देगी। हिंदी पर्याप्त शक्तिशाली, धारदार और सदाशयी भाषा है जिसके आगोश में अनेक भाषाओं के सैकड़ों शब्द हैं।

20 जनवरी 2017

गठबंधन के बाद उत्तर प्रदेश में क्या होगा?

उत्तर प्रदेश में महागठबंधन तो नहीं हुआ, अलबत्ता, गठबंधन हो गया। महागठबंधन के पीछे जो लोग आस लगाए बैठे थे, उन्हें उम्मीद रही होगी कि बिहार चुनाव के नतीजे यहां भी दोहराए जा सकेंगे। अब इतना तय है कि जाट वोट समाजवादी पार्टी को नहीं मिल सकेंगे। इससे कोई बड़ा फर्क नहीं पड़ेगा। फिर भी कांग्रेस के साथ आ जाने से प्रेक्षकों का आकलन है कि शायद 1993 जैसी स्थिति निर्मित हो जाए। याद होगा कि उस समय समाजवादी पार्टी और बहुजन समाज पार्टी ने गठबंधन में चुनाव लड़ा था। बसपा ने 11.7 प्रतिशत वोट हासिल कर 67 सीटें जीती थीं और सपा ने 19. 94 प्रतिशत वोट झटककर 107 सीटें जुटाई थीं।

अर्थात गठबंधन को करीब 31 फीसदी वोट मिले थे और भा. जपा को 33.1 फीसदी वोट मिलने पर भी वह पिछड़ गई थी। फिर मुलायम सिंह मुख्यमंत्री बने थे। लेकिन यह यूपी के लिए चुनाव जीतने का स्थायी नुस्खा नहीं बन सका और न है। 1996 में कुछ इसी तरह का प्रयोग बहुजन समाज पार्टी ने कांग्रेस को साथ लेकर किया था। उस समय बहुजन समाज पार्टी को 67 और कांग्रेस को 33 सीटें मिली थीं। नतीजा था – शिकस्त। अर्थात सिर्फ गठबंधन इस बात की गारंटी नहीं है कि सरकार बन ही रही है। हां ! लेकिन गठबंधन विजयी होने की संभावना के दरवाजे जरूर खोलता है। इस बार के चुनाव में जो एक नई बात होने जा रही है, वो है मुस्लिम वोटों का थोकबंद एक ही पार्टी को न मिलना। इस बार वे उसी

उम्मीदवार पर वोट खर्च करेंगे जो भाजपा को रोक सके।

सीधा सा अभिप्राय है कि जो प्रत्याशी जीतने की संभावना वाला दिखेगा या लगेगा कि वह भाजपा को जीतने नहीं देगा, ये वोट उसे मिलेंगे। यह नतीजा भी इसलिए उभरकर आया कि ध्रुवीकरण की प्रक्रिया प्रदेश में जारी है। गाय, गीता, गंगा और गांव तो हैं हीं भाजपा ने मुजफ्फरनगर दंगों में जिन पर अति हिंदूवादी होने के आरोप लगे थे, उन्हें टिकट दे दिया है। इससे मुस्लिम वोट सिर्फ एक दल को मिलेंगे, माना नहीं जा सकता। इसका अर्थ है कि उन्हें बसपा और सपा के उम्मीदवारों में से ही किसी को चुनना पड़ेगा। कहा जा रहा है कि कांग्रेस का साथ मिलने से मुस्लिम वोटों का विभाजन बहुत कम होगा। याद करें जब बसपा और कांग्रेस ने तालमेल किया था, उस समय कांग्रेस अपने पक्ष के सवर्ण वोटरों को बसपा की ओर नहीं डलवा सकी थी। ठीक इसी तरह कांग्रेस को भी हर विधानसभा सीट पर दलितों का साथ नहीं मिला था। जैसे यह कहा जा रहा है कि लोकसभा चुनाव के समय हासिल वोटों को भाजपा विधानसभा में कैसे बचा पाएगी?

वैसे ही पिछले विधानसभा चुनाव में सपा को 224 सीटें मिली थीं और 29.3 प्रतिशत वोट और कांग्रेस को 28 सीटें मिली थीं और 11.7 प्रतिशत वोट उसने हासिल किए थे, तो किस आधार पर यह कहा जा सकता है कि सपा और कांग्रेस अपने–अपने स्थान से इतनी ही सीटें फिर प्राप्त कर लेंगी ! उस समय भाजपा को मात्र पंद्रह फीसदी वोट मिले थे। वह समय भी बदल गया।

अब उत्तर प्रदेश के गांवों में रहने वाले भी चाहते हैं कि उन्हें भी शहर की तरह सुविधाएं मिलें। उन्हें भी इसका हक है कि वे साफ और विकसित गांव में कम बिजली दर के साथ जीवन यापन कर सकें। इसके साथ ही अपने बेरोजगार ललाओं को रोजगार करते हुए अपनी आंखों से देख सकें। एक नए किस्म की ग्रामीण बदलाहट देखने को मिल रही है। इसलिए ऐसा लगता नहीं है कि पारंपरिक अंकगणितीय आकलन इस प्रदेश के बारे में सही होगा। वैसे तो 29 और 11 फीसदी वोट जोड़ लें तो बहस समाप्त हो जाती है।

21 जनवरी 2017

उत्तर प्रदेश में स्कूली बस हादसा!

एक स्कूली बस ट्रक से टकरा गई और पंद्रह नौनिहालों को लील गई। हादसा अलिगंज–पलियाली रोड पर हुआ। बस जे.एस.विद्यानिकेतन की थी। बताते हैं कि प्राथमिकी दर्ज हुई है। कई बच्चे घायल हैं जिनकी कोई खबर नहीं। मुद्दा यह कि सरकार ने बेइंतिहा सर्दी को देखते हुए अवकाश घोषित किया था, तो स्कूल खुला क्यों था? दूसरा ऐसे स्कूल चल ही कैसे सकते हैं जो शिक्षा को किसी ठेकेदारी की तरह चलाते हैं और बच्चों की सुरक्षा को फीस से कम तरजीह देते हैं। तीसरा उत्तर प्रदेश के बचपन और बच्चों से खिलवाड़ करने की इजाजत इन्हें किसने दी?

यह महज कोहरे का दुष्परिणाम नहीं है और न ही ड्राइवरों पर लादी जाने वाली लापरवाही। इसके लिए जिम्मेदार सिर्फ स्कूल प्रशासन है, जिस पर तत्काल कार्रवाई की जानी चाहिए और उनके स्कूल की मान्यता रद्द कर दी जानी चाहिए। वस्तुतः शिक्षा को हमारे यहां दर्शन कहते हैं। यह 'दृश' धातु से बनता है। इसका अर्थ है देखना। यह वैसा देखना है जिसे मनोविज्ञान प्रत्यक्षीकरण या 'परस.`प्शन' कहता है। लेकिन इस तरह की शिक्षा की कोशिश कहीं नहीं होती। टकसाली मानसिकता के लोग, जिनके लिए जैसे बने धन अर्जित करना मात्र ध्येय होता है। उनमें से कई स्कूलों को खोल लेते हैं। फिर बच्चा स्कूल आए या न आए उनके लिए अर्थ नहीं रखता। वह पढ़ भी पा रहा है या नहीं, इससे भी कोई मतलब नहीं रहता। उसका अक्षर ज्ञान बढ़ भी रहा है या नहीं, उन्हें इससे कोई सरोकार नहीं होता। मजा यह है कि आज 52 फीसदी ग्रामीण बच्चे

तथाकथित अंग्रेजी माध्यम में खोले गए स्कूलों में भेजे जाते हैं।

और यहां भी 'ड्रॉप आउट' रेट बहुत कम नहीं है। ये स्कूल विद्या–दान की परंपरा से आते भी नहीं हैं। इनका मात्र मकसद बच्चों के पालकों से धन उगाना है। इसके अलावा शिक्षा से इनका कोई लेना–देना नहीं। इसलिए भी स्कूल में सिर्फ 'ब्लाक केपिटल' में खर्च होता है, बाकी तो आता ही रहता है। 'रिकरिंग' खर्च तो सिवा शिक्षकों की तनख्वाह के कुछ होता नहीं। शिक्षक भी इनके पास कुछ इसी तरह के होते हैं। न उन्हें बुनियादी शिक्षा का कुछ पता होता है, न शिक्षा नीति का! वे ज्यादातर प्रशिक्षित नहीं होते। यदि होते भी हैं तो उन्हें कहा गया वेतन शिक्षा व्यवसायी देते नहीं। ऐसे में आप देखें तो बच्चे और पालकों के अलावा किसी की शिक्षा में दिलचस्पी तक नहीं है। इनके लिए जैसे और धंधे होते हैं स्कूल भी एक होता है। यदि आप यथोचित शिक्षा नहीं दे पा रहे तो आप बचपन और उस जिंदगी से खिलवाड़ कर रहे हैं, जिसने स्वयं को आपको सौंप दिया है।

आप उसे इस कंधाछीलू प्रतिस्पर्धा के दौर में 'सपोर्ट स्टॉफ' के लिए तैयार कर रहे हैं? इस पूरे घटनाक्रम को देखें तो यह सिर्फ एक दुःस्वप्न भर नहीं है, गंभीर अपराध है। इस पर किसी की नजर क्यों नहीं पड़ी। क्या प्रशासन को यह नहीं पता होता कि उनके आदेश का परिपालन कौन–कौन सी संस्थाएं नहीं कर रही हैं? क्या कभी प्रशासन ने इस बात की छानबीन की है कि (स्कूली नार्मस) का पालन यूपी में कितने स्कूल करते हैं? उस परिसर में बच्चों के लिए क्या–क्या सुविधाएं हैं? वे बस किस तरह की हैं? उनके ड्राइवर कैसे हैं? इस सबकी जिम्मेदारी किसी की होती है या नहीं।

यदि होती है तो वे दंडित क्यों नहीं होते। क्यों बेगुनाह, दुधमुंहे बच्चे इस तरह धन–पशुओं की गलतियों की भेंट चढ़ जाते हैं? जो इतने बे–गैरत, गैर–जिम्मेदार हैं, हो सकता है उनके पास स्कूल की मान्यता भी न हो। मुख्यमंत्री से गुजारिश है कि इस मामले में बच्चों के प्रति संवेदनशीलता दिखाते हुए धंधेबाज शिक्षा–व्यवसायियों को जल्द से जल्द दंडित करवाने की व्यवस्था करें।

23 जनवरी 2017

'जलीकट्टु' पर अध्यादेश

तमिलनाडु के राज्यपाल विद्यासागर राव ने शनिवार को 'जलीकट्टु' पर अध्यादेश जारी कर दिया। जलीकट्टु को मदुरै और राज्य के अनेक हिस्सों में खेला जाता है। इसे लेकर मरीना बीच पर लोग जमा हो गए। पशु संरक्षण पर काम करने वाले एनजीओ की याचिका पर सुप्रीम कोर्ट ने इस पर पाबंदी लगा दी थी। भीड़ के जमा होते ही अखबारों और टीवी चैनल्स ने इसे तमिल हांडियों की सौंधी गंध से जोड़कर 'अपसर्ज', 'अपराईजिंग' जनांदोलन वगैरह कहने की होड़ मचा दी। जैसे तहरीर स्क्वॉयर आंदोलन को अरब का वसंत कहा गया, मगर बाद में वहां कट्टरपंथी जीते थे। बिल्कुल इसी तरह मीडिया ने इसे जनांदोलन के रूप में प्रचारित किया। तमिलों की तरफदारी करने वाले वक्ताओं और लेखकों ने बेवजह इसमें हिंदी को घसीटा, जैसे हिंदी ही उनकी लोक–भाषा, लोकोत्सव और लोक परंपरा पर डाका डाल रही हो। कहा गया कि यह तमिल स्वाभिमान से जुड़ा हुआ है। कोई भी खेल चाहे वह कितना ही पुराना हो, चाहे उसे सिर्फ एक क्षेत्र और भाषा के लोग ही खेलते हों, महज इतने से उसके दूसरे निकलते अर्थों पर पर्दा नहीं पड़ जाता।

जिन लोगों ने याचिका दायर की थी उसमें सर्वाधिक महत्वपूर्ण बात थी जीवन को संकट में डालने की, पशु की स्वतंत्रता पर आनंदोत्सव के नाम से पहरा लगाने की। यह आनंद का अति. रेक है या विक्षिप्तता का उछाल! साठ के दशक में जब शास्त्री जी प्रधानमंत्री थे और हिंदी को राष्ट्रभाषा बनाए जाने का मसला था, तब भी तमिलनाडु से जबरदस्त विरोध किया गया। इतना अधिक कि उस हंगामेबाजी में कई लोगों की जान चली गई। इस बार फिर

से पेटा पर प्रतिबंध लगाने और हिंदी न थोपने की बात कर रहे हैं। इन्हें दिखाई नहीं दे रहा कि तमिलनाडु जबर्दस्त सूखे की चपेट में है। सम्पूर्ण कावेरी डेल्टा का कोई जिला ऐसा नहीं है जहां सूखा न पसरा हो। करीब 32 जिले सूखा प्रभावित हैं। क्या खेती तमिल सभ्यता और संस्कृति का हिस्सा नहीं है? यहां के 102 किसानों ने आत्महत्या कर ली या वे फसलों की अकाल मौत से मर गए। ये वे छोटे किसान, मजदूर हैं जो 10–20 हजार प्रति एकड़ की दर से 3–4 एकड़ जमीन लीज पर लेकर खेती करते हैं। फसल हुई नहीं तो वे लिया गया रुपया कैसे लौटाते? जानते होंगे कि बारिश के मौसम में हर बरस किसी भी राज्य में होने वाली वर्षा की तुलना में 75 फीसदी से कम बारिश के हिस्सों को सूखा ग्रस्त घोषित किया जा सकता है। तिरुमंगलम, कोटमपट्टी सारी जगहों पर जलस्तर भी क्रमागत वर्षों में नीचे जा रहा है। यह सब संस्कृति के लिए चिंतित इन लोगों को दिखाई नहीं दे रहा।

इस पर ध्यान देने की जरूरत है कि किसी भी क्षेत्रीय भाषा के प्रशंसक अकारण 160 देशों में बोली जाने वाली हिंदी का विरोध न करें। हिंदी हिकारत की नहीं सम्मान की भाषा है। 64 करोड़ लोगों की मातृभाषा है और 130 करोड़ लोग इसे बोलते हैं। चीन की मंदारिन भी आज दूसरे स्थान पर है। लिहाजा, यह जरूरी है कि सभी राज्यों की लोक संस्कृति को दीर्घजीवी बनाया जाए, लेकिन प्रदेश की आवश्यक संवेदनाओं को भी इसमें सम्मिलित किया जाए, ताकि किसानों और मजदूरों को अपने लिए किसी और जगह की ठौर न लेनी पड़े।

दुर्भाग्य यह है कि राजनीति की मुख्यधारा से जबसे किसान और मजदूर दूर हो गए उनकी समस्याओं पर गौर करने के लिए लोग ही नहीं रह गए। चाहे किसान आत्महत्या करें या कुछ और। इतना ही नहीं हिंदी को सिर्फ केंद्र सरकार की अभीप्सा समझने वालों को पता होना चाहिए कि अब बात सम्पूर्ण भारत की एक भाषा की है। कदाचित, अंग्रेजी को संपर्क भाषा समझने वाले जान लें कि इसकी विदाई शनैः शनैः हो रही है।

25 जनवरी 2017

जब सेहत भी ठीक नहीं होगी

खबर दुःखद है कि 'एजुस्पोर्ट्स' नामक संस्था ने स्कूली बच्चों का स्वास्थ्य सर्वेक्षण करवाया और देश के 26 राज्यों के बच्चों की स्वास्थ्य स्थिति को चिंतनीय बताया है। कहा कि भावी पीढ़ी का स्वास्थ्य बेहतर होने की बजाय लगातार गिरता जा रहा है। हर तीसरे छात्र का बॉडी मास इंडेक्स 'बीएमआई' मानक के अनुरूप नहीं है। हमारे यहां कहा गया 'पहला सुख निरोगी काया'। यह पहला जीवन दर्शन है। काया अथवा देह अपने पहले सुख की सूचना शरीर के तल पर ही हासिल करती है। अगर वह तल ही गड़बड़ाने लगे तो स्वाभाविक रूप से समूचा संतुलन ही गड़बड़ा जाएगा। लेकिन इसकी चिंता किसी तल पर नहीं की जा रही है। न परिवार के स्तर पर, न राज्य के स्तर पर, स्कूली स्तर पर तो निजी शिक्षण संस्थाओं ने शिक्षा की दुकानें खोल ली हैं, जिन्हें इस बारे में सरोकार होता ही नहीं।

परिवार के स्तर पर शहरी और ग्रामीण परिवारों में पर्याप्त अंतर है, लेकिन वे बच्चों के प्रति 'पसेसिव' होने के बाद भी अपनी–अपनी वजहों से उनके स्वास्थ्य के प्रति लापरवाह हो जाते हैं। जहां ग्रामीण या मंझोले शहरों के परिवारियों की स्थिति का प्रश्न है वे पहली बात तो यह कि 'अवेयर' नहीं होते। उन्हें पता ही नहीं होता कि बेहतर स्वास्थ्य कैसे प्राप्त हो सकता है या बरकरार रखा जा सकता है। इस बारे में यदि ग्रामीण अथवा छोटे शहर की बालिकाओं का स्वास्थ्य सर्वे किया जाए तो ७० फीसदी से ज्यादा आबादी अस्वस्थ पाई जाएगी। इन छोटे शहरों और ग्रामीण परिवारों में ज्यादातर अभाव की स्थिति में भाव का पता चलता है। अर्थात अंधेरा होने पर रोशनी का या बीमार होने पर स्वास्थ्य का। वहां कितने कैलोरी ऊर्जा

दी जानी चाहिए अथवा प्रोटीन करता क्या है? किसमें है? कितना दिया जाना चाहिए? इस सबके लिए कोई स्थान नहीं है। कमोबेश किन्हीं परिवारियों की जागरुकता के चलते उन्हें पता भी हो जाए तो उनकी आर्थिक स्थिति बच्चों के प्रति उन्हें ज्यादा कुछ नहीं करने देती। बच्चों में ठूंसी जाती हैं कुंठित होते परिवारियों की अंतहीन आकांक्षाएं, ऐसी आकांक्षाएं जिन्हें परिवारी पूरा नहीं कर पाए। फिर उनसे होती हैं अपेक्षाएं जो बच्चों को अपने स्वास्थ्यानुसार विकसित होने से रोक देती हैं। अंग्रेजी में भी एक कहावत है 'ह्वेन हेल्थ इज लॉस्ट एवरीथिंग इस लॉस्ट' यदि स्वास्थ्य चला गया तो सबकुछ चला गया। शहरी लोगों को इसका बखूबी पता है, लेकिन कदाचित इसकी गंभीरता का नहीं।

या तो यहां बसते परिवारी अर्थोपार्जन में इतने व्यस्त और निमग्न होते हैं कि संतानें यहां आमंत्रित नहीं दुर्घटनावश हो जाती हैं। ऐसे में गांधी, बुद्ध, महावीर के होने की संभावना तो होती नहीं, एक स्वस्थ नौनिहाल की भी अपेक्षा नहीं रहती। दंपतियों के कामकाजी होने, घरेलू नौकरों पर निर्भर रहने या कि एकाकी जीवन बिताने की विवशता के चलते बच्चों के स्वास्थ्य, पर बन आई है। इस पर राज्य सरकारों का कतई ध्यान नहीं है। यह उनकी प्राथमिकता का हिस्सा भी नहीं है। रज्जब ने लिखा है 'काया से छाया भई, छाया का क्या अंस, रज्जब ऐसे जानिए पारब्रह्म का अंस' बात तो गूढ़ दर्शन की है, लेकिन छाया का अलग से काई अस्तित्व नहीं होता, उसी तरह से शरीर बिना स्वास्थ्य की न कल्पना हो सकती है न उसका औचित्य है। इसलिए काया का तंदुरुस्त रहना बेहद जरूरी है। स्वामी विवेकानंद ने कहा था 'एक बच्चे को गीता ज्ञान देने की बजाय उसके हाथ में फुटबॉल दो, ताकि वह स्वस्थ शरीर का मालिक बन सके'। स्वस्थ शरीर में ही स्वस्थ मन रहता है और स्वस्थ मन कर सकते हैं स्वस्थ राष्ट्र का निर्माण। एजुस्पोट्‌र्स के इस सर्वे में भी कमोबेश यही बात कही गई है कि जिन स्कूलों में खेल–कूद का लगातार आयोजन होता है, वहां के बच्चे पढ़ने–लिखने में अधिक होशियार होते हैं। मतलब साफ है कि खेल, भोजन और पर्यावरण बच्चे के स्वास्थ्य के लिए महत्वपूर्ण हैं, जिसमें सरकारों को जहां तक संभव हो और सरोकारी बनने की जरूरत है।

26 जनवरी 2017

अथ श्री शरद यादव उवाच!

शरद यादव भारतीय राजनीति की एक ऐसी जरूरी शख्सियत हैं जो संसद में संजीदगी से अपने प्रवाहमान तर्कों से दिग्गजों को ध्वस्त कर अपनी स्थापनाएं देते रहे हैं। आपातकाल हटाए जाने के बाद मध्यप्रदेश के जबलपुर से जिस इंजीनियरिंग स्नातक ने लोकतांत्रिक क्रांति की इबारत लिखने में अपनी भूमिका अदा की, उस शख्स की अप्पिणियों पर अब बवाल होने लगा है। इस बार उन्होंने कह दिया 'बेटियों से बढ़कर है वोट'! यह कैसी तुलना है? किससे तुलना है? दोनों में कोई साम्यता नहीं।

बेटियां शुभकामनाएं है तो वोट अधिकार। बेटियां ऋचाएं हैं तो वोट लोकतांत्रिक धर्म! बेटियों से घर होता है, देश होता है। वोट से प्रणाली चलती है, देश चलता है। बेटियां पिताओं की गुनगुनाहट हैं तो वोट लोकतांत्रिक जिस्म की धमनियां! हम क्यों बेमेल शब्दों में तुलना कर विवाद बढ़ाते हैं या कि विचारक होने के दंभ में विक्षिप्त प्रलाप कर जाते हैं। इससे पहले भी शरद यादव महिलाओं को 'परकटी' कह चुके हैं। 'परकटी' अर्थात जिन्होंने अपने बालों को कंधों तक कटवा रखा है। खूब हंगामा मचा, महिलाओं ने इस पर पर्याप्त आपत्ति दर्ज कराई, अंत में शरद को क्षमा–याचना करनी पड़ी। यह ठीक है कि लोकतंत्र का उत्सव है मतदान! लेकिन कोई भी प्रणाली वस्तुतः होती तो मनुष्य के लिए है, उस प्रणाली से मनुष्य की तुलना कैसे की जा सकती है? वोट बेटों से बढ़कर क्यों नहीं? वोट नेताओं से बढ़कर क्यों नहीं? वोट आपसे या किसी और से बढ़कर क्यों नहीं? ये सारी तुलनाएं सिरे से गलत हैं। वोट की तुलना किसी और प्रणाली से करनी होगी। वोट को जरूरी बताए

जाने के लिए मनुष्य को गैर–जरूरी नहीं कहा जा सकता। क्योंकि इस प्रणाली को भी देश के लोगों ने अंगीकार किया है, उसमें देश की बेटियां भी शामिल हैं। यह नितांत नाउम्मीद करता एक ऐसे शख्स का वक्तव्य है, जिसकी युवावस्था के समय से यह देश उस पर भरोसा करता है। यह और बात है कि इस देश ने जितना भरोसा नेता किस्म के जीवों पर किया उन्होंने उतना भरोसा कभी लौटाया नहीं। वे तो घर ही नहीं हैं, जहां बेटियां नहीं हैं। बेटियां घर और घर बनाने वाले पुरुष को पूर्णता प्रदान करती हैं। उम्मीद का इकलौता दिया, जो बिना किसी बाहरी प्रभाव के पिता के हक में खड़ा होता है और मदद करता है, ताकि वह समझ सके समाज में चलते तस्कर संकेतों को। एक रस्मी पावन दुआ का नाम है बेटियां!

उसकी किसी से कोई तुलना नहीं। उससे जरूरी जब भी कुछ होगा समाज और राष्ट्र को लील जाएगा। क्योंकि शेष सभी व्यवस्थाएं हैं, जिसकी इजाद समाज और राष्ट्र ने की है, जबकि समाज और राष्ट्र के बनने या होने की कल्पना भी नहीं की जा सकती, जिसमें बेटियां न हों। यह सही है कि विभिन्न उपलब्ध राजनीतिक प्रणालियों में संसदीय लोकतंत्र सबसे श्रेष्ठ है और उसकी बुनियाद आम आदमी के वोट में है। वोट मन–मत को व्यक्त करता है और चुनता है सरकार! इसके केंद्र में अर्थात सरकार के केंद्र में अदृश्य वोटर होता है। हालांकि इस प्रणाली के आलोचकों का कहना है कि बहुमत के जरिए चुनी जाने वाली सरकार के विरोध में अब तक ज्यादा मत पड़े हैं, बजाय इसके समर्थक वोटों के। शिवराज पाटिल ने तो अध्यक्षीय प्रणाली की वकालत भी की थी। बावजूद इस सबके इस देश का मतदाता लगातार एक योग्य, बेहतर, संकल्पवान और प्रगतिशील सरकार की कामना करता रहता है। इसलिए मतदान का प्रतिशत लगातार बढ़ भी रहा है। इसी सिलसिले में उल्लेख करते चलें कि अनिवार्य मतदान की बात भी उठी और कुछ राज्यों ने इसे लागू भी किया। संवैधानिक अधिकारों का प्रयोग हो, निरंतर हो, यहां तक तो ठीक है, लेकिन बेटियों से इसकी तुलना कतई ठीक नहीं, जैसा शरद यादव ने किया।

30 जनवरी 2017

चरखे के साथ गांधी की वापसी

दिल्ली के कनाटप्लेस में खादी ग्रामोद्योग और एनडीएमसी के सहयोग से बहुत बड़ा स्टील का चरखा लगाया जा रहा है। चरखा पालिका बाजार की पार्किंग में लगाया जा रहा है। यहां भी कहते हैं प्रधानमंत्री नरेंद्र मोदी पहुंचेंगे। कुछ और भी चरखे वहां लगाए जाएंगे। चरखा वस्तुतः स्वदेशी के प्रति लोगों को जागृत करने, उन्हें स्वावलंबी बनाने का प्रतीक है। चरखा गांधी की उस आत्यांतिक भावना को व्यक्त करता है, जिसके तहत वे एकसाथ गांव, किसान सभी को आत्मनिर्भर बनाने का संकल्प लेते हैं। यह दुर्भाग्यपूर्ण है कि गांधी आजाद भारत में लंबे समय तक नहीं रह सके।

लिहाजा, उनके आजाद भारत के बारे में भारतीय समाज और संबंधित विषयों पर विचार नहीं मिलते। अगर मिलते तो वे विस्तार से भारतीय ग्रामों को आत्मनिर्भर बनाने के बारे में कहते, जो नेहरू की 'कम्युनिस्ट थ्योरी' से इतर होते। जानते होंगे कि नेहरू ने कहा भी है कि गांधी ने मार्क्स, फायरबाख वगैरह को ठीक से नहीं पढ़ा, वे सोलहवीं सदी में जी रहे हैं। गांधी ने अलबत्ता मार्क्स को पढ़ा और पढ़ा ही नहीं बल्कि कहा कि ऐसा साम्यवाद भारतीय परिवेश में अपाच्य है। वे भारत को भारतीय विकल्पों से सुसज्जित करना चाहते थे। इसलिए गांधी, नेहरू की रशियन प्रगतिवादी मीमांसा से परहेज करते थे। यही वह कारण रहा होगा कि नेहरू और उनके बाद की कांग्रेस या कि सरकार कभी गांधीवादी नहीं रही। लेकिन गांधी कांग्रेस में थे और बाद में कांग्रेस की सरकारें रहीं तो गांधी पर कब्जा इनका बना रहा। यह और बात है कि धीरे–धीरे वे नेपथ्य में डाले जाते रहे। लेकिन गांधी भारत के ऐसे राष्ट्र–पुरुष हैं जिनकी अनदेखी कोई भी राजनीतिक पार्टी नहीं कर सकती।

गांधी का संघ के बारे में भी कोई रूढ़ विचार नहीं रहा, जैसा कुछेक लोगों ने प्रचारित किया। डॉ. हेडगेवार के जमाने में ही गांधी जी का एक शाखा में जाना हुआ। सभी कतारबद्द भोजन कर रहे थे। उस समय जातियों का मसला गर्म था। गांधी जी ने पूछा यहां कितने दलित हैं? कोई कुछ नहीं बोला। कितने राजपूत हैं? कितने ब्राह्मण हैं? फिर पूछा कि कितने हिंदू हैं? इस पर समवेत स्वर में सभी ने हाथ उठाए और कहा कि हम सभी स्वयंसेवक हैं। आज भारतीय जनता पार्टी भी गांधी को अत्यंत प्रासंगिक नेता मानती है। गांधी धीरे–धीरे लौट रहे हैं, यद्यपि उन्हें उनकी तेज चाल से भारतीय राजनीति और देशी समाजों में लौटकर बस जाना था, फिर भी यह बात आशा उपजाती है कि यह देश भारत बनने की राह पर है। ठीक उसी तरह का भारत जिसे कभी गांधी, गीता के माध्यम से भी समझाते रहे। इसका मूल वहीं 'स्व–धर्म' है। स्व–धर्म अर्थात स्वभाव। अपने स्वभावानुसार समाज विकसित करें, इसलिए वे गीता का उदाहरण देते रहे।

आज कांग्रेस को प्रसन्न होना चाहिए कि गांधी सभी विचारधाराओं में अपनी जरूरी उपस्थिति के साथ मौजूद हैं। देश में भी और विदेशों में भी। इसलिए मोदी हों या कोई और गांधी की विरासत को आगे बढ़ाते हैं, उसे प्रायोगिक स्वरूप देने की कोशिश करते हैं तो ज्यादा देशज लगते हैं। गांधी जैसी शख्सियतों को दलों के दल–दल से ऊपर रखकर समझा जाना चाहिए। चरखे की प्रतीकात्मक उपस्थिति कनाटप्लेस जैसी जगह पर नई पीढ़ी को स्वावलंबी बनने के लिए प्रेरित करेगी।

इतना ही नहीं यह इस बात की भी घोषणा है कि नरेंद्र मोदी सरकार की अगली प्राथमिकता गांव होगी। वैसे गांवों को आत्मनिर्भर बनाने की बात भाजपा अरसे से कर रही है। सिर्फ कांग्रेस का नजरिया थोड़ा अलग था। वह पंचायती राज व्यवस्था से आगे नहीं सोच रही थी और गांधी ग्राम स्वराज की बात कर चुके थे। इसी ग्राम स्वराज को लेकर चलने की तैयारी में है नमो सरकार! और भारतीय गांव जो लंबे समय से प्रतीक्षारत हैं कि वे अपने स्वभाव के साथ ही विकास कर सकें।

2 फरवरी 2017

मोदी की दिशा में जेटली के कदम!

नए बजट को पेश करते हुए वित्तमंत्री अरुण जेटली ने कहा 'हम आगे–आगे चलते हैं आइए आप।' इसी उक्ति की तरह का बजट है यह। वस्तुतः बजट विभिन्न मदों में रुपए के आबंटन और वापसी का हिसाब–किताब ही नहीं होता, यह किसी भी सरकार की विकास की कल्पना को दर्शाता है। जैसे कोशिश की गई कि बजट का फोकस अंतिम आदमी हो, एक करोड़ लोगों को गरीबी की रेखा से ऊपर लाया जाए, तीन लाख रुपए तक आयकर नहीं लगे, एक करोड़ पक्के मकानों का लक्ष्य रखा गया है। यह सब दर्शाता है कि सरकार ने सरोकारी दिखने की पर्याप्त कोशिश की है। लेकिन जनता की अपेक्षा सदैव एक लोकप्रिय बजट की होती है। वे आर्थिक व्यवस्था में होने वाले आमूल चूल बदलाव को तत्काल संज्ञान में नहीं लेते। जैसे ग्रामीण क्षेत्रों में सरकार तीन लाख करोड़ का निवेश करेगी, तो इससे क्या होगा? स्वाभाविक रूप से रोजगार के अवसर भी खुलेंगे। हो यह रहा है कि आबंटन कागजों में हुआ, लेकिन संबंधित जगहों तक पहुंचा नहीं। कृषि मूलतः राज्य का विषय है, इसलिए सभी राज्यों का कृषि उत्पादन अलग–अलग स्थिति में दिखाई देता है। यह चिंता का विषय है क्योंकि हमारा खाद्यान्न उत्पादन, जनसंख्या वृद्धि के मुकाबले बढ़ नहीं रहा। किसानों को दस लाख रुपए तक का ऋण दिया गया, लेकिन इसके उपयोग के बारे में एक्सटेंसिव सर्विसेज न होने से पूरा और सही इस्तेमाल नहीं

होता। इस बार भी किसानों की मदद के लिए 1900 करोड़ प्रस्तावित हैं और डेयरी विकास के लिए करीब 800 करोड़ अलग। शिक्षा को लेकर 'इनोवेशन फंड' जरूर है, लेकिन बजट इसे नहीं समझाता कि 'स्किल एजुकेशन' और 'एजुकेशन' अलग–अलग क्यों हैं, और ये उपयोगी कैसे हो सकते हैं या ये आपस में जुड़ कैसे सकते हैं। इसी तरह से आयकर में छूट का मसला हर बार सबसे अधिक चर्चा में रहता है। बिना इस बात की जानकारी लिए कि इस देश के दो करोड़ लोग सालाना विदेश यात्रा करते हैं, लेकिन कराधान मात्र तीन फीसदी लोग करते हैं। इनमें भी ज्यादातर वेतनभोगी लोग हैं।

महज 24 लाख के करीब लोगों ने अपनी सालाना आय दस लाख से ज्यादा घोषित कर रखी है। प्रयास यह है कि ज्यादा से ज्यादा लोग इससे जुड़ सकें। प्रयास तो ठीक है, लेकिन करवंचन ज्यादातर वे लोग करते हैं, जिनकी आय बेपनाह होती है। हालांकि उनके लिए दस फीसदी सरचार्ज लगाया गया है। चेचक, कालाजार, कोढ़, खसरा, टीवी जैसी बीमारियों को खत्म करने और वरिष्ठ नागरिकों के स्मार्ट कार्ड बनाए जाने का भी संकल्प–संकेत है। पहली बार बजट फरवरी में पेश कर उसी में रेल बजट को अनुस्यूत करके भी सरकार ने औपनिवेशिक परंपरा से मुक्ति पा ली है। इससे योजनाओं को लागू करने के लिए पर्याप्त समय मिल सकेगा। लेकिन जितना जोर कैशलेस विनिमय और डिजीटलाइजेशन पर है, उसकी प्रायोगिकता पर भी ध्यान दिए जाने की जरूरत है। देश में करीब साढ़े छह लाख गांव हैं, ७० फीसदी बैंक शहरों में हैं अर्थात करीब पांच लाख गांवों में बैंक नहीं हैं। कोई सर्वर खड़ा नहीं किया जा सका, अब तक जो मुक्त ई–मेल की तरह मुक्त विनिमय कर सकें। पत्रों की जगह ई–मेल ने इसलिए ले ली कि उसमें उपभोक्ता को अतिरिक्त शुल्क नहीं देना पड़ता। लेकिन इसमें देना पड़ता है, तो यह शुल्क सरकारी राजस्व में जमा होता है। नहीं! नीयत खराब नहीं होने पर भी नजर आता है कि औसत आदमी करीब सौ रुपए बेवजह दे देता है। इसी तरह सरकार अब तक करीब सवा तीन करोड़ लोगों को रोजगार करने के लिए कर्ज दे चुकी है। लेकिन इसकी सबसे

कम राशि 10 हजार और अधिकतम करीब १० लाख है।

मतलब करीब 3 करोड़ नए रोजगार जन्मे फिर भी इसकी गूंज नहीं हुई। वजह में सबसे वजनी बात यह है कि राजनीतिक दलों को पारदर्शिता बनाए रखने के लिए बाध्य किया गया। वे दो हजार से ज्यादा का चंदा नकद नहीं ले सकेंगे। इससे बेनामी चंदा देने वाले और लेने वाले दोनों पर शिकंजा कसा जा सकेगा। कुलजमा, कालेधन पर भी केंद्र की नजर है और वह इसे ट्रैक कर रही है।

4 फरवरी 2017

मतदान, कन्यादान की तरह पवित्र!

अपने मिजाज, मेहनत–मशक्कत और तासीर में अलग–अलग पंजाब और गोवा में प्रचार अभियान थम गया है। अब मतदान होग. ा। लोकतंत्र के इस महोत्सव में सभी नागरिकों से अपेक्षा है कि वे सभी मतदान करें, लेकिन ऐसा हो नहीं पाता। हमने इसे 'दान' जैसे शब्द से भी जोड़ा और उसमें पुण्य भाव जागृत करने का प्रयास किया, फिर भी अपेक्षित सफलता नहीं मिली। इसी वजह से एक लंबे अंतराल तक एक बड़ी जनसंख्या के वोट न देने पर भी कांग्रेस शासन करती रही। साफ था कि ज्यादातर लोग वोट डालने जाते नहीं थे। वोट लोकतंत्र में हर नागरिक को बख्शी उसकी हथेली की रेखा है। जिससे वह एक निर्धारित समय के लिए अपना, अपने राज्य अथवा राष्ट्र का भाग्य तय करता है। वोट अनिवार्य है। वोट में मति है, गति है। वोट सम्मति है। वोट संस्कृति है। वोट राजनीतिक अरदास है। वोट राष्ट्र का कायाकल्प है। वोट पक्ष है। वोट परिवर्तन है। संक्रांति से निकलती नियत का संदेश है वोट। जैसे नेत्रदान, धूपदान, रक्तदान, विद्यादान, कन्यादान, वैसे मतदान।

ग्रेनविन आस्टिन ने 'द इंडियन कांस्टीट्यूशन : ए कार्नरस्टोन ऑफ ए नेशन' की भूमिका में लिखा है 'भारत के निर्माताओं ने संविधान के तहत राष्ट्र के आदर्शों और उन्हें हासिल करने के लिए संस्थाओं और प्रक्रियाओं की स्थापना की है। इनमें शामिल है भारत की राष्ट्रीय एकता, अखण्डता और समतावादी समाज की स्थापना करना।' मतदान, राष्ट्रीय एकता को, अखण्डता को व्यक्त करता है। हर बार किया गया मतदान समतावादी समाज रचना की तरफ

बढ़ाया गया एक कदम होता है। आप जहां हैं, जिस समाज में हैं, जिस गांव या शहर में हैं वहां से आप बदलाहट और बेहतरी के लिए मतदान करते हैं। यह इत्तिफाक नहीं है, कि आप वोटर हैं। आपको यह हक संविधान ने बख्शा है। आप सांस लेते हैं यह स्वाभाविक प्रक्रिया जरूर है, मगर आपका हक भी है। ऐसे ही मतदान भी आपका हक है। लोकतंत्र की स्वाभाविक प्रक्रिया। आप जानते हैं कि आप क्या कर रहे हैं! आप जानते हैं कि आप चुन रहे हैं अपने लोगों की ऐसी सरकार जिसे पग–पग पर अपनी समस्याएं और सरोकार समझाने न पड़ें। हरेक के बारे में हरेक का अपना मत होता है। व्यक्तिशः भी और दलीय निष्ठाओं और प्रतिबद्धताओं से जुड़ा हुआ भी। मतदान सह–अस्तित्व को दर्शाता है। यह भारतीय शैली का पुरुषार्थ संतुलन है। यह समाज की दृष्टि है। राजनीतिक दलों को देखने और आंकने का नजरिया।

सही और गलत परिलक्षित होते ही जनता उसे संज्ञान में लेती है और अपना मत बनाती है। इसलिए मतदान सामाजिक पुनरोदय है। समाज के प्रति हर नागरिक की जिम्मेदारी , पूरी तरह निर्गुण! सामाजिक न्याय की दिशा में उठता ठोस कदम। भारतीय संस्कृति से अनुप्राणित नैतिक दृष्टि ही न्याय को हमारे यहां विराट स्वरूप प्रदान करती है। ऐसा विराट स्वरूप पश्चिम के विधिक न्याय में भी दिखाई नहीं पड़ता। उसमें उतनी सामर्थ्य ही नहीं है, जितनी हमारी नैतिक दृष्टि में। इसलिए मतदाता जो अपने सामर्थ्य से भिज्ञ होता है, अपनी दृष्टि बाधित नहीं होने देता। अब तो नए सामाजिक शोधों में कहा जाने लगा है कि मतदान का दिन आते–आते मतदाता अपना निश्चित मन बना लेता है कि उसे किसे मत देना है। वह पक्षधरता की समस्या से उबर चुका होता है, फिर वह नारों और इश्तहारों से प्रभावित नहीं होता। क्योंकि तब तक वह अपना पक्ष निर्धारित कर चुका होता है। कुछ राज्यों में प्रचार थम चुका और कुछ में कुछ समय बाद थमेगा, लेकिन मत की प्रक्रिया मतदाताओं में भीतर–भीतर साथ चल रही है। मतदान स्थितिपरक न्याय भी होता है। इसी स्थि. ति को बनाए रखना अथवा इसमें बदलाव लाना दोनों ही संदर्भों को

मतदान पूरा करता है। मतदान भागीदारी है, भागीदारी है इसलिए जनोत्सव है, जनोत्सव है इसलिए लोकतंत्र का महोत्सव है, लिहाजा मतदान हर भारतीय का पुनीत कर्तव्य है, ताकि कबीर के बोल में 'निर्गुण रंगी' सरकार बन सके, सबकी भागीदारी का भरोसा सबको हो। यह तभी होगा जब सभी उठकर मतदान करेंगे।

6 फरवरी 2017

स्कूलों में बढ़ती हिंसा बताती क्या है?

खबरें हैं कि स्कूल के विद्यार्थियों के बीच हिंसा बढ़ती जा रही है। यह समस्या खासकर सरकारी स्कूलों में है और तेजी से बढ़ रही है। पिछले हफ्ते की खबर है कि दिल्ली के दिलशाद गार्डन इलाके के एक सरकारी स्कूल में विद्यार्थियों के दो गुट आपस में भिड़ गए। इन्हें देखकर एक शिक्षक ने मोर्चा संभाला और वह बीच–बचाव में आ गया। विद्यार्थियों ने शिक्षक को पहचानते हुए उन पर वार कर दिया, उनके चेहरे पर उसके निशानांत आज भी मौजूद हैं। शिक्षक चोट से अधिक संताप और सदमे में है। आए दिन इस प्रकार की खबरें ध्यान भंग करती रहती हैं। ऐसी वारदातें कुछेक सेंट्रल स्कूल्स से भी आती रही हैं। हालांकि इसका कोई विधिवत सर्वे नहीं हुआ, लेकिन यह एक अत्यंत चिंताजनक स्थिति है। पालक अपने बच्चों को बड़ी उम्मीद से संजोए सपनों के साथ कल की बेहतरी के विश्वास के लिए उन्हें स्कूल भेजते हैं। बजाय इसके कि आप इससे राजी न हों, यह जानने की कोशिश होनी चाहिए कि बच्चों में बढ़ रहे गुस्से या आक्रोश की वजह क्या है? कहीं इसके लिए परिवेश तो जिम्मेदार नहीं है?

कहीं उस पर लादे गए पाठ्यक्रम की वजह से विद्यार्थी अपनी कक्षायु के बच्चों के साथ समायोजित नहीं कर पा रहा है? ऐसे कई सवाल और भी हो सकते हैं जिन पर काम किए जाने की जरूरत है। स्कूली हिंसा का मतलब क्या है? इसका मतलब है ऐसा कार्य जो शिक्षा प्रणाली में किसी भी प्रकार का अवरोध खड़ा कर सकता हो, और जिसे अनिवार्य रूप से विद्यार्थी ने ही किया हो। इस हिंसा के कई कारण हो सकते हैं, जैसे जैविकीय, व्यावहारिक, गरीब परिवारी स्थिति, हिंसा का आदतन अभ्यास, अध्ययन में पिछड़ जाना,

अल्कोहल, तंबाकू या ड्रग का इस्तेमाल। इनमें से एक या कई भी कारक हो सकते हैं, जो किसी बच्चे को हिंसा के रास्ते पर ले जाते हैं। स्वाभाविक रूप से इससे दो परिवारी प्रभावित हो जाते हैं और साथी विद्यार्थियों को असंतोष व्यक्त करने का जरिया मिल जाता है और वह जरिया होती है हिंसा। हमारे यहां ही नहीं अमरीका जैसे विकसित देश में भी स्कूली हिंसा एक बड़ा मसला है। कुछ सप्ताह पहले ही ओहियो हाईस्कूल के एक विद्यार्थी ने अपनी कक्षा के तीन साथियों की हत्या कर दी थी। हालांकि अमरीका का रुख इस पर गंभीर है और वह तेजी से इस पर काबू पाने की कोशिश कर रहा है। नेशनल सेंटर फॉर एजुकेशन स्टडीज का दावा है कि ऐसे अपराधों की संख्या में कमी आई है, अलबत्ता हो रहे हैं। वे बच्चों के अपराध मनोविज्ञान से कारण की खोज कर रहे हैं। क्या हमारे यहां गंभीरता से इस मसले को देखा जा सकेगा? खबर यह भी थी कि दिल्ली के सरकारी स्कूलों के 70 फीसदी से ज्यादा बच्चों को अंग्रेजी से दिक्कत हो रही है। वे उस भाषा के साथ अपना तादात्म्य नहीं बैठा पा रहे हैं। इससे सीखने में दिक्कत होती है। जैसा कि जौलमैन कहता है अनुभव, अभ्यास और निरीक्षण इसीसे सीखना संभव होता है।

भारतीय शिक्षा पाठ्यक्रम में विद्यार्थी को भारतीय बनाने पर जोर नहीं दिया जाता, उसे रटने और वह भी विदेशी भाषा में रटने और उसमें सुनाने की प्रवीणता सिखायी जाती है। हमारे देश का एक बड़ा वर्ग जो कुलीन आंग्लभाषी विद्यालयों की फीस नहीं अदा कर पाता, शासकीय विद्यालयों की शरण लेता है। यह वर्ग देश की कोई भी भाषा बोलता हो उसका जोर शाब्दिक उच्चारणों पर रहता है, इसलिए थोड़े ऊंचे सुर में भी बोलता है। यह सांस्कृतिक और परिवेशगत भेद हैं। अंग्रेजी या अन्य भाषाओं को सिखाते समय याद रखे जाने चाहिए। पराजय, व्यक्ति में कुंठा जन्माती है, और कुंठा वर्जनाओं से होती हुई हिंसक स्वरूप में व्यक्त होती है। हिंसा का चाहे जो कारण हो, भारत के सुसभ्य और शांत समाज की कल्पना नई पीढ़ी में संतुलन उपजाए बिना नहीं हो सकेगा। इसलिए शासकीय स्तर पर ही नहीं सामाजिक स्तर पर सक्रिय भागीदारी की जरूरत है।

7 फरवरी 2017

और शशिकला का सत्ता की तरफ बढ़ना!

तमिलनाडु की मेहनतकश तारिका और प्रदेश की चिंता में अपने सरोकार जताने में माहिर जयललिता के देहावसान के बाद प्रदेश ठगा सा खड़ा है। उसे यकीन ही नहीं था कि लगभग अपराजेय लगतीं जयललिता मृत्यु से हार जाएंगी। उनके यकीं सिर्फ और सिर्फ अपने नेता से जुड़े होते हैं। अजीब किस्म के 'आइकॉन' बनाते हैं ये लोग। ऐसे 'आइकॉन' जिसकी छवि पर श्डेन्टश मारना किसी के वश में नहीं होता। जैसे समूचा पश्चिम आज इस बात पर अमादा है कि यह देश किसी को श्आइकॉनश स्वीकार न करे। नेहरू, गांधी, इंदिरा गांधी, या कि कोई और सबकी समांतर कहानियां, उनके इरादतन कथानक, बेहतर कथाशिल्प के साथ परोसे जाते हैं। उनके सच और झूठ की बात ही नहीं है। हर औसत शख्स को लगता है कि गर वह भी आदमी है तो उसकी चादर भी फटी हुई होगी। मगर यह अवधारणा कमोबेश उत्तर भारत की है। लेकिन दक्षिण भारत थोड़ी जुदा मानसिकता रखता है। वह रोपी गई या प्रसारित की गई धारण ाओं में विश्वास नहीं रखता।

इसलिए न एम. जी. रामचंद्रन के प्रचारित उपाख्यानों में उसने दिलचस्पी ली, न जयललिता को उसने कभी गलत ठहराया। तब भी नहीं जब आय से अधिक संपत्ति के मामले में उसे दोषी माना गया। जनता ने अगाध श्रद्धा और पूर्ण प्रतिबद्दता दर्शायी और वे फिर मुख्यमंत्री हो गईं। आज भी अम्मा की छवि उनके जेहन में

बेदाग है। वोट भी एआइएडीएमके को जयललिता के लिए मिले हैं, किसी शशिकला के लिए नहीं। इसे थोड़ा समझना होगा। केवल थेवर समुदाय से आने की वजह से वे सत्ताधिकारी नहीं हो जाएंगी। पनीरसेल्वम भी (क्षमा कीजिए) इसी समुदाय से आते हैं। वे विजयी हैं और अम्मा के प्रति निजी रूप से निष्ठावान। एआइडीएमके को समझना ही होगा कि उसे डीएमके के सामने जो जीत मिली है, उसकी मात्र वजह जयललिता ही हैं, उनका वंचितों के प्रति किया गया काम है। ऐसा कोई भी शख्स जो उनकी गद्दी पर कब्जा करना चाहता है, प्रदेश उसे ऐसा नहीं करने देगा। फिर शशिकला चाहे जितनी भी करीब रही हों, न तो उन्होंने कभी राजनीति में आने की इच्छा जाहिर की, न जयललिता ने इसके लिए कभी कोई दबाव बनाया। वस्तुतः वह एक स्त्रैण गुंफन था, जिसका अर्थ राजनीति नहीं, निजस्व था। शशिकला को यह कैसे समझ आ गया कि उनके साथ रहते–रहते, उनकी तरफ से छोटे–बड़े फैसले करते रहने से प्रदेश उन्हें भी जयललिता की तरह पूजने लगेगा!

वे कल भी हुक्म बजाने वाली थीं और आगे भी पार्टी की खेवनहार नहीं हो सकतीं। इसलिए भी कि वे कभी राजनीतिक सोच की महिला नहीं रहीं, वे एक गणितीय और जयललिता के प्रति निजी रूप से लुनाईदार निष्ठावान नेत्री जरूर रही हैं। इसलिए पनीरसेल्वम जैसे खांटी तमिल नेता के इस्तीफा लिए जाने को कांग्रेस तक ने ठीक नहीं ठहराया। वे वंचितों में भी एक स्वीकार्य नेता माने जाते हैं। इतनी शीघ्रता से उनसे त्यागपत्र की मांग करना ही दर्शाता है कि शशिकला जल्दी से जल्दी पार्टी और सरकार पर कब्जा करना चाहती हैं, ताकि गैर–जरूरी घोषित होने से पहले वह कोई मुकाम हासिल कर सकें। जानते होंगे कि जयललिता की मौत पर अनेक सवाल खड़े हैं! जांच की बात हो रही है। ये वे ही शशिकला हैं, जिन्होंने जयललिता के अस्पताल में रहने पर दिल्ली के कई मंत्रियों और राहुल गांधी को भी लौटा दिया था और उन्हें मिलने नहीं दिया था। तब भी सवाल उठे थे कि आखिर जयललिता को हुआ क्या है? उनकी मृत्यु भी संदिग्ध मानी गई और देश को यकीं नहीं है कि जो

बताया गया, वो सच है। इसकी जांच होनी ही चाहिए। यदि जांच हुई तो दूध का दूध और पानी का पानी हो जाएगा। दूसरी बात मतदाता क्या यह नहीं सोच रहे होंगे कि जिसे हमने विधायक के लिए भी नहीं चुना, वह मुख्यमंत्री बन गई। वे अपने को ठगा हुआ महसूस नहीं करेंगे? यह ठीक है कि संविधान के अनुसार वे छह माह में चुनाव लड़ सकती हैं, फिर भी वे एआइडीएमके को अपनी बपौती नहीं मान सकतीं, और उन्हें मानना भी नहीं चाहिए। यदि वे ऐसा करेंगी तो तय है कि तमिलनाडु उन्हें समझा भी देगा।

8 फरवरी 2017

शिवसेना का चौपड़ खेलना!

बाल ठाकरे की शिवसेना सोद्देश्य और सुस्पष्ट कार्ययोजना और विचार प्रणाली पर चलने वाला संगठन रहा है। इसलिए क्षेत्रीय होते हुए भी वह उन अर्थों में क्षेत्रीय नहीं रहा, जिन अर्थों में दूसरे प्रदेशों में बनीं क्षेत्रीय पार्टियां मानी जाती हैं। आप उससे राजी हों या राजी न हों, लेकिन ठाकरे की शिवसेना की उपेक्षा नहीं की जा सकती। राष्ट्रीय फलक पर बने रहने की अदम्य इच्छा के बाद भी बाल ठाकरे ने भाजपा के साथ किए समझौते की कभी अनदेखी नहीं होने दी। वे अपनी बेलौस अप्पिणियों से मुद्दे उठाते थे, लेकिन हमला नहीं करते थे। अपनी धारदार अप्पिणियों के कारण ही वे जाने गए और धुर विरोधियों की भी हिम्मत नहीं हुई कि उनके गरेबां पर हाथ डाले। तय यह था कि भाजपा–शिवसेना गठबंधन स्वीकार्य भाव–बोध के साथ चिरकाल तक चलता रहेगा। बाल ठाकरे ने इसीलिए कभी कोई राजनीतिक अपेक्षा भी नहीं रखी। सिवा इसके कि उनका संगठन महाराष्ट्र में सरकार बनाए।

भाजपा के साथ शिवसेना बुनियादी मुद्दों पर समान विचार रखती है। लगभग एक हद तक दोनों एक–सी सोच रखते हैं। शिवसेना के पास और कोई राष्ट्रीय फलक की हैसियत वाली पार्टी है भी नहीं। उसके 'हिंदुत्व' और राजनीतिक तेवरों की वजह से महाराष्ट्र में भी उसके और साथी नहीं हैं। उद्धव ठाकरे के कमान संभालने के बाद छोटी–छोटी बातों पर भाजपा से विवाद होने लगा। कोई सांसद शिवसेना से भाजपा में आ गया, तो शिवसेना नाराज हो गई। कदाचित इसकी जरूरत नहीं है। समान सोच के लोग मुश्किल से

मिलते हैं, मिल भी गए तो साथ चलते नहीं। ऐसे में शिवसेना को अपने रवैए के बारे में पुनर्विचार करना चाहिए। सिर्फ इसलिए कि आप बाल ठाकरे के उत्तराधिकारी हैं, आपको नंबर एक पर रहने का हक क्यों मिलना चाहिए? राज ठाकरे में सामर्थ्य है, जनता को गोलबंद करने और राजी करने की क्षमता भी। कम से कम शिवसेना को 'मनसे' का साथ तो देना चाहिए, वह भी नहीं। राज ठाकरे की दलीलें बाला साहब की तरह उफान पैदा करने, जनता में जज्बा पैदा करने का दम रखती हैं। लेकिन उद्धव की दलीलें उतनी हरकत पैदा नहीं कर पातीं। जब भी कुछ करती हैं भाजपा से मैत्री पर आंच आने लगती है। वे तब भी नाराज थे, जब नरेंद्र मोदी का शपथ ग्रहण होना था, वे महाराष्ट्र विधानसभा चुनाव के समय सीटों के बंटवारे पर भी नाराज थे। अर्थात उन्हें लगता है कि समन्वय और समायोजन की जरूरत उन्हें नहीं है, यदि किसी को है तो वह दूसरा है।

आपस के विवादों को मीडिया तक और फिर मीडिया के जरिए आए उत्तरों से गांठ बांधकर आचरण करना गठबंधन का धर्म नहीं है। अटल जी का कहना रहा यदि आप समन्वय और परस्पर सहयोग को चिह्नित मुद्दों के परिप्रेक्ष्य में लागू करेंगे, तो ही गठबंधन चल सकेगा। गठबंधन भारतीय राजनीति में अनिवार्य हो गया है। ऐसे में शिवसेना अपने को अलग–थलग पटक लेगी। एकाकी चलने में हर्ज नहीं है, लेकिन वैसी स्वीकार्य लोकतांत्रिक छवि आपकी नहीं। भारतीय जनता पार्टी ने यहां तक पहुंचने में वर्षों लगाए और जानते होंगे १९७७ के लोकतांत्रिक समर में अपनी पार्टी का नाम तक विलीन कर दिया था। शिवसेना यहां तक चलने को तैयार है? यदि नहीं तो गुजरात में हार्दिक पटेल का मसला उठाकर वे नरेंद्र मोदी को आहत तो कर सकते हैं, आतंकित नहीं। इसलिए भी कि गुजरात, महाराष्ट्र नहीं है और सभी पटेल, हार्दिक के साथ नहीं हैं। शिवसेना का यह कदम आत्महंता का कदम है, और उसे किसी भी सूरत में इस तरह के कदम उठाने से बचना होगा। यह तो आप अपने बुनियादी उसूलों पर ही कुल्हाड़ी चला रहे हैं, और यदि ऐसा नहीं है तो क्या आप भाजपा को शिवसेना के नजरिए और अंदाज से चलाने की इच्छा रखते हैं?

9 फरवरी 2017

यह सजा नहीं, बच्चों के साथ किया अपराध

उत्तर प्रदेश के सोनभद्र में अनपरा विद्युत परिषद बालिका विद्यालय से आई खबर है कि कुछेक बच्चियां अपना गृहकार्य (होमवर्क) नहीं कर पाईं। नतीजतन, उन्हें सजा दी गई। सजा के तहत उन बालिकाओं को मुर्गा बनाया गया। इससे भी पेट नहीं भरा तो उनकी स्कर्ट उतरवाई गई और उन्हें पूरे विद्यालय में घुमाया गया। इससे अधिक अफसोसजनक खबर शायद ही किसी ने सुनी होगी। अजीब मानसिक विकृति से भरे लोग शिक्षक जैसे काम में आ जाते हैं। इसे सुनकर लगता नहीं कि यह किसी ऐसे राज्य की खबर है, जहां लोकतंत्र के पहरुए चुनाव लड़ रहे हैं, और इस बारे में वे सब चुप हैं। यह किसी सामंतीशाही बाड़े के बददिमाग व्यक्ति की हरकत लगती है। यह किसी शिक्षा संस्थान की खबर नहीं हो सकती। फिर क्या अपराध था बालिकाओं का? अपराध होता तब भी ऐसी सजा देने वाले आप कौन होते हैं? महज गृहकार्य न करना अपराध कब से हो गया। २००० में सुप्रीम कोर्ट कह चुका है कि बच्चों को किसी भी तरह की सजा विद्यालयों में न दी जाए, लेकिन ऐसे विद्यालयों ने सुप्रीम कोर्ट को भी नजरअंदाज कर दिया। हमारे यहां शिक्षक का बड़ा आदर है और सभ्यता के आरंभ से है। जो 'गुह्य' को प्रकट करे वह 'गुरु'। जो सबसे छुपा हुआ है ज्ञान उसे प्रकाशित करे। जो अमृति क्षमता के अक्षर से परिचय कराए वह गुरु। जो अक्षरों से शब्द रचना सिखा सके, जो परिवेश की भाषा को अपना बना सके, जो इस योग्य बना सके कि विद्यार्थी समाज में अपने पैरों पर खड़ा हो सके, वह गुरु या शिक्षक। ऐसा शिक्षक,

जो बालिकाओं के साथ सजा के नाम पर अपराध करता है, ऐसा शिक्षक जिसे प्रदेश और देश की मान्य अस्मिता की चिंता नहीं? उसे लड़कियों की इज्जत से ज्यादा गृहकार्य की परवाह है। कहते हैं कि 'दीवार क्या गिरी मेरे कच्चे मकान की, लोगों ने मेरी सहन (आंगन) से रस्ते बना लिए।'

कुल जमा, आप बच्चों को सिखा ही तो रहे हैं। इस नाम पर दंड दिए जाने की कोई व्यवस्था नहीं है। इमेन्युअल कांट से पहले किसी ने दण्ड के सिद्धांत का प्रतिपादन नहीं किया, लेकिन उन्होंने कहा है कि बच्चों को सिखाते समय दण्ड देना उन्हें लाचार बनाता है और सीखने की प्रक्रिया में अवरोध उत्पन्न करता है। यह अवरोध अस्थायी भी हो सकता है और स्थायी भी। अर्थात स्थायी अवरोध हो गया तो बच्चा जीवन भर सीखने की उसी जगह पर ठिठक जाएगा। एक तरह से आपका दंड उसमें मनोस्नायु विकृति पैदा कर सकता है। कांट ने यह भी कहा बोलकर यानी हिंसक भाषा में बोलकर भी दण्ड दिया जाता है, लेकिन किसी भी प्रकार का दंड देने का नैतिक अधिकार सिर्फ उस व्यक्ति को होता है, जो दण्ड के साथ–साथ पुरस्कार भी देता है। इसलिए ऐसे लोगों को दण्ड देने का नैतिक अधिकार नहीं है। विद्यार्जन मनुष्य का नैसर्गिक अधिकार है।

विद्यालय चलाकर आप उस नैसर्गिक अधिकार की पूर्ति में सहायक होते हैं। विद्यालय यातना गृह नहीं हो सकते। बच्चे जहां सहजता से विभिन्न विषयों की शिक्षा ग्रहण कर सकें और स–सम्मान जीवन–यापन कर सके, ऐसी कुछ कामना और कल्पना रही होगी विद्यालय के बारे में। धीरे–धीरे ये फीस उगाउ धंधेबाजों के अड्डे बन गए। निजी कुंठाओं और वर्जनाओं को चीख–चीखकर निकालते अधेड़ों के रुग्ण स्थलों में बदले विद्यालय आज इस समीक्षा की भी मांग करते हैं कि इनका मूल्यांकन समय–समय पर किया जाए। देखा जाए कि शिक्षक योग्य हैं या नहीं। फीस के नाम पर लूट तो नहीं हो रही? बच्चों के बचपन से खिलवाड़ तो नहीं हो रहा? वे जिस कक्षा में पढ़ा रहे हैं उसके योग्य उनकी जानकारी है या नहीं। कहीं भी कोई व्यापारी शिक्षा–जगत में उतर आता है और इसे धंधे की शक्ल देने लगता है। ऐसे अपराध संज्ञेय होने चाहिए और ऐसे शिक्षक न केवल निष्कासित होने चाहिए, बल्कि उन्हें दंडित किया जाना चाहिए।

10 फरवरी 2017

तमिलनाडु की तमतमाहट!

जयललिता के चिरनिद्रा में सो जाने के बाद भी पन्नीरसेल्वम मुख्यमंत्री थे और सभी जानते हैं कि जयललिता उन्हें राजनीतिक समझ में प्रौढ़ और सजग राजनेता मानती थीं। इसलिए जब भी जरूरत हुई उन्होंने पन्नीरसेल्वम को याद किया और जिम्मेदारी सौंपी। आय से अधिक संपत्ति के मामले के समय में भी जब जयललिता को कुर्सी छोड़नी पड़ी तब भी पन्नीरसेल्वम को ही चुना गया था। इस बात को समझने में शशिकला ने गलती कर दी। अति–महत्वाकांक्षा और सत्ता–पिपासु मनोवृत्ति के चलते शशिकला तमिलनाडु में वह स्थान अब कभी नहीं पा सकेंगी, जिसकी थोड़ी बहुत वह पात्र थीं। यदि वह एआईडीएमके के किसी काम की होती, तो जयललिता ही उसे सक्रिय भूमिका में ले आतीं। जयललिता उसे पार्टी में लाईं, लेकिन उसकी उपयोगिता न देखकर उसे कोई पद नहीं दिया गया। साये की तरह लगे रहने के बावजूद शशिकला की पार्टी में न तो कोई पैठ थी और न राजनीतिक सम्मान। शशिकला को जिस विनय से पार्टी के लोग शीश नवाते थे, उसकी वजह भी शशिकला नहीं जयललिता थीं। उसे मिला सम्मान या दुलार श्रद्धेय के निकटस्थ होने का पुरस्कार भर था। शशिकला इसे अपनी राजनीतिक विजय यात्रा के रूप में देखने लगी। इसका विस्फोट जयललिता की बीमारी के समय हुआ। उस समय शशिकला का व्यवहार एक शातिर अंकगणितीय चालबाज की तरह था। उसने इसी कीमियागिरी के कारण जयललिता को रहस्यमयी बना दिया। प्रदेश और देश को जानने ही नहीं दिया कि उन्हें क्या बीमारी है?

वे ठीक क्यों नहीं हो पा रहीं? उनसे सिवा शशिकला और उनके प्रति निजी निष्ठावानों की फौज के कोई मिल नहीं पाया। इसकी वजह क्या थी? इस सबके अंतस में शशिकला की चतुराई और अंधी आकांक्षा थी। इसमें उसे इसलिए मदद मिल गई कि वह जयललिता के रनिवास की सदस्य थी। इसके बावजूद दीपा और पार्टी के सदस्य भीतर–भीतर शशिकला की उपस्थिति से खिन्न थे और इसके हस्तक्षेप को बेवजह और गैरजरूरी मानते थे। इसलिए पार्टी सोचने लगी और मानने लगी कि जयललिता की मृत्यु शंकास्पद स्थितियों में हुई और उसकी जांच होनी चाहिए। यदि जांच हुई, जो कि होगी ही तो निश्चित ही शक की सुई शशिकला की तरफ जाएगी और अचरज नहीं कि वे कहीं न कहीं लिप्त भी पाई जाएं। निकटता आपको आर्थिक लाभ और सामाजिक प्रतिष्ठा दे सकती है किसी परिवार का उत्तराधिकार नहीं और राजनीतिक उत्तराधिकारी तो कतई नहीं। तमिलनाडु की २३४ सदस्यों की विधानसभा में आज एआईडीएमके के १३४ सदस्य हैं। यदि पन्नीरसेल्वम पार्टी में बहुमत का दावा करते हैं तो उन्हें ११८ सदस्यों के समर्थन की जरूरत होगी। खबरें हैं कि उनके पास बहुमत के लिए विधायक हैं और वे सदन में अपना बहुमत साबित कर सकते हैं। शशिकला ने शनिवार को पन्नीरसेल्वम से इस्तीफा मांगकर जता दिया कि पार्टी पर कब्जे के बाद वे सरकार भी चलाएंगी। इसी मंशा से उन्होंने करीब १३१ विधायकों को गोपनीय स्थान तक पहुंचा दिया। शशिकला हर काम जयललिता के नाम पर कर रही हैं। चाहे पन्नीरसेल्वम से त्यागपत्र की बात हो। उसने इस्तीफा उन्हीं के नाम पर मांगा। अभी तो पन्नीर तमिलनाडु के लिए उसके विकास और बेहतरी के लिए ब्लू–प्रिंट बनाने में लगे थे कि उन्हें दबाया गया और इस्तीफा मांग लिया गया। इसकी आलोचना डीएमके के अलावा कांग्रेस भी कर चुकी है। शशिकला को समझना होगा कि पार्टी जयललिता की वैचारिक अस्मिता, सौष्ठव और प्रसार का नतीजा है। वह जयललिता के घर की खाली कुर्सी नहीं कि घर बुहारते हुए कोई भी उस पर बैठ जाए। इसलिए नामुमकिन है कि शशिकला , मुख्यमंत्री बन सकें।

पार्टी के सभी वरिष्ठ नेता इस बात के खिलाफ हैं, वे लामबंद हैं और सही नजारिए के लिए लड़ रहे हैं?। वे पार्टी प्रमुख पद पर भी नहीं रह पाएंगी। बेहतर होगा यदि वे आपस में युद्ध का पैतरा बदल लें अन्यथा उनकी शिकस्त बदसलूकी से भरी होगी। एआईडीएमके की सवारी के बजाय यदि वे जयललिता गान करती रहें तो शायद आराम से रह सकेंगी। अन्यथा उनका जीवन अन्यथा हो जाएगा।

13 फरवरी 2017

उमा भारती के वक्तव्य पर बवाल क्यों?

बलात्कार पर उमा भारती की अप्पिणी को सिर्फ भाजपाई नहीं कहा जा सकता, दरअसल उसे किसी दलीय चौखटे में रखकर उसका विश्लेषण करना भी तमाम महिलाओं को एक तयशुदा चौखटे में फिट कर विमर्श करने जैसा है। इसलिए नहीं किया जाना चाहिए। उन्होंने कहा कि बलात्कारियों को उल्टा लटकाकर उनकी धुनाई की जानी चाहिए, तब तक यह जारी रहनी चाहिए जब तक उनकी चमड़ी न उधड़ जाए। उन्होंने कहा कि मैं जब मुख्यमंत्री थी मध्यप्रदेश की, तब मैंने कुछेक अपराधियों के साथ ऐसी सख्ती करवाई थी। इस पर परदेशी भाषा में निकलने वाले चंद अखबारों ने उनके समय के बलात्कार के आंकड़ों को परोसा और कहा कि मध्यप्रदेश उस समय बलात्कार में अव्वल था। उनकी दलील शायद यह थी कि ऐसा करने के बाद भी अपराध नहीं थमे। कुछ ने मानवाधिकार के मुद्दे भी उठाए। बुनियादी रूप से यह अकेला ऐसा अपराध है जो एक मनुष्य, दूसरे मनुष्य को खारिज, अपमानित करते हुए कुचलने की मनःस्थिति में करता है। इस अपराध की तुलना किसी दूसरे अपराध से नहीं हो सकती। आजादी के इतने वर्षों बाद भी हम ऐसा समाज नहीं बना पाए, जहां स्त्रियों का सम्मान होता हो।

वह तो गनीमत है कि स्त्री जन्म से ही 'एट इज' होती है। यदि वह भी पुरुष की तरह 'अनइजी' ही पैदा होती तो सभ्य समाज जैसी कोई व्यवस्था नहीं होती। अनेक नेताओं ने इस तरह की अप्पिणियां

की हैं, कि 'गलतियां लड़कों से हो जाती हैं' तो दंड भी दिए जाने चाहिए। क्षमा कीजीए! कोई माफ नहीं करता। न आग, न पानी, न प्रकृति। ऐसे में समाज और स्त्री के प्रति अपराध करने वालों पर कोई रियायत कैसे दी जा सकती है। कैसे दी जानी चाहिए। आप एक स्त्री को उसकी मर्जी के बिना उम्रभर के यातना शिविर में तब्दील कर रहे हो, ताकि वह अपने को सिवा देह के और कुछ न समझ सके। स्त्री सिर्फ देह नहीं है। देह है, इसलिए स्त्री है। लेकिन सिर्फ देह स्त्री नहीं होती। उसमें भी पुरुषों जैसी आकांक्षाएं और संभावनाएं हैं और बलात्कार इन आकांक्षाओं और संभावनाओं की अनेक बार की गई हत्याएं हैं। इसलिए इसके कानून में भी पूरी तरह बदलाव होना चाहिए। किसी सभ्य समाज में हुई ऐसी एक भी घटना उस पूरे समाज को कोढ़ी और विकलांग एक साथ दर्शाती है। कोढ़ी इसलिए कि यह पुरुषों की दशा बताता है जो ऐसी हरकतों में लिप्त हैं और समाज विकलांग इसलिए कि वह अब तक ऐसा परिवेश विकसित नहीं कर पाया, जिसमें ऐसी हरकतें रोकी जा सकें। समाज की स्थिति तो आज इतनी दयनीय है कि विवाह उपरांत भी परिवार निर्मिती में स्त्री के परामर्श का कोई मूल्य नहीं है। उससे पूछा ही नहीं जाता कि उसकी इच्छा क्या है? तमाम सारे गुरतर शब्दों और सम्मोहनी वाकजालों से उसे बांधकर मातृत्व दे दिया जाता है। अनेक सामाजिक सर्वे बता चुके हैं कि भारत जैसे देश में तो पुरुष यह मानकर ही चलता है कि यह स्त्री उसकी संपत्ति है। इसलिए वह उसका अधिकारी है। ऐसे में परिवार वृद्धि के सवाल पर उससे क्या पूछना! उसे तो राजी होना ही होगा।

ऐसे में जरूरी है कि बलात्कार जैसे अपराधों को पूराने कानूनों में ही न देखा जाए, इसे 'हीनीयस क्राइम' मानते हुए 17 वर्ष से लेकर किसी भी उम्र के पुरुष द्वारा किए गए इस तरह के अपराध पर कुछ ऐसे दंड का प्रावधान किया जाए कि उसका जिक्र तक दहशत पैदा कर सके और समाज में घरों में बड़े होते लड़कों को ठीक से समझाया जाए कि यह पुरुषोचित आचरण नहीं है। स्त्री को बड़ा मानें या न मानें उसे हीन, कमतर, अयोग्य, कमजोर समझने

वाले आप होते कौन हैं? उमा भारती ने आहत स्त्री की तार–तार संवेदना पर एक स्त्री की प्रतिक्रिया दी है। इसे दलबंदी के नजरिए से नहीं देखा जाना चाहिए। यह एक स्त्री का नाराजगी भरा आर्तनाद है और पुरुषोचित आतंक से मुक्ति की तलाश। यह उमा भारती की मां–भारती और उसके कर्णधारों से भी अपील है कि बलात्कार के लिए कठोरतम सजा का प्रावधान जल्दी–से–जल्दी किया जाए।

14 फरवरी 2017

प्रेम का स्थापत्य और प्रेम का दिन!

जैसे ईश्वर, ईश्वर शब्द में नहीं अस्तित्व में होता है, वैसे ही प्रेम, प्रेम शब्द में नहीं अस्तित्व में होता है। अस्तित्व (एक्सिसटेंस)! वह था भी, है भी, होगा भी। इस शब्द को वेलेन्टाइन ने ही नहीं 'जीसस' ने भी इस्तेमाल किया। वे बुद्ध के पांच सौ साल बाद भारत आए थे। यद्यपि तब तक बुद्ध निर्वाण को प्राप्त हो चुके थे। और बुद्ध ने प्रेम का उल्लेख किया था। उन्हीं से जीसस, जिनका नाम जोशुआ था, उन्होंने मनुष्य के अनुभव को शब्द दिए 'प्रेम'। फिर तो वे 'पहलगाम' रहे भी। जानते होंगे पहलगाम का कश्मीरी में अर्थ होता है गड़रिये का गांव। हमारे यहां कहते आए हैं 'कामेन विजितो ब्रह्माः, कामेन विजितो हररू श। काम अविनाशी है, इसलिए एक हद तक अपराजेय है। देह के तल पर परास्त न होने वाला। उसने ब्रह्मा और शिव को भी जीता। लेकिन प्रेम अहसास के संदर्भों में कायिक और 'कास्मिक' स्थिति में, विश्लेषण में अमूर्त होता है। इसलिए कबीर, मीरा, ये बौद्धिक कसरत करते कवि नहीं हैं। कबीर मस्तिष्क से नहीं बोलते, उनमें गूंजती है हृदय की वीणा! एक घूंट भी भीतर गई कि दीवाना बनाए बिना नहीं रहती। एक तरंग भी उठी कि 'प्रेम गलि अति सांकरी जा में दो न समाय' का दीया जला। यह देह के स्तर से ऊपर की बात है। यदि दैहिक होती तो दो लोगों को तो गति में समा ही जाना चाहिए था। प्रेम इतना घानत्विक है कि उसमें उतरते ही दूसरे का अस्तित्व बच जाए तो जानें कि दीया

जला नहीं। फिर जो कुछ है वह समायोजन है, 'एडजस्टमेंट' है। मीरा इसकी बात नहीं करतीं। वह कहती है 'ऊंची चढ़ी–चढ़ी पंथ निहारूं', यदि इसका शाब्दिक अनुवाद किया जाए तो सिर्फ इतना होगा कि 'मैं ऊपर चढ़कर रास्ता देखती हूं।' नीचे से नहीं दिखाई पड़ता, तो ऊपर चढ़ जाती हूं। लेकिन अर्थ यह है ही नहीं। मीरा का अर्थ है कि वह मूलाधार से चढ़ती है, लगातार चढ़ती है और सहस्त्रार पर उसे देखती है। इसलिए मीरा को हिंदी में नहीं दर्शन में पढ़ाया जाना चाहिए। समूची भक्ति मस्ती है। बार–बार मीरा सत्संग का जिक्र करती है। इसका अर्थ मजीरे लेकर जोर–जोर से गाना भर नहीं है। इसका अर्थ है जिसने जाना, उसके पास बैठकर उस स्वाद को जानना, क्योंकि नजदीक बैठते ही स्वाद भी संक्रामक हो जाता है। 'संतन ढिग बैठी–बैठी लोक–लाज खोई' नजदीक बैठकर। यहीं से अनेकांतवादियों ने उपवास शब्द लिया। नजदीक बैठना ही तो इसका भी अर्थ है। इसलिए प्रेम का कोई एक दिवस कैसे हो सकता है। घुप्प अंधेरे के बीच एक दिया पर्याप्त है, जिस देश में करोड़ों युवा हों, दुनिया में सबसे ज्यादा हों, हरेक में यह दीया जले तो करोड़ों दीये जल सकते हैं। और निरंतर प्रज्ज्वलित हों तो अंधियारा कभी पसरे ही नहीं।

जानते होंगे कई शुरुआती क्रिश्चियन शहीदों के नाम वेलेन्टाइन थे। 1969 तक कैथेलिक चर्च ने 11 वेलेन्टाइन दिनों को मान्यता दी थी। इसी तरह कैथोलिक विश्वकोश संत वेलेन्टाइन का उल्लेख करता है, जिनका जिक्र शुरुआती शहादतों में 14 फरवरी की तारीख के अंदर आता है। उनकी शहादत अफ्रीका में अपने अनेक साथियों के साथ हुई थी। लेकिन उनके बारे में ज्यादा जानकारी नहीं मिलती। लेकिन इतना ज्ञात है कि उनके साथ अनेक दंतकथाएं जोड़ी गईं। लेकिन भारत में प्रेम को अभिव्यक्त करने के लिए अंग्रेजी माध्यम, अंग्रेजी रूपक, अंग्रेजी तहजीब की जरूरत कब और क्यों पड़ी, यह जरूर समाजशास्त्रीय शोध का विषय होना चाहिए। प्रेम का अभाव अथवा प्रेम का अस्वीकार हमारे यहां कभी नहीं रहा। जिस अस्वीकार का उल्लेख जातियों के बरामदे में किया जाता है, वह भी

वस्तुतः प्रेम का अस्वीकार नहीं है। कुछ ही लोगों में कुछ ही लोगों के प्रति उठा अविश्वास है। वे यह कभी नहीं कहते पाए गए कि प्रेम कभी घटित नहीं होता। प्रेम घटता है, लेकिन परिवेश और भागदौड़ भरी जिंदगी में दिखाई कठिनाई से देता है। वैसे ही जैसे अस्तित्व का पता सबको है, लेकिन अहसास निरंतर नहीं होता।

15 फरवरी 2017

शशिकला कलाएं बदलती रहीं और अमावस हो गई

तमिलनाडु की महत्त्वाकांक्षी नेत्री और जयललिता की विश्वस्त सहयोगी शशिकला पर आय से अधिक संपत्ति के मामले में सर्वोच्च न्यायालय ने फैसला सुना दिया है। शशिकला और उनके कुछ सहयोगी भी जयललिता के साथ सह–अभियुक्त थे। जयललिता का निधन हो जाने से उनके खिलाफ कार्रवाई रोक दी गई, लेकिन शशिकला को बकाया चार साल का कारावास भुगतना होगा और 10 करोड़ रुपए जुर्माना भी भरना होगा। अदालत ने उन्हें तत्काल आत्मसमर्पण करने का आदेश भी दिया है। ध्यान होगा, जयललिता के देहावसान के बाद से ही सत्ताई पायजेब पहनने के लिए कलाएं बदलती रहीं कि इस फैसले से अमावस हो गई। अब वे 10 वर्षों तक चुनाव भी नहीं लड़ सकेंगी। 60 वर्षीय शशिकला ने पार्टी के विधायकों को चेन्नई से 80 किलोमीटर दूर एक रिसार्ट में कैद रखा था। सभी के हस्ताक्षर उन्होंने करवा लिए थे, जिससे साबित हो सके कि विधायकों का समर्थन उनके साथ है। पनीरसेल्वम ने उनके ही आग्रह और दबाव की वजह से मुख्यमंत्री पद छोड़ा, हालांकि दूसरे ही दिन वे जयललिता के समाधिस्थल पर गए और उठते ही उन्होंने कहा कि उनसे दबाव डालकर त्यागपत्र लिया गया है। इसके बाद से ही एआइडीएमके पार्टी में दो भाग हो गए। शुरू के एक–दो दिन दोनों धड़ों ने बहुमत का दावा किया। दूसरी तरफ शशिकला ने राज्यपाल विद्यासागर राव को चिठ्ठी लिखकर

सूचित किया कि उनके पास बहुमत है। इतना ही नहीं शशिकला ने विद्यासागर राव पर दबाव बनाने के लिए केंद्र के पास थंबीदुरै को भी भेजा। उन्होंने दिल्ली में आकर कहा कि शशिकला के पास जयललिता की विरासत है और पार्टी के विधायकों का समर्थन भी। इस दरमियां पन्नीरसेल्वम का प्रतिबद्ध कुनबा बढ़ने लगा, कई सांसद और विधायकों ने शशिकला का पट्टा गले में पहनने से इनकार कर दिया। इस बीच एटार्नी जनरल मुकुल रोहतगी ने राज्यपाल को सुझाव दिया कि 'कंपोजिट फ्लोअर टेस्ट' किया जा सकता है। उन्होंने कहा कि यूपी में जगदंबिका पाल और कल्याण सिंह के मसले में ऐसा हो चुका है। असल में, इस तरह के परीक्षण में विधानसभा के सदन में ही परीक्षण कर लिया जाता है। लेकिन अब इसकी जरूरत नहीं होगी। शशिकला की सत्ता हथियाने की समूची आकांक्षा समाप्त हो गई। वैसे भी शशिकला, जयललिता की विश्वस्त सहयोगी थीं, लेकिन निजी कार्यों के लिए। वे राजनीतिक फैसलों में इसका ही नहीं किसी का भी हस्तक्षेप पसंद नहीं करती थीं। यही वह वजह थी कि उन्होंने शशिकला को राजनीति में सक्रिय नहीं किया। उनके बाद इसकी अभिप्साओं ने अंगड़ाई लेना शुरू किया, बिना इस बात की परवाह किए कि तमिलनाडु ने इसे जनादेश नहीं दिया। जनादेश तो जयललिता को दिया था। फिर उस जनादेश की गद्दी पर आप कब्जा कैसे कर सकते हैं। इसने एम. जी. रामचंद्रन के बनाए पार्टी विधान को भी उठाकर ताक पर रख दिया। जिसके तहत पार्टी के महासचिव का चुनाव सभी मिलकर करते हैं। आपात स्थिति में भी इस तरह का प्रावधान नहीं था, जिस तरह शशिकला चढ़कर महासचिव की कुर्सी पर बैठ गईं। महासचिव का पद इस पार्टी में अत्यंत महत्त्वपूर्ण है जिसके तहत तमाम फैसलों का अधिकार पदाधिकारी को मिल जाता है। इसमें यह भी अन्वित है कि पार्टी के सभी सहयोगियों अर्थात सांसद और विधायकों का समर्थन महासचिव के साथ है।

इस पार्टी में ऐसा भी नहीं था। इसे प्रमाणित करने के लिए शशिकला ने विधायकों को बंधक बनाया, महिला कार्ड खेला,

पत्रकार परिषद में टेसुए बहाए और जताने की कोशिश की कि एक महिला के खिलाफ पुरुष षडयंत्र कर रहे हैं। मंगलवार को जारी आधिकारिक ट्वीट में कहा गया कि दिवंगत जयललिता का बोझ सदैव शशिकला ने संभाला है। पहले तो ऐसा है नहीं, फिर निष्ठाओं की कीमत सियासत का सिंहासन तो कतई नहीं होता। जयललिता से भी यदि कोई पूछता तो वे इस बात से इनकार कर देतीं।

18 फरवरी 2017

तमिलनाडु में सियासी समर

तमिलनाडु में इडाप्पडी पलानीस्वामी मुख्यमंत्री बना दिए गए। राज्यपाल सी. विद्यासागर राव ने 63 वर्षीय पलानीस्वामी को 31 मंत्रियों के साथ शपथ दिलाई। कहा गया कि इससे तमिलनाडु में चल रही राजनीतिक उठापठक समाप्त हो जाएगी, लेकिन ऐसा लगता नहीं है। इसलिए भी कि पलानीस्वामी, शशिकला समूह के आज्ञाकारी शिष्य ही नहीं हुक्म बजाने वाले ताबेदार की तरह उफके हैं। हालांकि वे पहले मंत्री भी थे, फिर भी उनकी पूछ–परख संगठन में नहीं थी। इनकी जगह पन्नीरसेल्वम का पार्टी में थोड़ा–बहुत रौब रहा है। इसलिए भी कि जयललिता ने इनका चयन मुख्यमंत्री के लिए किया था। कुछ इस तरह वे पार्टी के सर्वमान्य नेता हो गए थे। शशिकला की सुप्त राजनीतिक इच्छाओं और सत्ताकांक्षाओं ने जब अंगड़ाई ली तब पार्टी की एकता पर संकट आ गया। उन्होंने पन्नीरसेल्वम से त्यागपत्र दिलवा दिया। लेकिन तत्काल बाद पन्नीरसेल्वम को लगा कि यह तो पार्टी और सत्ता पर कब्जा करने की नीयत से किया गया है, तो उन्होंने 'स्टैंड' ले लिया। इस बीच पलानीस्वामी ने रिसार्ट में रखी गई विधायकों की सूची बहुमत का दावा करते हुए राज्यपाल राव को सौंप दी। फिर जो कुछ हुआ, वह सामने है। लेकिन इस दरमियां पन्नीरसेल्वम ने चुनाव आयोग को 'एप्रोच' कर कहा कि शशिकला का चयन पार्टी विधान के अनुरूप नहीं हुआ है। अर्थात उनका पार्टी महासचिव बनना अवैधानिक है। यह बात सिद्ध होते ही पन्नीरसेल्वम का निष्कासन अपने–आप ही अवैधानिक हो जाएगा। राज्यपाल ने दूसरी तरफ पलानीस्वामी को सदन में बहुमत साबित करने के लिए एक पखवाड़े का वक्त दिया

है। इसमें शंका जताई जा रही है कि पलानीस्वामी पार्टी को एकजुट नहीं रख पाएंगे और ज्यादातर विधायक इस बीच पन्नीरसेल्वम की तरफ रुख कर लेंगे। वैसे भी पन्नीरसेल्वम पार्टी के संघर्षों के दिनों से जयललिता के प्रति प्रतिबदद्ध रहे हैं।

लेकिन कुछ लोगों को मानना है कि सत्ता संतुष्ट करने की बड़ी कुंजी है, जो पन्नीरसेल्वम के पास नहीं है। बावजूद इसके चुनाव आयोग के यह कहते ही कि शशिकला गलत तरीके से महासचिव बनी हैं, पन्नीरसेल्वम के लिए एक बड़ी जीत होगी। इस दरमियां भारतीय जनता पार्टी भी तमिलनाडु में अपने लिए अवसर देखने लगी है। फर्ज कीजिए कि यदि पलानीस्वामी को जनता के बीच वोट मांगने के लिए जाना पड़ा तो वे इस योग्य नहीं हैं कि पार्टी को विजय दिला सकें। ऐसे में गुंजाइश बनती है। इसी अवकाश में भाजपा अपने लिए रास्ता खोज रही है। इस सिलसिले में भाजपा के वरिष्ठ नेताओं की दक्षिण के बड़े अभिनेता रजनीकांत से दो–तीन बार बात भी हो चुकी है। उन्हें भाजपा में शरीक होने का निमंत्रण भी दिया गया है। लेकिन उनके सिपहसालार उन्हें समझा रहे हैं कि भाजपा में शरीक होने से बेहतर है कि वे अपनी अलग पार्टी बना लें। इसलिए भी कि मसला भाषिक संदर्भों पर उठे सवालों का भी होगा। तमिल गौरव और द्रविड़ सभ्यता के नाम पर उनका सम्मान है, ऐसे में यदि वे भाजपा में आ जाते हैं, तो दिक्कत हो सकती है। उनकी चर्चा राष्ट्रीय स्वयं सेवक संघ के विचारक गुरुमूर्ति से भी हो चुकी है। इस उहापोह में रजनीकांत ने फिलहाल कहा है कि वे कुछ समय ध्यान करने के लिए हिमालय जाना चाहते हैं। अर्थात फिलहाल उन्हें थोड़े वक्त की जरूरत है। एक और बड़ी शख्सियत है सिने जगत से जुड़ी हुई, वे हैं कमल हसन। कमल, जयललिता के प्रशंसक रहे हैं और आरंभ से ही पन्नीरसेल्वम को उनका वास्तविक उत्तराधिकारी मानते हैं। उनके भी पन्नीरसेल्वम के हक में सक्रिय होने की खबरें हैं। यह सब दर्शाता है कि शशिकला का गेम–प्लान तमिलनाडु में न आज पूरा होने वाला है और न कल। वह चाहे जितनी जयललिता भक्ति की नौटंकी कर लें, सत्ता के गलियारे में कदम नहीं रख पाएंगी। फिलवक्त तो वे जेल में हैं मोमबत्ती बनाने में निमग्न, एकाकी!

21 फरवरी 2017

होली में बिजली मिलती है, तो ईद पर भी मिले

प्रधानमंत्री नरेंद्र मोदी ने फतेहपुर की आमसभा को संबोधित करते हुए कहा– 'अगर रमजान में बिजली आती है, तो दीवाली में भी आनी चाहिए। होली में बिजली मिलती है, तो ईद पर भी मिलनी चाहिए।' यह वक्तव्य उत्तर प्रदेश चुनाव के संपूर्ण अभियान में मनुष्यता से भरा वक्तव्य है। इसके केंद्र में मजहब नहीं, मजहबपरस्ती नहीं, मनुष्य की समान चिंता का भाव है। इसे कम आंकते हुए कहा जा सकता है कि यह चुनावी वक्तव्य है। आप चाहे जो कहें, लेकिन राजनीतिक विशेषणों के समांतर मोदी अपने सरोकारों के साथ अपना कद बचाए हुए हैं।

लोकसभा चुनाव के समय भी 'चाय पर चर्चा' की पर्याप्त ठिठोली हुई। उस ठिठोली में राजनीतिक विश्लेषक देख नहीं पाए कि मोदी, इंदिरा गांधी के बाद वंचितों और गरीबों में बेइंतहा लोकप्रिय प्रधानमंत्री हैं। इंदिरा से तो गरीब वर्ग स्वयं को 'आइडेंटिफाई' नहीं करता था, सिर्फ भरोसा करता था कि वे गरीबी हटा सकती हैं। लेकिन मोदी से यह वर्ग अपने को 'आइडेंअफिाई' करता है और भरोसा भी कि यही वह शख्स है, जो गांवों को आत्मनिर्भर बना सकता है, वादों के कोष्ठकों को तोड़कर देश की गरीबी से टकरा सकता है। वैसे उत्तर प्रदेश चुनाव की शुरुआत से ही कहा यह जा रहा था कि इस बार जातिवादिता के आधार पर मतदान नहीं होगा, लेकिन ऐसा हो नहीं पाया। सभी दलों को 'आधार वोट' और 'स्टेपनी वोट' की चिंता व्यक्त हो गई। आधार वोट जानते होंगे, उसे कहते हैं जिसका नेता जिस जाति से आता है, वह जाति उसके आस–पास

होकर उसके दल को खड़ा कर देती है।

जब यह वोट गिरता है तो उसे आधार वोट कहते हैं, जबकि 'स्टेपनी वोट' 'स्टेटिक' नहीं होता, वह बड़ी और पास दिखती पार्टी की ओर चला जाता है, लेकिन वह 'फ्लोट' करता रहता है। 'स्टेपनी वोट' और 'बेस वोट' पर पर्याप्त कवायद की गई। पहली बार अमित शाह ने इलाहबाद के पास सम्मेलन किए और वहां उन परिमाण के आधार पर छोटी जातियों के लोगों को आगे लाए और उन्हें जिले की कमान सौंपी। वहीं से चुनीं उन्होंने महिलाएं जिनकी पूछ-परख किसी भी दल के पास नहीं थी। मायावती के पास भी नहीं। हालांकि मायावती इस राजनीतिक नुस्खे को आजमाकर सत्तासीन हो चुकी हैं। लेकिन इस बार वे दूसरी तरह की इंजीनियरिंग में लगी हैं और अखिलेश यादव को शुरुआत में सपा के पारंपरिक वोटों के अलावा भी समर्थन मिल रहा था, लेकिन बाद में उनके कांग्रेसी सलाहकारों ने मुस्लिम वोट बैंक पर निर्भरता बढ़ाने की सलाह दे डाली। मुस्लिम मतदान कर रहे हैं और तय है कि वे भाजपा के पक्ष में नहीं कर रहे, लेकिन एकजुट होकर किसी एक पार्टी को भी वोट नहीं दे रहे। अब तक हुए मतदान तो करीब-करीब यही दर्शा रहे हैं।

फिर यह मानने का क्या कारण है कि भाजपा अस्पृश्य पार्टी है? और मतदाता सिर्फ नारेबाजी को ही वोट दे रहे हैं। कुमार अंबुज की एक कविता है– 'और वह इतनी पवित्र हो गई कि अस्पृश्य हो गई।' ऐसी स्थिति में नहीं है भाजपा! यदि असंतोष के तर्क हैं, तो वे सभी पार्टियों के लिए हैं। सब पर समान रूप से लागू होते हैं। सपाई असंतोष की अग्नि सपानल बनकर सबको दिखाई दी। रीता बहुगुणा कांग्रेस छोड़कर भाजपा में शामिल हो गईं। सभी जगह है असंतोष, लेकिन इस आधार पर परिणाम आए बिना भाजपा को निरस्त कर देना, ज्यादती है।

यह यूपी है, बिहार नहीं। हास्यास्पद तो यह है कि उत्तर प्रदेश बाल अधिकार संरक्षण आयोग की सदस्य नाहिद लारी खान ने नरेंद्र मोदी को 'गोद लिया बेटा' कहने पर नोअसि जारी किया है। कहा कि वे 7 दिन में गोद किसने लिया, कहां लिया? बताएं! इन्हें कौन बताए शब्द शक्तियों की बात!!

22 फरवरी 2017

हिंदी को प्राथमिकशाला में अनिवार्य किया जाना

हर देश मातृभाषा का सम्मान करता है और उस देश की एकरूप जुबां के लिए एक भाषा अनिवार्य होती है। भाषा का वैविध्य विभेदीकरण को बनाए रखता है। विभेद समाज को और बृहतर अर्थ में देश को बांट देता है। साहित्य अकादमी प्रयास कर रही है कि वह केंद्र सरकार से आग्रह करे कि कक्षा पांचवीं तक के विद्यार्थियों को हिंदी पढ़ना अनिवार्य कर दिया जाए। निश्चित ही उसका यह कदम सराहनीय है और बुनियादी शिक्षा के तहत विद्यार्थी की नींव में हिंदी के शब्दों को गाड़ने का प्रयास भी। भाषा विभेद ने हमारे समाज की व्यापक बुनावट में कई तरह के जाल बुन दिए हैं। जानते होंगे कि अध्यापक की पृष्ठभूमि उसके प्रशिक्षण में निहित समझ के साथ–साथ शिक्षण की दैनिक छवि अपने आप उस बर्बरता को जन्म देती है, जिसे गरीब, अशिक्षित परिवारों से आने वाले बच्चे सहते हैं। भाषा की एकरूपता और उसका मातृभाषा से जुड़ाव बच्चों में अपनी जमीन, अपने मुहावरे, अपनेपन से भर देता है।

हर भाषा का अपना सौरभ और सौष्ठव होता है। हर भाषा की अपनी सभ्यता होती है, जिसे आप अर्थों के आलोक में देख सकते हैं। अंग्रेजी को 'एक्जेट लैंग्वेज' कहने वाले सूरमाओं को शायद पता भी नहीं होगा कि हिंदी से ज्यादा प्रगतिशील और आधुनिक कदाचित कोई भाषा नहीं है। यही कारण है कि हिंदी के उत्तरीय में अनेक भाषाओं के शब्द समाए हुए हैं, कुछ इस तरह वे विलयित हो गए हैं कि अब वे विजातीय नहीं लगते। अंग्रेजी तब तक निश्चित आधुनिक थी, जब तक इसमें बेलेड्स लिखे जा रहे थे। ग्रीक और लैटिन भाषा

के शब्द इसमें आ रहे थे। बाद में तो इसने अपना सफ़र अलग कर लिया। बहरहाल, हिंदी का कैनवास और ह्दय बहुत बड़ा है। इसकी जानकारी बाल्यकाल में हो जाए तो बच्चे को अंसुआते समय भी परदेशी भाषा के कांधे और गोद की दरकार नहीं होगी। वह हिंदी के आंगन में कूद सकता है, गा सकता है, लिख–पढ़ सकता है और देश को देशज अर्थ में आगे बढ़ा सकता है। इसलिए कम–से–कम बुनियादी तौर पर प्राथमिक शिक्षा से हिंदी को अनिवार्य रूप से जोड़ना संपूर्ण भारत को एक साथ लाना है, और करीब लाना है। इससे किसी भी भाषा की उपेक्षा का प्रश्न नहीं उठेगा, इसलिए भी कि आज हिंदी दुनिया की सबसे बड़ी भाषा के रूप में खड़ी है। उसकी व्यापकता उसके प्रचार में है और प्रसार में है उसकी रवानी और रवानी में उसकी ध्वनियों को जमीन से जोड़कर आकारित करते शब्द! इसलिए हिंदी एक बार भी जहां सुनी गई, वहां से फिर लौटती नहीं, वह और–और लोगों को जोड़ती रहती है, क्योंकि वह जैसी बोली जाती है वैसी लिखी जाती है।

यह बात प्राथमिकशाला के बच्चे को पता होना चाहिए। डॉ. राधाकृष्णन ने धर्मनिरपेक्षता पर अप्पिणी करते हुए कहा था कि इसका अर्थ अ–धार्मिक होना नहीं है। ठीक इसी तरह से गुणवत्ता मूलक शिक्षा, अर्थपूर्ण शिक्षा, आधुनिक शिक्षा का अर्थ मातृभाषा हीन शिक्षा नहीं होता। मातृभाषा संस्कार और सभ्यता की पहली सीढ़ी है।

गांधी ने सदैव मातृभाषा के पक्ष में तर्क दिए। वे मानते थे कि हिंदुस्तान की प्रगति हिंदी से ही हो सकती है। हिंदी सभी को अपने साथ लेकर चलने में समर्थ है। भाषागत विभेदीकरण मूलतः विभेद की नास्तिकता है। आप देखें कि शिक्षा का मूलभाव यही है कि वह समाज और राष्ट्र के विभेदों को समाप्त करे, लेकिन आज वह स्वयं इस समस्या से ग्रस्त हो गई है।

इस समस्या का उपचार भी मातृभाषा में सन्निहित है, उदाहरण के लिए उन सभी देशों पर नज़र रखें जिनकी अपनी मातृभाषा है और वे उसमें सांस लेते हैं। वे विभेदी स्थितियों से रूबरू नहीं होते। अगर जापान में संतरे की तरह खाया जाने वाला फल एक दिन अमरीकी कहकर बेचा जाता है, तो पूरे देश में वह फल बिकता ही नहीं। मातृभाषा ऐसा राष्ट्रीय स्वाभिमान जगाती है। इसलिए साहित्य अकादमी की पहल के दूरगामी और बेहतर परिणाम होंगे।

25 फरवरी 2017

महाराष्ट्र बढ़ाएगा यूपी भाजपा का उत्साह

महाराष्ट्र से उत्तर प्रदेश की दूरी बहुत ज्यादा है। दोनों जगहों के राजनीतिक मुद्दे भी अलग हैं। लेकिन, इसके बावजूद महाराष्ट्र से भारतीय जनता पार्टी (भाजपा) के लिए जो खबरें आई हैं, वह उसका उत्साह बढ़ाने के लिए पर्याप्त हैं। आर्थिक रूप से समृद्ध समझे जाने वाले महाराष्ट्र के 10 नगर निगमों में से आठ पर कब्जा जमाने में भारतीय जनता पार्टी का कामयाब होना, उस सोच को खारिज करता है, जिसके मुताबिक नोटबंदी के बाद लोग परेशान हैं। अगर लोग परेशान होते तो आर्थिक राजधानी की बृहन्न मुंबई महानगर पालिका, यानी बीएमसी में भारतीय जनता पार्टी 82 सीटों के साथ दूसरे नंबर पर नहीं होती।

सबको पता है कि पिछले चुनाव तक भारतीय जनता पार्टी का शिवसेना से गठबंधन था। लेकिन नगर निगम का चुनाव दोनों ने अलग–अलग लड़ा। राजनीति के स्थापित सिद्धांतों के मुताबिक ऐसे हालात में विपक्षी पार्टी या गठबंधन को जीत मिलनी चाहिए थी, लेकिन कांग्रेस जहां 31 सीटों पर सिमट गई, वहीं राष्ट्रवादी कांग्रेस पार्टी (राकांपा) को नौ सीटों से ही संतोष करना पड़ा। शिवसेना 84 सीटें जीतकर सबसे बड़ी पार्टी के तौर पर उभरी जरूर है, लेकिन इसके बावजूद वह 227 सीटों वाली बीएमसी के लिए 114 का जादुई आंकड़ा जुटाने में नाकाम रही है। ऐसे में अगर मेयर पद पर भारतीय जनता पार्टी की भी निगाह है, इसमें अचंभे या हैरत जैसी कोई बात नहीं है। अगर दूसरे दलों के सहयोग से मेयर के पद पर भारतीय जनता पार्टी का कब्जा हो गया, तो कई राज्यों से ज्यादा, यानी

37 हजार करोड़ के बजट वाली बृहन्न मुंबई महानगर पालिका पर उसका कब्जा ऐतिहासिक होगा।

महाराष्ट्र के मुख्यमंत्री देवेंद्र फडनवीस ने जिस तरह का नेतृत्व कौशल दिखाकर जीत हासिल की है, उससे भारतीय जनता पार्टी के आला नेतृत्व को भी सबक लेने की जरूरत है। महाराष्ट्र में करीब 27 सालों से शिवसेना के सामने छोटे भाई की भूमिका में रही भारतीय जनता पार्टी का यह नया अवतार है और इसके लिए इस बार फड़नवीस को ही श्रेय दिया जाना चाहिए। उन्होंने साबित कर दिखाया है कि अगर असरदार क्षेत्रीय नेतृत्व उभारा जाए, तो नतीजे बदल सकते हैं। अगर भारतीय जनता पार्टी बिहार और उत्तर प्रदेश के विधानसभा चुनावों में भी ऐसा नेतृत्व उभारने में दिलचस्पी दिखाई होती, तो वहां भी चुनाव के नतीजे कुछ और नजर आते।

महाराष्ट्र नगर निगमों के चुनावी नतीजों ने उत्तर प्रदेश के चुनावों में जुटी भारतीय जनता पार्टी को उत्साह से भर दिया है। अभी राज्य में तीन दौर का मतदान होना बाकी है। जिन इलाकों में अभी वोअगि होनी है, वह राज्य के सबसे पिछड़े इलाकों में से एक हैं। इन इलाकों के तकरीबन हर घर से कम–से–कम एक व्यक्ति अपने परिवार का पेट पालने के लिए दिल्ली, मुंबई या ऐसी ही जगहों पर काम कर रहा है।

हमें यह नहीं भूलना चाहिए कि इस पूर्वी इलाके की अच्छी–खासी संख्या मुंबई, ठाणे, पुणे, नासिक, नागपुर आदि जगहों पर काम कर रही है। इस बार माना जा रहा है कि राज्य के स्थानीय निकाय के चुनावों में भारतीय जनता पार्टी के उभार के पीछे इन प्रवासी उत्तर भारतीयों के समर्थन ने भी बड़ी भूमिका निभाई है। इस चुनाव नतीजों से एक संकेत यह भी माना जा सकता है कि उन्होंने कम–से–कम अपने परिवारों को भी उत्तर प्रदेश के चुनावों में अपने वोटिंग के लिए प्रभावित करने की कोशिश की है। अगर ऐसा है, तो उत्तर प्रदेश में भारतीय जनता पार्टी का उत्साह अभी बरकरार रह सकता है। चूंकि राजनीति और चुनाव के समीकरण गणित के समीकरणों की तरह सटीक और एक ही फॉर्मूले पर काम नहीं करते, इसलिए यह भी कतई जरूरी नहीं कि ऐसा ही हो।

27 फरवरी 2017

चेतावनी के बाद दंड का भी हो विधान

चुनावी मौसम में अपनी जाति और धर्म को लेकर मतदाता एक हद के बाद चाहे संजीदा ना भी हो, लेकिन मीडिया उनकी गोलबंदी का आधार इन्हीं दो बिंदुओं पर ढूंढता और भावी नतीजों की मीमांसा करता नजर आता है। चूंकि राजनीतिक दल और राजनेता की सियासी जिंदगी ही पूरी तरह मतदान पर केंद्रित रहती है। लिहाजा आजादी के बाद से ही धर्म और जाति को लेकर अपने वोटरों को गोलबंद करना और उसे अपने पक्ष में लामबंद करने की राजनीतिक कोशिश करना लगातार जारी रही है। चिंता की बात यह है कि यह खेल चुनावी पर्चा दाखिल करते वक्त ली गई शपथ के उल्लंघन की कीमत पर चलता रहा। यहां यह याद दिलाना बेहद जरूरी नहीं है कि भारतीय संविधान ने अपने यहां पंथनिरपेक्षता को स्वीकार किया है और हर प्रत्याशी इसी संविधान के पालन की शपथ भी लेता है, लेकिन जैसे ही वह चुनाव मैदान में जाता है, इस शपथ को अपनी भावी चुनावी कामयाबी के लिए कहीं पीछे छोड़ आता है।

बेशक जाति और संप्रदाय की बेड़ियां आज भी हमारे समाज को बुरी तरह से जकड़े हुए हैं। जातिगत छूआछूत और ऊंच–नीच हमारे समाज में अंदर तक व्याप्त है। इसके बावजूद हमें यह भी मानने से परहेज नहीं होना चाहिए कि समाज के विभिन्न पायदानों, सामुदा. यिक जीवन के मोर्चे पर कई ऐसे भी चौराहे हैं, जहां जाति, धर्म और संप्रदाय की दरारें कहीं पीछे छूट गई हैं। अव्वल तो कोशिशें होनी चाहिए थी कि इन दरारों को जितना हो सके, पाट डाला जाए, लेकिन चुनावी मौसम में दरारें बढ़ाने का यह काम कुछ ज्यादा ही

बढ़ जाता है। दुनियाभर के लोकतांत्रिक समाज में चुनाव उत्साह और सौभाग्य का प्रतीक माने जाते हैं, वहीं दुनिया के सबसे बड़े लोकतंत्र का दावा करने वाले हमारे समाज में जाति और संप्रदाय की बेड़ियों के संदर्भ में चुनाव हमेशा एक हद तक दुर्भाग्य का प्रतीक बन कर आते हैं। जाति और संप्रदाय के आधार पर चुनाव जितना हमारे समाज को बांटते हैं, उतना शायद ही कोई और लोकतांत्रिक उत्सव बांटते होंगे।

यूं तो हर चुनाव जुमलेबाजी का जरिया बनते हैं। लेकिन मौजूदा विधानसभा चुनाव में यह जुमलेबाजी सांप्रदायिक और जातिगत आधार पर वोटरों की गोलबंदी को लेकर कुछ ज्यादा ही हो रही है। हैरत की बात यह है कि ठीक चुनावों के पहले सुप्रीम कोर्ट की सात जजों वाली संविधानपीठ ने जाति और धर्म के आधार पर वोट मांगने और देने को असंवैधानिक घोषित किया। इसके बावजूद मौजूदा चुनाव प्रक्रिया के दौरान तकरीबन सभी दलों द्वारा धर्म, जाति और संप्रदाय के आधार पर वोटरों को गोलबंद करने की जमकर कोशिश हुई। इसे लेकर चुनाव आयोग का राजनीतिक दलों को ताकीद करना सही ही कदम माना जाएगा।

चुनाव आयोग ने अपनी नाराजगी जाहिर करते हुए कहा है कि सभी राजनीतिक दल ऐसी भाषा का प्रयोग करने से बचें, जो धार्मिक आधार पर समाज को बांटते हों। चुनाव आयोग ने सभी राजनीतिक दलों को और उनके नेताओं को आदर्श चुनाव आचार संहिता और आईपीसी का ध्यान रखने को कहा है, लेकिन चुनाव आयोग ने ताकीद करते वक्त यह नहीं कहा है कि फिर भी राजनीतिक दल नहीं माने तो आखिर वह क्या करेगा। सुप्रीम कोर्ट ने जब अपराध और संपत्ति को लेकर हर प्रत्याशी के लिए हलफनामा देना अनिवार्य किया, तो उसने बंदिश लगाई कि अगर प्रत्याशी सही हलफनामा नहीं देंगे तो उनका चुनाव नामांकन खारिज भी किया जा सकेगा।

चुनाव सुधार की दिशा में सुप्रीम कोर्ट के इस आदेश ने बड़ी भूमिका निभाई। बेहतर होता कि चुनाव आयोग जातिगत और धार्मिक बयानबाजी से बाज न आने वाले राजनीतिक दलों के लिए भी ऐसा कोई नियम बनाता। अन्यथा यह चेतावनी बे–मतलब भी बनी रहेगी।

28 फरवरी 2017

तकनीकी विकास के इस सपने का साथ दीजिए

चुनावी आपाधापी और जुमलेबाजी के बीच कुछ खबरें ऐसी भी आती हैं, जो हमें थोड़ा–सा सुकून जरूर देती हैं, अपनी उपलब्धियां जताती हैं और उनके जरिए अपने आप पर हमें गर्व करना भी सिखाती हैं। बिना इंजन की रेलगाड़ी यानी ट्रेन सेट बनाने की परियोजना के ऐलान की खबर भी कुछ ऐसी ही है। ट्रेन–2018 नाम की इस परियोजना पर करीब 200 करोड़ रुपए का खर्च आना है। सबसे बड़ी बात यह है कि इसे खुद अपने ही देश के वैज्ञानिक ही तैयार करेंगे। हालांकि सरकार ने इसके लिए वैश्विक निविदा जारी की, लेकिन कोई उत्साहजनक प्रतिक्रिया नहीं मिली तो रेल मंत्रालय ने खुद ही इसे विकसित करने का फैसला कर लिया। यह ट्रेन कुछ–कुछ दिल्ली मेट्रो की बिना ड्राइवर वाली ट्रेन की तरह ही होगी, जिसका नोएडा के बोटेनिकल गार्डन से लेकर मुकुंदपुर के बीच वाले ट्रैक पर परीक्षण किया जा रहा है।

प्रस्तावित ट्रेन सेट में कुल 16 डिब्बे मौजूद होंगे और यह बिज. ली से चलेगी। अगर निर्धारित समय में यह तैयार हो गई, तो फिर इसे पहले लखनऊ–दिल्ली या दिल्ली–चंडीगढ़ रूट पर भी चलाए जाने की योजना बनाई गई है। इस ट्रेन की गति 160 किलोमीटर प्रतिघंटा रखा जाना तय किया गया है। अगर यह परियोजना सफल रही तो देश में तेज ट्रेन चलाने की योजना की ओर यह हमारा दूसरा अहम कदम होगा। इसके पहले आगरा और दिल्ली के बीच 150 किलोमीटर प्रति घंटे की रफ्तार से गतिमान एक्सप्रेस को चलाकर कामयाबी हासिल की जा चुकी है।

भारतीय रेल की सबसे बड़ी खामी उसका वक्त पर न चलना है। हाल ही के दिनों में लगातार बढ़ती रेल दुर्घटनाओं ने भी लोगों की चिंता का बढ़ा दिया है। इसकी बड़ी वजह सिग्नलिंग सिस्टम में खराबी के साथ ही पुराने रेल ट्रैक का खराब होना भी है। हालात यह हैं कि पुरानी पटरियां कहीं–कहीं चटक जा रही हैं या फिर उनमें दरारें आ–जा रही हैं। यह सबसे बड़ी वजह है कि तेज ट्रेन चलाना अपने देश में खतरनाक बना हुआ है। गतिमान एक्सप्रेस ट्रेन के कामयाब परीक्षण के बाद ट्रेन सेट बनाना भारतीय रेल की अच्छी पहल तो है ही, लेकिन जरूरी यह भी है कि रेलवे के बुनियादी ढांचे में भी इसके साथ–साथ ही आमूल–चूल बदलाव लाया जाए।

साफ है कि अगर बुनियादी ढांचा मजबूत नहीं होगा, रेलवे ट्रैक ठीक नहीं होगा, पटरियां सही सलामत नहीं होंगी, सिग्नलिंग व्यवस्था पूरी तरह से दुरुस्त नहीं होगी, तो फिर ऐसी तकनीकी क्रांति का खासा फायदा नहीं उठाया जा सकता। फिर हमारा देश तो बुलेट ट्रेन चलाने के बारे में भी सोच रहा है। इसलिए यह बेहद जरूरी है कि कामयाबी की इन सीढ़ियों को एक–एक करके मजबूती के साथ पार किया जाए।

अपने वैज्ञानिकों और तकनीकीविदों पर अब किसी भी तरह का कोई शक नहीं किया जा सकता। रूस के एक साथ ३37 उपग्रह अंतरिक्ष में छोड़ने के रिकॉर्ड को हाल ही में हमारे वैज्ञानिकों ने उस समय तोड़ दिया है। जब उन्होंने 104 उपग्रह एक साथ सफलतापूर्वक अंतरिक्ष में स्थापित कर दिए।

तकनीक के महारथी भारतीय इन दिनों अपने कौशल का दुनिया में लोहा मनवा रहे हैं, ऐसे में ट्रेन सेट की कामयाबी पर शक भी नहीं किया जा सकता। लेकिन हमें यह जरूर ध्यान रखना होगा कि पहले से बेरोजगारी की मार झेल रही भारत की नई पीढ़ी को ऐसे तकनीकी विकास से रोजगार के साधनों से वंचित ना रहना पड़े। आखिर यह तकनीक किसके लिए है, जाहिर है कि वह मानवता के विकास के लिए ही है। अगर वह मानव की ही राह में बाधा बने तो उसका कोई मतलब नहीं।

1 मार्च 2017

बोलने की आजादी में असहमति हो तो भी बर्दाश्त करें!

अर्सा हो गया, एक बड़ी बहस थी। मुंबई के एक अभिभावक ने धुंआधार तर्क देते हुए कहा था कि भूख सबसे बड़ी है, इसलिए रोटी की गारंटी और आजादी पर बात होनी चाहिए। इस पर कहना पड़ा कि यह सच है कि भूख बुनियादी जरूरत का हिस्सा है, लेकिन कोई बोलेगा ही नहीं तो कैसे पता होगा कि उसे रोटी चाहिए। लिहाजा, बोलने की आजादी लोकतंत्र में बुनियादी जरूरत का हिस्सा है। असहमतियों की आवाज से बिदकने और कानून के शिरस्त्राण पहनने और बधनखा पहनकर हमला करने की आवश्यकता नहीं है, लेकिन असहमति का अर्थ सरकार विरोध हो सकता है, व्यवस्था से विरोध हो सकता है, पर इसका अर्थ राष्ट्र, राष्ट्रीय संपत्ति, राष्ट्रगान, सर्वोच्च न्यायालय से विरोध नहीं हो सकता। दुनिया में कहीं भी ऐसा नहीं है। कोई देश चाहे वह कितना ही स्वतंत्रता का पक्षधर हो, इस सबकी इजाजत नहीं देता।

असहमति वैसे भी मुद्दे पर होती है। संपूर्ण असहमति स्वार्थपरक अंधा विरोध होता है। आप न तो व्यवस्था से, न सरकार से, न उसकी वैचारिक अवधारणा से सहमत हैं, बल्कि उसे उखाड़ फेंकने के लिए सहिष्णुता, असहिष्णुता के मसले को जन्म दे रहे हैं। सामाजिक–राजनीतिक सहवास के हृदय में अभिव्यक्ति की आजादी होती है। यह एक अधिकार है, लेकिन ऐसा अधिकार नहीं जो किसी को 'आफेंड' करने की इजाजत देता है। यह अपने आप में असंदिग्ध रूप में असीमित संज्ञा नहीं है। संविधान के अनुच्छेद–19(1)(अ) इसे मूलभूत अधिकार तो कहता है, लेकिन संपूर्ण अधिकार नहीं

कहता। 18 जून 1951 को कहा गया कि देश की संप्रभुता, अखण्डता, राज्य की सुरक्षा, विदेशी राज्यों से मैत्रीगत संबंध, न्यायालय की अवमानना ये मामले सर्वोच्च हैं। 'पैरामाउण्ट' शब्द का इस्तेमाल किया गया। अर्थात आप बोलें, प्रिंट करें, लिखें, लेकिन ऐसा न हो कि आप बे–वजह इन परिधियों में खड़े होकर ऐसी आजादी की बात करें, जो देश की संप्रभुता पर सवाल उठाती हो। जेएनयू आज भाजपा शासित सरकार का विरोधी है। इसलिए कि वह वामपंथ का समर्थन करता है। आजादी इतनी तो है ही आप वामपंथ के हक में खड़े रहें, नारे लगाएं और उसे देश के आम आदमी के विकास के लिए आवश्यक मानें। लेकिन आप इससे बढ़कर आजादी की बात कर रहे हैं, जिसका अर्थ है आप अकेले ही आजाद हैं और आप की आजादी मुल्क और यहां की आवाज की आजादी और उसके विश्वास के ऊपर है। अभिव्यक्ति की स्वतंत्रता के संदर्भ में तीन शब्दों का इस्तेमाल बहुत हुआ।

वे हैं– रेट्रीब्यूशन(प्रतिशोध), रीप्रेशन (दमन), रेस्ट्रीक्शन (प्रतिबंध)। न कोई प्रतिशोध ले रहा है, न प्रतिबंध लगाया जा रहा है और न दमन किया जा रहा है। यह बात असहमति के स्वर और सरकार के बीच में कही जा रही है। एक वर्ग, दूसरे वर्ग का विरोध कर रहा है, तो उसमें अभिव्यक्ति की आजादी का मसला कहीं बीच में नहीं आता। मिल्टन ने कहा है 'मुझे जानने की स्वतंत्रता दो, बोलने की आजादी दो और सभी आजादियों से बढ़कर अन्तःकरण के अनुसार तर्क करने की आजादी दो।' तर्क करने की आजादी इस देश की ताकत है, इसे कोई हुकूमत नहीं छीन सकती। लेकिन अलगाववादियों के समर्थन में तो तर्क सुने ही नहीं जाएंगे। आप किन्हीं मूल्यों से, किसी देश की सभ्यता से, वहां के नारों से, और भी किसी–किसी बात से राजी हो सकते हैं, तो आपको समझना होगा कि यहां भी कुछ लोग रहते हैं, जो यहां की हवा में सांस लेते हैं, यहां की सभ्यता, रीति–रिवाज और अवधारणा को अपनी मानते हैं। असहमतियां तो होंगी, लेकिन आपकी अवधारणा से विदेशी बियर में पड़ी मछली की तरह और आप उससे राजी हैं, तो जान लें कि इसी अभिव्यक्ति की स्वतंत्रता के चलते दूसरे वर्ग को भी हक है कि वह आपसे इत्तेफाक न रखे और आपके ऊंचे सुर के बदले उतनी ही ऊंची आवाज में अपनी बात बुलंद करें। ऐसा होना नहीं चाहिए, मगर होता ऐसा ही है। इसलिए सिर्फ असहिष्णुता की जुमलेबाजी में देशज स्वरों को खामोश करने का नाम भी सहिष्णुता नहीं है।

2 मार्च 2017

सांसदों, विधायकों को वापस बुलाने का अधिकार

भारतीय जनता पार्टी के सांसद वरुण गांधी ने एक निजी बिल के जरिए निर्वाचित प्रतिनिधियों को वापस बुलाए जाने का अधिकार जनता को दिए जाने की बात उठाई है। इससे पहले भी यह मसला उठा कि अगर जनता को चुनकर विधानसभा, संसद में भेजने का अधिकार है, तो उसे वापस बुलाने का अधिकारी भी होना चाहिए। अर्थात उस विधायक या सांसद की अवधि पूरी न होने पर भी यदि उसके चुनाव क्षेत्र के लोगों को लगे कि निर्वाचित शख्स उपयुक्त नहीं है, तो उसे वापस बुलाए जाने का अधिकार होना चाहिए।

वरुण की यह बात चुनाव सुधार की दिशा में समझी जानी चाहिए। जयप्रकाश नारायण की संपूर्ण क्रांति के दौर में उन्होंने 'वोट ऑफ रिकॉल' की बात कही थी। उनका मानना था कि आप मतदान से नेतृत्व को चुनते हैं, कदाचित गलती हो गई, यदि इसका अहसास चुनाव क्षेत्र के लोगों को होता है, तो एक निश्चित संख्या में मतदान होने पर चुने गए शख्स को त्यागपत्र देना होगा। उन्होंने इसकी पैरवी भी की, लेकिन संपूर्ण क्रांति के साथ–साथ जेपी की इस राय के दिन भी पूरे हो गए। अब इतने अंतराल के बाद वरुण गांधी ने इस मसले को उठाया है। बात यह है कि इतने चुनावों के बाद भी मतदान सौ फीसदी के करीब नहीं पहुंच रहा है। दूसरी बात भारतीय मतदाता कहीं ज्यादा उदार हैं, ऐसे में या तो ऐसा होगा कि वह माने कि चुना भी हमीं ने है, वापस क्या बुलाना, अगली टर्न में बदलाव करेंगे। या ऐसा भी हो सकता है कि विपक्ष के लोग इसका बेजा इस्तेमाल करने लगें। अर्थात विजयी प्रत्याशी के लिए काम करना

असंभव हो जाए। एक विधायी संभावना भी है कि विजयी प्रत्याशी 'वोट ऑफ रिकॉल' के बाद ज्यादा जिम्मेदारी से काम करने लगें और इसकी नौबत ही नहीं आए। वैसे अनेक देशों में वापस बुलाए जाने का नियम है, लेकिन गाहे–बगाहे ही उसका इस्तेमाल होता है। उन देशों में 'वोट ऑफ रिकॉल' का मतलब है कि यदि एक निश्चित संख्या में मतदाता चुने गए नुमाइंदे के खिलाफ 'पिटीशन' पर हस्ताक्षर कर देते हैं, तो नुमाइंदे को वापस बुलाया जा सकता है।

कनाडा, यूक्रेन, अमरीका आदि अनेक देशों में ऐसा प्रावधान है। कनाडा में 1995 में इसे लागू किया गया, लेकिन किसी को भी वापस नहीं बुलाया गया। मात्र एक प्रतिनिधि ने इस्तीफा दिया था। उसकी वजह यह थी कि उनकी सूचना यह थी कि उनके विरुद्ध निश्चित संख्या में मतदाताओं ने हस्ताक्षर कर दिए हैं। पाल रेस्टिना नाम के इस प्रतिनिधि ने इस सूचना के आधार पर स्वयं ही त्यागपत्र दे दिया था। यूक्रेन में भी ऐसी कोई घटना नहीं हुई। जेपी ने इस पर शंका जताते हुए कहा था कि हमारे यहां निर्वाचित प्रतिनिधि को वापस बुलाने का षडयंत्री धंधा पनप सकता है। वे अपनी बात को रखते हुए रूस का उल्लेख करते हुए कहते थे कि वहां यह अधिकार है, लेकिन उसका इस्तेमाल लोग नहीं करते। वैसे अमरीका में 2011 में 150 रि–कॉल इलेक्शन हुए। बहरहाल, चुनाव सुधार की दिशा में काफी कुछ किया जाना है। यदि इस तरह के मुद्दे पर विचार होता है और सहमति बनती है, तो जनप्रतिनिधित्व नियम में संशोधन भी करना होगा। मोटे तौर पर यह विचार नितांत निरर्थक नहीं है कि जो जनता प्रतिनिधि को चुन सकती है, वह समयावधि से पहले उसे वापस क्यों नहीं बुला सकती?

जेपी ने इसे जब उठाया, तब उन्होंने इसे जनता का पूर्ण अधिकार बताया था। उन्होंने कहा था कि जब हम चुनकर प्रतिनिधि को विधानसभा या संसद में भेज सकते हैं, तो उन्हें वापस क्यों नहीं बुला सकते। यह अधिकार हर मतदाता को पूर्णता प्रदान करता है। वापस बुलाए जाने का मसला एक जरूरी प्रश्न है, इसका समाधान खोजा जाना चाहिए।

3 मार्च 2017

अमर्त्य सेन को खतरे में क्यों लग रहा लोकतंत्र

नोबल पुरस्कार से सम्मानित अर्थशास्त्री और हार्वर्ड विश्वविद्यालय के प्रोफेसर अमर्त्य सेन ने कहा कि देश में भय का वातावरण बनाया जा रहा है और विरोधी आवाजों को 'राष्ट्रविरोधी' करार देकर पीटने का भय दिखाकर अलग विचारों को हतोत्साहित किया जा रहा है। लोगों को अपनी बात कहने से डर लगे तो मानना चाहिए कि लोकतंत्र खतरे में है। ये वही अमर्त्य सेन हैं, जो कभी देश में प्राथमिक स्वास्थ्य, शिक्षा और सामाजिक सुरक्षा के प्रति गहरे सरोकार रखते रहे हैं। कम–से–कम इन्हें तो पता होना ही चाहिए कि इस देश में विचार का अंत नहीं हुआ है। विभिन्न विचार, प्रतिक्रिया–वादी विचार, प्रतिकारी विचार सभी तरह के विचारों का भारत में स्वागत हुआ है। भले ही देश उससे राजी नहीं हुआ। यह भय का समय नहीं है। भय सिर्फ एकांत और बहुलता की वजह से पैदा होता है। सब खुला हुआ है, घर, समाज, बाजार, व्यवस्था। सभी निर्भय हैं। उनका आग्रह है कि उनके विचार को भी तवज्जो दी जानी चाहिए। यह एक प्रतिकारी आग्रह है। वामपंथी विचारधारा के उलट दुनिया में दूसरे मान्य विचार खड़े हो गए और वामपंथी अवधारणा सिकुड़कर रह गई। लेकिन किसी ने नहीं कहा कि संसार के विचारों से वामपंथ समाप्त हो गया है, अलबत्ता उसकी प्रायोगिक विश्वसनीयता निरस्त हो गई। कांग्रेस कभी अपने उदारवादी स्वभाव के साथ भारतीय सांस्कृतिक दर्शन के साथ जनता के पास आया करती थी, लेकिन

अब उससे गांधीवाद जैसे विचार भी विदा हो गए। लिहाजा, वैचारिक घनत्व के लिए कांग्रेस को वामपंथियों की जरूरत होती है। फिर वह डब्ल्यू.टी.ओ. का मसला हो या जे.एन.यू का। कांग्रेस अपनी राय भी तो रख सकती है, लेकिन वह वैचारिक रूप से परजीवी हो गई। इसलिए डॉ. राममनोहर लोहिया का समाजवाद सारे प्रतिष्ठानी समाजवादियों को ध्वस्त करने में सफल रहा। डॉ. लोहिया ने भारतीय सांस्कृतिक आत्मा को न छोड़ते हुए समाजवाद की ऐसी वकालत की कि कम्युनिस्टों का समाजवाद हांफ गया। यह तो देश का दुर्भाग्य है कि वे केंद्र में अपनी सरकार नहीं बना सके। कभी किसी ने लेकिन भय का वातावरण पैदा नहीं किया। कहने को आप कह सकते हैं कि वह कांग्रेसी बहुल काल था। उसकी सभी जगह सरकारें थीं। बहुमत था और यही बहुमत भय पैदा करता था। वस्तुतः ऐसा था नहीं और आज भी नहीं है। आप प्रधानमंत्री को 'गधा', चूहा, चींटी और पता नहीं क्या-क्या कह रहे हैं। इससे अधिक बोलने की आजादी आप क्या चाहते हैं? 2019 के चुनावों से विश्वविद्यालयों में पनप रहे आक्रोश को जोड़ने की योजना सीताराम येचुरी की है। लेनिन जैसे शख्स ने विद्यार्थियों की सक्रिय राजनीति की अपेक्षा अध्ययन को प्राथमिकता देने की बात कही थी। आतंक, डर और इस तरह के जुमले उछालकर आप विद्यार्थियों को 'कंडीशंड' कर रहे हैं। कुछ इस तरह कि वे आपके जुमलों के वलय से बाहर न निकल सकें। कितने विद्यार्थी हैं, जो अपनी आग्रही विचारधारा के अलावा दूसरी धारा के बारे में जानते भी हैं। इसमें उनका दोष नहीं, दोष उन शिक्षाविदों, प्राध्यापकों का है, जो अपनी विचारधारा को सही और जरूरी मानते हैं, इस हद तक कि वे राष्ट्र-राज्य, संविधान और मान्य स्थापनाओं का भी उल्लंघन कर देते हैं। फिर संविधान या भारतीय दंडविधान के अनुसार कार्रवाई की बात होती है, तो उनके तर्क इसे दमन करार देने लगते हैं। आप विमुद्रीकरण या और किसी मुद्दे पर अपनी राय रखने को स्वतंत्र हैं, लेकिन देश की स्थापनाओं पर तो कम-से-कम एकमत हो जाएं। देश के सामने दूसरे संकट हैं, गरीबी है, भयावह गरीबी, बेरोजगारी, जनसंख्या अनगिनत समस्याएं

हैं। इनसे मिलकर निपटना होगा। बेवजह विषयहीन विषय को मुद्दा बनाकर खुद को प्रासंगिक बनाने की यह कूबड़ी चाल है। संभव है आप भाजपा से असहमत हों, उनकी कार्यशैली के विरोधी हों, आपको लगता हो कि इससे देश का भला नहीं होगा, तो आप स्वतंत्र हैं, ऐसा मानने और कहने के लिए। लेकिन आपको याद रखना ही होगा कि इस देश के अधिसंख्य लोगों ने उस पार्टी को यह जिम्मेदारी दी है। इसलिए बोलने की आजादी जैसे मुद्दों को उछालकर बे–वजह ध्रुवीकरण के बदले प्रति–ध्रुवीकरण खड़ा कर रहे हैं।

4 मार्च 2017

बेनामी संपत्ति कानून एक बेहतर पहल!

प्रधानमंत्री नरेंद्र मोदी ने विमुद्रीकरण पर कहा था कि इस सरकार का संकल्प है कालेधन और भ्रष्टाचार से अनवरत युद्ध रत रहना। उन्होंने तभी इस बारे में संकेत किए, फिर स्पष्ट किया कि उनकी अगली मुहिम बेनामी संपत्ति होगी। यह भी कहा था कि दिल्ली का बाबू जिसके परिजन कभी गोवा नहीं गए, आज वह गोवा में संपत्ति बनाकर बैठ गया है। यह ठीक नहीं है। अंग्रेजी अखबारों में अब विज्ञापन भी छप गए कि सरकार बेनामी संपत्ति संव्यवहार अधिनियम का उल्लंघन करने वालों को सात साल के सश्रम कारावास की सजा के साथ–साथ सामान्य आयकर अधिनियम के तहत भी आरोपी बना सकती है।

विज्ञापन में कहा गया कि बेनामी संपत्ति संव्यवहार प्रतिषेध अधिनियम–88 एक नवंबर 2016 से सक्रिय है। कहा गया कि 'कालाधन मानवता के विरुद्ध एक अपराध है।' यह सही है कि इस कानून का आधारभूत ढांचा 1988 में बन गया था, लेकिन इसमें संशोधन 2016 में किया गया। स्पष्ट है कि केंद्र सरकार इस मसले पर पारदर्शी संकल्प का रवैया रखती थी। वस्तुतः ऐसे लोग बेनामी संपत्ति रखते हैं, जिनकी आमदनी का स्त्रोत स्वामित्ववाली संपत्ति के हिसाब से कम होता है। अर्थात बेनामी संपत्ति वह है जिसकी कीमत किसी और ने चुकाई हो और संपत्ति किसी और के नाम पर हो। ऐसी संपत्ति अमूमन, पत्नी, बच्चे, रिश्तेदार और नौकर के नाम पर खरीदी गई होती है। जिनके नाम पर ऐसी संपत्ति खरीदी गई होती है, उसे बेनामदार कहा जाता है। सरकार इस बारे में दृढ़ है कि

इसके क्रियान्वयन में कतई कोताही नहीं की जाए। अगर सरकार को किसी संपत्ति के बारे में शंका भी होती है, तो उस शख्स के नाम पर नोटिस जारी किया जा सकता है, उससे पूछताछ की जा सकती है। ऐसे में उसे 90 दिन की अवधि में संपत्ति से संबंधित सभी कागजात दिखाने होंगे। यदि कोई शख्स किसी भी तरह से विवादित संपत्ति पर अपना स्वामित्व साबित नहीं कर पाया तो सरकार संपत्ति को जब्त कर सकेगी।

साफ है कि यह कानून कालाधन, खासकर रियल एस्टेट में लगे कालेधन की जांच के लिए लाया गया। इससे न केवल शहरी संपत्तियों की आसमां छूती कीमतें कम होंगी, बल्कि बड़ी संख्या में ऐसी संपत्ति रखने वालों में आपाधापी भी मचेगी। यह ऐसा फैसला है, जिसके हक में छतहीन लोग तो होंगे ही, मध्यवर्गीय आय के वे लोग भी होंगे, जो अपनी मुट्ठीभर ईमानदार आय के चलते घर खरीदने का सपना भी नहीं देख पाते। आरंभ में इसके मूल अधिनियम में बेनामी संपत्ति के लेन–देन पर तीन साल की जेल और जुर्माना दोनों का प्रावधान था। मोदी सरकार ने इसमें संशोधन किया और सजा की अवधि बढ़ाकर सात बरस कर दी गई। इसमें यह भी प्रावधान है कि जो लोग जानबूझकर गलत सूचनाएं देते हैं उनपर संपत्ति के बाजार मूल्य का दस प्रतिशत तक जुर्माना देना पड़ सकता है। समझना होगा कि इससे कालाबाजार की उजेरी दुनिया में अंधेरा छाए बिना आम नागरिक की दुनिया में उजियारा नहीं होगा। राहत का एक शेर है 'वे चराग बुझेंगे तो उजेरा होगा।' कालाबाजार या भूमिगत अर्थव्यवस्था वह बाजार है, जहां सारा वाणिज्य, कराधान, नियम और व्यापार संबंधी नियंत्रण आदि की चिंता किए बिना किया जाता है। इसका कोई लेखा–जोखा नहीं होता, ये कर अदा नहीं करते और प्रायः बेनामी संपत्तियों में पैसा लगाते हैं। ऐसे लोगों पर नकेल कसने के लिए यह कानून एक चमचमाती नजीर होगी।

हालांकि धारा–58 के तहत धार्मिक संगठन की संपत्तियों और धर्मादा को कानून के दायरे से बाहर रखा गया है। पता होगा कि कानून लागू होने से अब तक इस बारे में 230 मामले दर्ज किए गए हैं और करीब 55 करोड़ रुपए की संपत्ति जब्त की जा चुकी है। उम्मीद की जानी चाहिए कि यह कानून हेंगर पर लटकी कमीज की तरह दिखनौटा नहीं होगा।

6 मार्च 2017

भीड़ से चुनावी भव–सागर पार करती पार्टियां

एक शेर से बात शुरू करते हैं। 'उन्हें भी जोश–ए–उल्फत हो तो खत्फ उठे मोहब्बत का, हमीं दिन–रात अगर तड़पें तो फिर इसमें मजा क्या है?' तमाम राजनीतिक दल जैसे इसी शोर को कहते फिर रहे हों। सभी यह बताने में लगे हैं कि हमसे ज्यादा तुम्हारा हितैषी कोई नहीं। इसलिए 'तुम' इधर–उधर न देखो, न किसी की सुनो सिर्फ हम पर भरोसा करो। सबकी प्रगति की अपनी–अपनी रुआब है, नारों की सितार है। वे बजा रहे हैं और मतदाता मस्त हो न हो, वे सभी हैं। और इतने आत्ममुग्ध जैसे वोट के बिना ही वे जीत जाने वाले हों। हरेक के पास अपने इतिहास की पोथी है, जिसे वे सभाएं करते हुए पढ़ते हैं, कुछ ऐसे गौरव और गर्व के साथ कि जैसे किसी ने कभी ऐसा नहीं किया और संभवतया कभी कर भी नहीं पाएगा। सिर्फ भीड़ जुटाना और अपनी भीड़ के सामने मर्जी से आंकड़े उछालना और गर्वीले भाव से लौट जाना कुलजमा बनारस में यही हुआ। वरना क्या कारण है कि यूपी चुनाव में 123 टिकट ओबीसी को भाजपा ने दिए, साफ है कि पिछड़ा वोट बंटे नहीं।

हर जिले में भाजपा ने औसतन 1–1 पिछड़ा, ठाकुर, ब्राह्मण का समीकरण बैठाया है। इतना ही नहीं, उसने 43 महिलाओं को टिकट देकर भी विरोधी पार्टियों से बढ़त हासिल कर ली है। दलितों में भी भाजपा ने गैर–जाटवों पर बड़ा दांव खेला। 85 सुरक्षित सीटों में से उसने सिर्फ 20 जाटव और बाकी 65 ठाकुरों को भी टिकट दिया है। भाजपा की भीड़ इस नई सामाजिक समीकरण की भीड़ है। समस्या सिर्फ इतनी है कि यदि भीतरघात को रोका जा सका

तो साफ है कि भीड़ मतों में तब्दील हो सकती है। फिर भी आज बसपा भीड़ खींचने में माहिर पार्टी है। उसने मुसलमानों को सबसे ज्यादा 103 टिकट दिए, इसलिए भी कि उसका विश्वास है कि सपा की जीत सदैव मुसलमान मतदाताओं के कारण होती है। लेकिन इस बार कई ओबीसी नेताओं ने पार्टी छोड़ी है। दूसरी बात यह कि मायावती सब पर भरोसा करने का आडंबर करती हैं, लेकिन भरोसा करती नहीं। इसलिए उनकी रैली में आई भीड़ में नई इंजीनियरिंग का चेहरा नहीं दिखाई दिया। होना तो यह चाहिए था कि बनारस में मुस्लिम मतदाता उनके साथ नजर आते, लेकिन ऐसा नहीं हुआ। इसलिए बनारस में मायावती की रैली के कोई दूरगामी परिणाम नजर नहीं आते। भीड़ के बड़े हिस्सेदार समाजवादी सूबे के अखिलेश यादव, डिंपल यादव और राहुल गांधी का रोड शो रहा। लंदन और अमरीका में पढ़ने के नाम पर गए राहुल और आस्ट्रेलिया से पढ़कर लौटे अखिलेश को रोड–शो भीड़ और झंडों के लिहाज से पर्याप्त रेलम–पेल मचाने वाला था।

लेकिन कानून–व्यवस्था के मोर्चे पर खराब रिकॉर्ड, कांग्रेस की यूपी में कमजोर मौजूदगी, दोनों गठबंधन करती पार्टियों में वंशवादी समानता और एक–दूसरे के लिए वोट ट्रांसफर न करवा पाने की क्षमता के कारण यह कहना मुश्किल है कि सिर्फ विजय–रथ पर मोबाइल खेलते नेता विजय हासिल कर ही लेंगे या कि उनकी मुसकान 11 तारीख को भी बरकरार रह पाएगी। सभी दलों की घोषणाओं और आवृत्तियों में एक अजीब समानता थी और वह यह कि सिर्फ हमीं आपके साथ हैं। इस कथन में एक तरफ तो वोट हासिल करने का डर है और दूसरी तरफ विश्वास देने की आतुरता। बनारस में जुटी भीड़, फहराए झंडों और कानफोड़ू, भौंडे नारों से बनारसी तो तय नहीं कर पा रहे कि क्या होने जा रहा है। मगर उन्हें इत्मीनान है इस बात का कि लंबे अर्से बाद राजनीतिक दलों ने बनारस को तवज्जो दी है, तो यूपी में सरकार एक दल के बहुमत की बनेगी। यहां किंगमेकर की भूमिका तलाशते लोगों को 11 मार्च को झटका लगेगा। इसलिए भी कि यूपी डरकर कुछ नहीं करता, आधे–अधूरे मन से भी नहीं। जो करता है खम ठोंककर करता है, जैसा उसने 2012 और 2014 में किया।

8 मार्च 2017

हरियाणा में सब ठीक–ठाक नहीं

हरियाणा में पहली बार भाजपा की सरकार बनी, इसके पहले कभी भाजपा यहां सरकार नहीं बना पाई। कुछ बरस तो इनेलो से समझौता रहा। लेकिन भाजपा की उपस्थिति कभी प्राणवान नहीं रही। कभी चौटाला की अगुआई में सरकार बन जाती तो कभी कांग्रेस सरकार बना लेती। इस विधानसभा चुनाव में भाजपा ने चौटाला का हाथ छोड़कर पहली बार सीधे चुनाव लड़ा और अपनी जीत का परचम लहरा दिया। यद्यपि यह बहुत मुश्किल था, फिर भी घर–घर संपर्क और हरियाणा स्वाभिमान और सभ्यता के नाम पर भाजपा को वोट मिल गए। स्वाभाविक रूप से हरियाणा में भाजपा पर सिर्फ सरकार चलाने की ही जिम्मेदारी नहीं आई, बल्कि प्रदेश में सदाचार की सरकार की स्थापना की भी जिम्मेदारी आई। वरना हरियाणा में कदाचार और दबंगई के किस्से यूपी की तरह ही मशहूर रहे हैं। भाजपा ने मनोहर लाल खट्टर को राष्ट्रीय स्वयं सेवक संघ की पृष्ठभूमि से उठाकर मुख्यमंत्री बना दिया। अब हालात यह है कि उनके खिलाफ असंतुष्ट विधायक गोलबंद हो रहे हैं। यह असंतुष्टि कांग्रेस राज में पनपती असंतुष्टि से थोड़ी भिन्न है।

कांग्रेस के समय असंतुष्टों का जमावड़ा सिर्फ मुख्यमंत्री को पदच्युत करने के लिए होता था। लेकिन हरियाणा में यह विरोध सिर्फ खट्टर को हटाने के लिए नहीं है। यह विरोध विधायक अपने अधिकारों और निजी स्थापनाओं के लिए कर रहे हैं। यद्यपि सरकार बनने के बाद से जाट आंदोलन जैसे मसले उठते रहे हैं। जिसका कोई यथोचित समाधान सरकार नहीं खोज पाई। दूसरी महत्त्वपूर्ण बात यह है कि पारदर्शिता के नाम पर ज्यादातर कामों को नेट पर डाल दिया गया है। इससे पारदर्शिता तो बढ़ी, लेकिन लोगों

के काम होने में दिक्कत आने लगी। ईमानदारी सिर्फ प्रभामंडल की सामाजिक स्वीकृति नहीं है, यह सामाजिक संस्तुति है, जिससे प्रभामंडल निर्मित होता है। ईमानदारी पर खट्टर के कोई सवाल नहीं है। लेकिन ईमानदारी जैसे सद् गुण सामाजिक कार्यों और राजनीतिक क्रियान्वयन में अवरोध नहीं बनने चाहिए। हरियाणा में अवरोध खड़े हो रहे हैं। जनसमर्थन से वे लोग भी विधायक बनें और आप भी। विधायक कम–से–कम इतना तो चाह ही सकता है कि उसके क्षेत्र के कार्यों में उसका हस्तक्षेप हो। यह गलत भी नहीं है। यदि उसकी आवाज सुनी ही नहीं जा रही, उसकी अभीप्सा से कोई काम नहीं हो पा रहा, वह चपरासी को भी हटाने का माद्दा नहीं रखता, नियुक्ति तो और बड़ी बात है, ऐसे में प्रतिनिधियों में अवसाद आना स्वाभाविक है। याद रखा जाना चाहिए कि विधायकों ने चौधरी देवीलाल को 89 में और चौधरी बंसीलाल को 99 में पदच्युत करवा दिया था।

इसलिए जरूरी है कि आप विधायकों को साध कर रखें। सिर्फ मेरी मुर्गी की तीन टांग कहने से लोग मानने को राजी नहीं होंगे। आरंभिक दौर तो उत्साह पूर्ण क्षणों में कट गया, कुछ लम्हे इंतजार में कट गए कि उन विधायकों को भी प्रशासन में मुकाम मिलेगा। लेकिन अब यह संभव नहीं है। इसलिए भी कि अगला चुनाव उन्हें भी लड़ना है। वे भी जनता के प्रति उत्तरदायी हैं, जवाबदार हैं। वे क्या बताएंगे कि उन्होंने क्षेत्र और क्षेत्रीय लोगों के लिए क्या किया? यदि कोई कार्य सिर्फ सिस्टम के तहत होता है, तो विधायक उसका श्रेय कैसे लेगा और श्रेय यदि उसे नहीं मिला तो वोट कैसे मिलेंगे?

जानते होंगे कि हरियाणा का चुनावी गणित जाटों के आस–पास घूमता रहा है। गैरजाट तो पहली बार लामबंद हुए थे। ऐसा भी नहीं होता, यदि हुड्डा सरकार रियल एस्टेट कारोबारियों के बजाय हरियाणा की जनता को, उनके स्वाभिमान को तवज्जो देती। लिहाजा, बेहद जरूरी है कि खट्टर साहब भाजपा विधायकों को जन–प्रतिनिधि की हैसियत दें और उससे विमर्श करते रहें, वरना प्रतिफल कसैला होने में देर नहीं लगेगी।

9 मार्च 2017

दिवस मनाना, सम्मान और प्रेम देना नहीं

पुरुषवादी विमर्श के ठोस एजेंडे के कारण महिलाओं को वह सम्मान नहीं मिल पा रहा है, जिसकी वे हकदार हैं। इसका प्रायश्चित हम लोग महिला दिवस मनाकर कर लेते हैं। जिसका भी दिवस मना लेते हैं, उसे वर्ष भर फिर याद नहीं करते। ऐसा कैसे हो गया कि पिछले सात वर्षों में महिलाओं की घर से बाहर निकलने की आजादी कम हुई। ऐसा क्यों है कि भारतीय समाज में 60 प्रतिशत से ज्यादा स्त्रियां अपने पति को विवाह के समय ही देख पाती हैं। ऐसा क्यों है कि विवाह का फैसला अधिसंख्य घरों में आज भी लड़की नहीं करती। ऐसा क्यों है कि वह पिता, पुत्र और पति के दंभी किले में कैद रहने को बाध्य है?

ऐसा क्यों है कि विवाह के बाद ज्यादातर घरों में लड़की के अधिकारों में कटौती हो जाती है और वह कटौती उस बद्धमूल लड़के के पुरुषवादी विमर्श के बराबर होती है। ऐसा क्यों है कि देश की एक प्रतिशत विवाहित लड़कियां भी मां बनने का फैसला स्वयं नहीं कर पातीं। ऐसा क्या है, जिसे वह घर की संपूर्ण सहमति के साथ कर पाती हैं। संभवतया कुछ भी नहीं। कुछेक घरों में घर की चिरैया के लिए अंगड़ाई भर गुंजाइश होती है, तो विवाह के बाद वह एक अजीब घुटन में घुस जाती है। यदि वह बद्धमूल पुरुष को समझाने का प्रयास करती है, तो उसका खामियाजा उसे परित्यक्ता होने के साथ स्वास्थ्य के रूप में भी उठाना पड़ता है। प्रेमचंद ने इस समस्या पर भी अपनी एक कहानी में कहा था 'यदि आप कोई खेत खरीदते हैं तो फसल भी आपकी होगी, लेकिन दूजे घर की ड्योढ़ी पर अपने

बच्चों के साथ 70 फीसदी महिलाओं को न तो सम्मान मिलता है, न पारदर्शी रिश्ते। 1943 में मुंबई में सबसे पहले महिला दिवस मनाया गया, तबसे आज तक उनकी सामाजिक स्थिति में कोई बदलाव नहीं आया। केवल वे ही महिलाएं घर के फैसले लेने में 'ड्राइविंग सीट' पर होती हैं, जिनकी अपनी आर्थिक स्थिति अन्य महिलाओं की तुलना में बेहतर है।

पिछले दशक में आदिवासी और कामगार महिलाओं के बैंक खाते खोले जाने के लिए एक एनजीओ ने प्रयास किया। इस पर वे महिलाएं अन्यमनयस्क थीं। बहुत कुरेदने पर उन्होंने बताया कि हमारे पुरुषों को यह पसंद नहीं आएगा, लगेगा कि घर की महिलाएं अपना पैसा अपने पास ही सुरक्षित समझती हैं। और यकीन जानिए कि वहां के पुरुषों ने आरोप लगाया कि ये लोग हमारी स्त्रियों को बहका रहे हैं। चिंता इस सामाजिक दशा की है। 1800 में मैडम बाडीकोन ने महिला आजादी की बात उठाई थी और अमरीका, इग्लैंड में 1908 में महिला मताधिकार पर बात उठी।

कितनी शर्मनाक बात है कि आज भी अमरीका में सर्वोच्च पदों पर 9 फीसदी महिलाएं भी काम नहीं कर रहीं। हमारी सामाजिक व्यवस्था में तो वे दोयम दर्जे की नागरिक हैं। उनकी शिक्षा, उनका स्वास्थ्य यह सब भी दांव पर है। यूपी जैसे प्रदेश की महिलाएं उम्र के पांच दशक छूते–छूते परमात्मा को प्यारी हो जाती हैं, जबकि केरल में महिलाओं की औसत उम्र यूपी की महिलाओं की तुलना में 20 वर्ष ज्यादा है, घर में दो बच्चे हैं और कदाचित एक लड़की है तो उसे बचपन से ही क्रमांक दो बच्चा बनकर रहना होता है। ऐसे देश में संपूर्ण सामाजिक बदलाव की जरूरत है। सिर्फ महिला दिवस मनाने से कुछ नहीं होगा। उनकी सुरक्षा और जिंदगी के लिए नए सिरे से विचार करने की जरूरत है। उनसे असहमति पर बलात्कार के खौफजदा वक्तव्य से उन्हें खौफ में मत भरिए, दम है तो तर्क कीजिए।

इस बराबरी के लिए पूरे देश में एक सामाजिक आंदोलन की जरूरत है, जो सिर्फ नारे लगाने, झंडे फहराने या हिलाने और बाद में राजनीतिक पार्टी में तब्दील होने वाला आंदोलन न हो।

13 मार्च 2017

केजरीवाल कब समझेंगे

लगातार खांसते, कराहते और ईमानदारी का ढोल पीटते अरविंद केजरीवाल दिल्ली में सरकार बनाने के बाद से टकराहट को लोकतंत्र का जरूरी हिस्सा समझने लग गए। इसके साथ ही उन्हें आम आदमी पार्टी के जनाधार को लेकर मुगालता हो गया। उनका बस चले तो वे हर लोकतांत्रिक देश में चुनाव लड़ने या लड़वाने पहुंच जाएं। कल्पनाओं के जाल में बने रहने वाले केजरीवाल विज्ञापनों के जरिये डुग्गी पीटते रहते हैं कि दिल्ली ने उनकी पार्टी को चुनकर गलती नहीं की।

अण्णा हजारे के आंदोलन के उप–उत्पाद दल की अगुआई करते अरविंद लोकसभा चुनावों के समय बनारस चले गए थे। खम ठोंकते हुए कि वे मोदी को वहां परास्त करेंगे, कुछ उसी तरह जिस तरह उन्होंने शीला दीक्षित को किया था। भूल जाते हैं कि शीला तीन बार की सीएम थीं, इसलिए पराजित हो गईं। इससे वे चुनावी रणकौशल के चितेरे नहीं बन गए। फिर वे हरियाणा भी पहुंचे, बिहार चुनाव देखकर भी उनकी लार चू गई। यूपी, पंजाब के चुनाव के समय तो वे कूद ही पड़े। इस दावे के साथ कि वे गोवा और पंजाब में सरकार बनाने जा रहे हैं, जैसे इन प्रदेशों में बाकी पार्टियों ने इन्हें वॉकओवर दे दिया है। गोवा में ये खाता भी नहीं खोल पाए और पंजाब में 20 सीटें हासिल कीं। ये खुद हरियाणा से हैं और एसवाईएल नहर के मुद्दे पर हरियाणा को पानी दिलाने की बात कर चुके हैं, लेकिन पंजाब में गड़बड़ा गए। वह तो सुखबीर बादल की मनमानी और ड्रग्स का मसला था, वरना आम आदमी पार्टी को इतनी सीटें भी नसीब नहीं होती।

कैसी पार्टी चलाते हैं केजरीवाल? जिसकी कोई विचारधारा

नहीं, कुछ नहीं। सिर्फ ढिंढोरची नारेबाजी है। इन्होंने दावा किया कि दिल्ली में जलापूर्ति की कोई समस्या नहीं रही। पावर सप्लाई में अब कहीं कोई दिक्कत नहीं है। सब गलत है। करीब 44 फीसदी दिल्लीवासी जलापूर्ति को खराब मानते हैं। उनका कहना है कि पहले से कुछ नहीं बदला। इसी तरह 48 प्रतिशत मानते हैं कि बिजली में कोई सुधार नहीं हुआ। फिर दो बरस होने पर करोड़ों फूंककर गलत बयानी क्यों कर रहे हैं? क्या हुआ सरकार बनने से आम आदमी के यातायात की समस्या तक तो हल नहीं हुई। बुनियादी ढांचे में क्या किया गया? और तो और, अपने लोगों को जोड़े रखने में भी वे असमर्थ रहे हैं। उन्हीं की ज्यादती से आजिज आकर स्वराज पार्टी का जन्म हुआ। दिल्ली के रहवासियों ने एक मौका दिया था कि वे कुछ करें, रोज प्रधानमंत्री बनने की हसरत में तो बीमार हो जाएंगे। जब अवसर आए जरूर कीजिए, लेकिन आज के अवसर को तो मत गंवाइए।

वैसे भी यह भरोसा अण्णा ने अर्जित किया था, आपने पार्टी बना ली, तो आपके हिस्से आ गया। प्रसार करना महत्त्वाकांक्षा है, लेकिन रातों–रात देशभर में प्रसार करने की इच्छा लोकतांत्रिक मन की तस्वीर नहीं दिखाता। वैसे, उनके विरोधियों का तो यहां तक कहना है कि वे इसलिए इतनी कूद लगा रहे हैं कि महागठबंधन की स्थिति में वे नायक की तरह दिखाई दें, तो अवसर उन्हें जल्दी मिल सके।

यही वजह है कि वे गुजरात चुनाव की भी बाट जोह रहे हैं। लेकिन, इससे वे जनाधार और जनता की शुभाकांक्षा खोते जा रहे हैं। वैसे भी पार्टी बनने के बाद इतनी जल्दी मुख्यमंत्री का पद पाने वाले वे बड़भागी तो हैं, वरना लालू, नितीश, मुलायम, जयललिता, ममता को भी वर्षों खपाने पड़े हैं। यही वजह है कि उनमें पहले टेस्ट में सेंचुरी लगाने वाले बेट्समैन की तरह का अहर्निश दंभ है। यह दंभ आने वाले कुछेक टेस्ट मैचों में रनों के लिए संघर्ष कर थक चुकने के बाद ही समाप्त होता है। शायद केजरी उसी का इंतजार कर रहे हैं।

15 मार्च 2017

और अब ईवीएम मशीन पर बावेला

उत्तर प्रदेश विधानसभा चुनाव के नतीजों के बाद यह आवाज तेज हो गई कि मतदान अब ईवीएम मशीन के बजाय मतपत्रों के जरिए कराए जाएं। पहले ये मांग नतीजों से झटका खा गईं मायावती ने उठाई, फिर इसी बात को निराश हो गए अरविंद केजरीवाल और उनके सिपहसालार संजय सिंह ने उठाया।

पता नहीं किस बात से इस चुनाव में उत्साहित रही और अवसाद झेल रही कांग्रेस के कुछेक नेताओं ने भी यह बात उठाई है।

पहले आवाज उठी थी कि मतपत्रों को ठीक से प्रबंध करके जीता जा सकता है। इसलिए जरूरी है कि मशीनों पर बटन दबाने के विकल्प पर विचार किया जाए। विपक्ष सब मानने पर राजी है, लेकिन इस बात पर विमर्श करने को तैयार नहीं है कि भारतीय लोकतांत्रिक मानस क्रमागत रूप में राष्ट्रवादी विचार को अपना चुका है, आर्थिक उदारवाद को पहचान चुका है और गांधी के अंतिम आदमी में अपनी भागीदारी का विश्वास जग चुका है। अब वह सिर्फ अपनी बारी का इंतजार कर रहा है। कांग्रेस तो समझ ही नहीं पा रही कि उसे विचार, संप्रेषण और जमीनी स्तर पर प्रबंधकों की जरूरत नहीं है, जिसके जरिए वह चुनावी वैतरणी पार करना चाह रही है। उसे खुद को शॉर्ट-कट अपनाने से बचाने की जरूरत है। उसे जनता के बीच जाना होगा और उनके टूटे हुए भरोसे और किरच-किरच हो गए सपनों को फिर से जीवन देने की कोशिश करनी होगी। सिर्फ गोवा के मसले पर पर्रिकर के राज्यपाल के बुलावे को सुप्रीम कोर्ट में चुनौती देने से कुछ नहीं होगा। यह राज्यपाल का विशेषाधिकार है कि वह किसे बुलाए और शपथ दिलवाए, भाजपा तो चुनी हुई पार्टी है, राज्यपाल सड़क चलते राहगीर को भी शपथ दिला सकते हैं।

बशर्ते कुछ दिनों में उन्हें अपना बहुमत सदन में साबित करना होगा।

इसी वजह से सुप्रीम कोर्ट ने कांग्रेस पार्टी को फटकार लगाई। उसने पूछा कि आपने समर्थन का दावा क्यों नहीं किया। इसी तरह की बचकानी बात आम आदमी पार्टी कर रही है। उसे जब दिल्ली में 67 सीटें मिलीं, तब उसने नहीं कहा कि ईवीएम मशीन ठीक नहीं है। दुबारा चुनाव होने चाहिए, क्योंकि राष्ट्रीय दलों को कुछ नहीं मिला है। अब चूंकि पंजाब में उनके ख्वाब खेत रहे तो उन्हें ईवीएम खराब लग रही है। हद तो यह है कि नतीजे आने से पहले **च्आपज्** पार्टी के लोग इतने फूलकर कुप्पा हो रहे थे कि संजय सिंह और भगवंत मान सरकार बनाने की सोच रहे थे। अरविंद के हौसले कयासी होते जा रहे थे। इस बारे में एक वीडियो वायरल हुआ है, जिसमें संजय सिंह और उनके साथ कुछेक पार्टी कार्यकर्ता भगवंत मान को 11 वें राउंड की मतगणना के बाद 50 हजार वोटों से आगे बता रहे हैं।

उधर दूसरी ओर से भगवंत मान पर्याप्त उल्लासित हैं। इस शोर–गुल, अतिउत्साह और बढ़–चढ़कर की गई अप्पिणियां गवाह हैं कि फुनगी बराबर पार्टी और उसके लोग हर राज्य में अपनी प्रभावी उपस्थिति के प्रति इतने आशावान हैं। इन्हें तो इस बात पर विश्लेषण करना चाहिए कि बिना कुछ किए ये दिल्ली में भी कैसे जीते?

इसके बजाय इस बात से परेशान और उद्विग्न है कि गोवा और पंजाब में कैसे हारे? मुद्दा ही गलत उठा रहे हैं ये लोग! ईवीएम मशीन की दिक्कत नहीं है यह! यह दिक्कत है समर्थन के भ्रम की, जो इन्हें हासिल नहीं था। नतीजों ने साबित किया कि भगवंत मान जो इनके मुख्यमंत्री पद के उम्मीदवार थे, स्वयं चुनाव हार गए। यह जो प्रसारवाद है, इससे बचना होगा। आपको जनता ने दिल्ली की कमान सौंपी, पहले इसका कुछ कीजिए, फिर दूसरे प्रदेशों की तरफ देखिए! वरना इससे भी बुरे नतीजे भुगतने पड़ सकते हैं।

16 मार्च 2017

कांग्रेस को अपनी ही रचना फिर से करनी होगी

आज कांग्रेस के दृश्य हैं– 'लथ कांग्रेस, हांफती कांग्रेस, अस्तित्व के लिए छटपटाती कांग्रेस, अस्त–व्यस्त कांग्रेस, पस्त कांग्रेस और भी कुछ–कुछ! एक पार्टी जो अपनी उदारवादी जाजम को देश भर में बिछा चुकी थी, एक पार्टी जो देश की राजनीति और हुकूमत की इकलौती दावेदार थी, एक पार्टी जिसके आस–पास भी चुनौती देने वाला कोई नहीं था, आज सिमटती चली जा रही है। उत्तर प्रदेश के चुनावी नतीजों के बाद फिर तकिये के गिलाफ में मुंह छुपाने की कवायद शुरू हो गई। महज 7 सीटें जीत पाई है कांग्रेस इस बार, जबकि 2012 में उसके पास 28 सीटें थीं। समाजवादी पार्टी से उसने गठबंधन किया सिर्फ पारंपरिक चुनावी रणनीति के आधार पर कि यदि दो दल मिल जाएंगे तो सवर्ण, यादव और मुस्लिम वोटों के जरिए सरकार बना ली जाएगी। कांग्रेस उत्तर प्रदेश को समझने में नितांत असमर्थ रही। करीब 22 सीटें ऐसी हैं, जहां सपा और बसपा के प्रत्याशी भाजपा से 10 हजार या इससे अधिक मतों से जीते हैं। कांग्रेस सिर्फ अपना 'पोलिटिकल रिवाइवल' देख रही थी कि यदि भाजपा को यहां पटखनी दे दी तो अगले बरस होने वाले विधानसभा चुनाव में भाजपा का कड़ा इम्तिहान लिया जा सकेगा।

कांग्रेस अपने ध्वज तले दूसरे विपक्षी दलों को साथ लेने का मंसूबा बना रही थी। अगले बरस होने वाले चुनावों में एक राज्य गुजरात भी है, जहां से मोदी को 'से' लगाई जा सकती है, ऐसा इनका मानना था। नतीजों के बाद उड़ीसा और छत्तीसगढ़ प्रभारी बी.के. हरिप्रसाद ने अपने को दायित्वों से मुक्त कर लिया। उड़ीसा

में पंचायत चुनाव में कांग्रेसी कनात उड़ गए। वहां भी भाजपा ने अपना परचम लहराया। कांग्रेस की दयनीय हालत पर यूपीए के पूर्व मंत्री वीरप्पा मोइली ने श्ओह्वर ऑयलिंगश करने की वकालत की है। हालांकि सत्यव्रत चतुर्वेदी ने इस पर कहा है कि हर बार कांग्रेस हारती है और एक बड़ी सर्जरी की बात करती है। श्अब पछताए का होत जब चिड़िया चुन गई खेतश उनके अनुसार पार्टी में बदलाव करने में देरी हो गई है। यह सब उत्तर प्रदेश चुनाव से पहले होना था। तमाम जिला इकाइयों को सन्नद्ध किया जाना चाहिए था, जो नहीं किया गया। और बे–वजह श्साइकिलश पर बैठ गए। इससे भ्रम बढ़ा कि कांग्रेस के प्रति लोगों में स्वीकार बढ़ा है। जबकि ऐसा था नहीं। कांग्रेस को चाहिए कि वह यदि समझती है कि संगठनात्मक स्तर पर बदलाव होना चाहिए तो जल्दी करना चाहिए। फिर पार्टी को अपनी विचारधारा के अनुरूप नई खपरैल डालकर खड़ा करना चाहिए। उसे पहले अपने आपको उम्मीद से भरना होगा, फिर इस उम्मीद के दीये को अपने मतदाताओं में प्रज्ज्वलित करना होगा। यदि वह ऐसा करने में नाकाम रही और इतिहास की रेशमी कंदराओं से आती सत्ता की पुरानी खुशबू में निमग्न रही तो वह सचमुच इतिहास हो जाएगी और उसका इतिहास हो जाना देश के लिए भी हितकर नहीं। कांग्रेस को भूलना नहीं चाहिए कि उसकी स्थिति की तुलना 'फिनिक्स' पंछी से की जाती रही है, जो अपनी राख से भी पुनः उत्पन्न हो जाता है। इसलिए पार्टी में संगठनात्मक बदलाव पार्टीजनों को धमकाने के लिए नहीं, उनमें फिर से पार्टी के प्रति समर्पण जगाने के लिए करना चाहिए।

भारत जैसे बहुविध देश में कांग्रेस का विलुप्त हो जाना लोकतंत्र के लिए खासा खामियाजा है। विपक्ष में सही, लेकिन होना जरूरी है, मगर यह सिर्फ चुनाव की बाट जोहने और यहां–वहां से पढ़कर आए नए प्रबंधकों की नियुक्ति करने से नहीं होगा। कांग्रेस को लगकर गांवों में, चौपालों में, कस्बों में, सभी जगह पार्टी को उसके विचार को पहुंचाना होगा। सिर्फ चेहरा छुपाने और हार को हार न मानने से इसका हल नहीं निकलेगा, बल्कि कांग्रेस लगातार रसातल की ओर जाती जाएगी। आखिर यूं ही नहीं कहा उमर अब्दुल्ला ने कि 2019 के बजाय 2024 की विपक्ष को फिक्र करनी चाहिए। वस्तुतः यह बात सबसे ज्यादा कांग्रेस पर लागू होती है।

17 मार्च 2017

बच्ची के सुरों पर पहरेदारी का खयाल!

उसका नाम है नाहिद। उम्र महज 16 साल। असम की प्रतिभाशाली गायक किशोरी। होजई और नौगांव में उसके खिलाफ पर्चे बांटे गए। 46 उलेमाओं ने नाहिद आफरीन को मनोरंजन कार्यक्रम से दूर रहने का 'फतवा' जारी कर दिया। कहा गया कि इस तरह के कार्यक्रम पीढ़ी को भ्रष्ट करते हैं। बात यह है कि सुरों पर प्रतिबंध कैसे लगाया जा सकता है? मनुष्य की गुनगुनाहट उसे मनुष्य बनाए रखने में मददगार होती है। फिर उस पर सवाल कैसा? सुर और राग तो कहते हैं कि इंसानी इजाद ही नहीं है। वे आरंभ से हैं और रहेंगे। इसलिए दुनिया भर में पंछी गाते हैं।

'सिद्धार्थ' नामक अंग्रेजी उपन्यास में तो नदी के 'मूड्स' का वर्णन है। जब वह गाती है बिछलकर, तब वह लहककर चलती है। अर्थात संगीत प्राकृतिक है और प्रकृति पर कोई बंदिश नहीं है। ऐसे में नाहिद पर भी किसी तरह की बंदिश नहीं लगाई जानी चाहिए, क्योंकि उसकी सुराधना का कोई मजहब नहीं है। सुराधना मनुष्य मात्र का धर्म है, मजहबी गलियों से निकले फतवे के जवाब में नाहिद ने कहा कि यदि वह अपना संगीत जारी नहीं रखेगी, तो खुदा की अनदेखी करेगी। उसे संगीत खुदा ने ही दिया है। यह उनका तो. हफा है। लिहाजा वह संगीत को जारी रखेगी। वस्तुतः नाहिद बधाई की पात्र है कि उसने बहादुरी से उलेमाओं का मुकाबला किया, अब बारी है समाज और सरकार की। वे देखें कि इस तरह की धमकियों से हम हमारी जमीन के संगीत को तो नहीं खोने जा रहे। बड़े गुलाम अली खां, बिस्मिल्ला खां, शमशाद बेगम, परवीन सुल्ताना, आबिदा

परवीन, मेहंदी हसन और भी कई नाम लिखे जा सकते हैं जिनकों आलाप, जिनके आरोह–अवरोह और जिनकी समूची गायिकी दक्षिण एशियाई जमीन को अपने सुर–संसार के साथ स–गर्व खड़ा रखती है। इसमें कोई मदद करे तो ठीक, अड़ंगेबाजी कतई बर्दाश्त नहीं की जानी चाहिए।

ऐसा नहीं होना चाहिए कि 'गुफ्तगू देर से जारी है नतीजे के बगैर, इक नई बात निकल आती है हर बात के साथ' होना तो यह चाहिए कि समाज से ही लोग निकल कर आएं और बच्ची के सुरों के हक में सीना तानकर खड़े हों। यह किसी का विरोध नहीं इंसानी मजहब की स्थापना होगी। एक ऐसा मजहब जिसमें इंसान को बेहतर इंसान बनाने की कवायद की जाए। खुशी की बात है कि असम के मुख्यमंत्री सर्वानंद सोनोवाल और राष्ट्रीय बाल अधिकार संरक्षण आयोग ने स्वतः संज्ञान लिया है और इस बारे में संबंधित प्रशासन से तथ्यवार रपट तलब की है। मगर हर घटना पर 'आजादी' मांगने वाले समूह इस बार सिरे से गायब हैं। किसी की भी तरफ से इस आशय की अप्पिणी अभी तक नहीं आई कि ऐसा बिलकुल नहीं होना चाहिए और गायक की आजादी उसकी गायकी होती है।

ऐसा कैसे हो गया? और क्यों हो गया? या तो यह ऐसे समूहों की इरादतन चुप्पी है या वे इस तरह के मसले को आजादी के तसव्वुर से जोड़कर नहीं देखते। किसी दल ने भी इस पर अपना 'स्टेण्ड' साफ नहीं किया। महिला दिवस पर जो लोग रेंक–रेंककर सशक्तिकरण के नारे लगा रहे थे, वे आज एक बच्ची की आवाज को खामोश किए जाने वाले फतवे पर कुछ बोलते क्यों नहीं? उनका सशक्तिकरण भी क्या परिसरी है?

यह सब शर्मनाक है और दोहरे चरित्र को उजागर करता है। उनका हस्तक्षेप सिर्फ राजनीतिक माइलेज हासिल करने के लिए होता है, सामाजिक बदलाव के लिए नहीं, जिसके वे सर्वाधिक पक्षधर हैं। यह मुद्दा इतना महत्त्वपूर्ण है कि इस पर सामाजिक आंदोलन होना चाहिए, ऐसा न भी हो तो बोलें तो कम–से–कम ताकि नाहिद और उसके परिवार वालों के हौसले की आंच कम न हो।

20 मार्च 2017

इन्हें कब नसीब होंगे घर!

एक खबर पर पिछले दिनों नजर रुक गई कि आज भी हजारों बच्चे फुटपाथ पर रहते हैं। उनका कोई घर नहीं। जिनकी जिंदगी धूल, धुआं लेकर आती है, उन्हें वैसे ही गले मिलती है। एक ऐसी जगह जो सिर्फ गुजरने के लिए है, लेकिन ये लोग गुजरकर जाएं कहां? इनका कोई गंतव्य नहीं। ठहराव भी नहीं। आहें, कराहें, चीख, भीख इनके रोज के किस्से हैं। ये निराश्रित हैं, अनाथ हैं, परित्यक्त हैं। ऐसे बच्चों की गिनती की निश्चित प्रक्रिया नहीं है। लिहाजा, पूरे आंकड़े दे पाना संभव नहीं है कि ऐसे कितने बच्चे हैं जो सिर्फ आंसू को सच और वेदना को ही अमर मानते हैं। 'यंग एट रिस्क' और एक और फोरम ने 2013 में 16 शहरों का इस बारे में सर्वे किया था। उनका कहना है कि पहले तो इनकी गिनती का कुछ किया जाए। इनका कहना है कि सिर्फ दिल्ली में 70 हजार बच्चे फुटपाथ पर जीने के लिए मजबूर हैं। गुवाहाटी में 5534, चंडीगढ़ में 2323 और मुंबई में 16059 बच्चे फुटपाथ पर सांसे ले रहे हैं। पाश ने कहा था – 'हम लड़ेंगे तब तक, जब तक लड़ना जरूरी है। जीवन की जंग को लड़ना मनुष्य के लिए वैसे भी जरूरी है।'

मगर यह पीढ़ी यदि उम्र पाकर जवान हो गई, तो उससे किस बात की और कैसी उम्मीद की जानी चाहिए? हम न उन्हें निवाला दे पा रहे हैं न छत! उनके हिस्से में है अ–सम्मान, अ–परिचय, अनाम शख्सियत! वे जन्म से मनुष्य हैं, लेकिन उनके पास जीवन मनुष्य का नहीं। तमाम घरेलू पशु भी नाम चाहते हैं, पहचान चाहते हैं, परिचय चाहते हैं, इतना ही नहीं उन्हें सम्मान की भी दरकार होती है, तो मनुष्य को तो होगी। उनके पास से गुजरती हैं उपलब्धियां भरी फर्राटा मारती गाड़ियां, गुजरते हैं अनुपलब्ध लोग, नहीं गुजर

नहीं पाती है तो भूख, प्यास और बेचैनी। सीधी–सीधी अवधारणा है, जिस पर दंड का सिद्धांत टिका है कि जिसे जीवन देने का हक नहीं उसे लेने का भी नहीं। और मनुष्य की मान्यता है कि जीवन कोई नहीं देता, वह सिर्फ ईश्वर की देन है। इसलिए उसकी किसी भी कृति में कोई गड़बड़ नहीं। प्रकृति में सबकुछ संतुलित है। जैसे नदियों में घड़ियाल होते हैं। आपने कोई खबर भी नहीं सुनी होगी कि कोई घड़ियाल किसी नदी में भूख से मर गया हो। एक घड़ियाल दिनभर में करीब छह–सात सौ मछलियां खा जाता है। यह गणित कभी गड़बड़ नहीं होता। उसे जितनी मछलियां चाहिए होती हैं उतनी नदी में हो जाती हैं। जबसे मनुष्य और उसकी बनाई सरकारें कर्तार हो गईं, गड़बड़ शुरू हो गई। हमारी व्यवस्था के मूल में कहीं गड़बड़ है। इसलिए हमारे सामने ऐसे वीभत्स दृश्य खड़े हो जाते हैं, जो हमारी गलतियों से ही बनते हैं। इसलिए मनुष्य और सरकारों को चाहिए कि वह इस तरह की अभिशापित जिंदगियों को जीने के लिए विवश बच्चों को लाचारी से मुक्ति दिलाएं।

उनका बचपन लौटाए। जिस तरह हो लेकिन उनकी गणना कर उनके लिए समुचित प्रबंध करवाए, ताकि वे मुस्कराहट के साथ जीवन को पहन सकें और इस देश के समर्थ युवा नागरिक बन सकें। आजादी के इतने वर्षों बाद भी यदि बचपन को खिलने का अवसर न मिले और किसी भी कारण से वे फुटपाथ पर गुजर–बसर कर रहे हों, मगर उन्हें आजाद हिंदुस्तान में इतनी आजादी तो मिलनी ही चाहिए कि वे अपनी छत के नीचे रह सकें। बुनियादी जरूरतें, बुनियादी स्वभाव को जन्म देती हैं। यदि वे पूरी नहीं हुई तो मनुष्य सामान्य मनुष्य नहीं रह जाता। फिर वह 'कंडीशंड बिहेवियर' करने लगता है। जिसका, जिम्मेदार समाज होता है।

'फुड फॉर आल' 'हाउस फॉर आल' और 'हेल्थ फॉर ऑल' इस देश में मौजूदा समय की सबसे बड़ी मांग है। प्रकृति के व्यवस्था संतुलन से सीखना होगा कि हम हमारे समाज को तरक्की पसंद समाज बनाना तो चाहते हैं, लेकिन उसकी प्राथमिक आवश्यकताओं को पूरा नहीं कर पाते। इसे पूरा किए बिना आप विकास के ढोल बजाते बिजूके ही नजर आएंगे।

21 मार्च 2017

चार राज्यों में भाजपा सरकार

पांच राज्यों में चुनाव हुए और चार में भारतीय जनता पार्टी की सरकारें गठित हो गईं। इनमें उत्तर प्रदेश की जीत की सबसे अधिक चर्चा है कि कैसे शेष पार्टियां रीते हाथ रह गईं। बात इतनी ही नहीं बात यह है कि आखिर नरेंद्र मोदी अपनी विजय के बाद जिस 'नए भारत' के निर्माण का उल्लेख कर रहे हैं क्या इस सबको उससे जोड़कर देखा जा सकता है, या कि देखा जाना चाहिए। उन्होंने कहा कि उस 'नए भारत' में 35 वर्ष के कम उम्र के 65 प्रतिशत युवा और महिला समूह होंगे। अर्थात् उसे बनाने में भी उनका योगदान होगा। विपक्ष को समझना होगा कि नरेंद्र मोदी सिर्फ सरकार ही नहीं चला रहे वे क्रमागत अपने दर्शन को नई पीढ़ी को समझाते भी जा रहे हैं।

इसलिए वे संसद के बजाय जनता से सीधे संवाद करने के पक्षधर हैं। और उन्होंने इन राज्यों के चुनावों में साबित किया कि नई पीढ़ी के साथ–साथ समाज के ज्यादातर वर्गों के लोग उनसे, उनके विचारों से और उनके 'परिवर्तन' से सहमत होते जा रहे हैं। वरना कोई कारण नहीं कि मणिपुरी, क़ोंकणी, मुंबई, पहाड़ी और मैदानी सभी एक सुर में मोदी का समर्थन करें। ऐसा पहले कभी हुआ भी नहीं।

अब हो रहा है, तो इसका अर्थ साफ है कि जनता क्षेत्रीय क्षत्रपों और परिवारवादी प्रादेशिक राजनीति से आकंठ त्रस्त हो गई है। इसलिए भी इनके कारण उसे फिर–फिर जातिवाद की तंग गलियों, कट्टरतावादी जुमलेबाजी और हिंसा के बीच से गुजरना पड़ता रहा। वोट देने के बाद भी जनता अपेक्षित परिणाम नहीं पा रही थी। वह दूसरे परिसर से आती सदाएं बरसों से सुन रही थी। शायद इसलिए

भी अपने आस–पास के राज्यों को देखते हुए उन्हें कोफ्त होने लगी थी कि एक जैसे चुनावी राज्यों का परिणाम भी एक जैसा ही होगा। यही तो वजह है कि यहां से वहां तक जनता ने 'मोदी दर्शन' 'न्यू फिलासफी ऑफ नरेंद्र मोदी फॉर इंडिया' पर मुहर लगाई। यह बात उन्हें स्वप्नदर्शी पं. नेहरू के समान साबित करती है। कांग्रेस की एक बड़ी वैचारिक सोच में नेहरू का योगदान है। उनके फलसफां के चलते दुनिया अवाक रह जाती थी। नरेंद्र मोदी के नए भारत के निर्माण की बात पर विपक्ष भी हतप्रभ है। उसे सुझायी नहीं दे रहा कि वह कैसे इसकी काट में नया सर्व स्वीकार्य मुहावरा गढ़े। यही वह कारण है कि वह अपनी हार को भी समझ नहीं पा रहा। कोई इवीएम बता रहा है, तो कोई बरगलाने की बात कहता है। यह बरगलाने का मसला नहीं है, लोग वोट देकर इतने उकता चुके हैं कि उनकी बदलाहट की आस जाती रही।

ऐसे में मोदी का उदय लोगों के लिए 'कन्विंसिंग' है। यदि ऐसा नहीं है, तो मणिपुर जैसे राज्य में जहां भाजपा कुछ समय पहले तक दिखाई नहीं पड़ती थी, आज वहां सरकार कैसे बना पा रही है और विश्वासमत भी जीत रही है। गोवा में उसने ऐसा कर दिखाया। उत्त. राखंड और उत्तर प्रदेश में तो इतनी विशाल विजय मिली कि विश्वा. समत की जरूरत ही नहीं पड़ी। आशय यह है कि मोदी ने स्वयं को भारतीय राजनेताओं में सबसे मजबूत प्रमाणित कर दिया है। इतना ही नहीं, इसी में यह बात भी सन्निहित है कि यदि विपक्ष आने वाले लोकसभा चुनाव में उनके सामने कोई चुनौती प्रस्तुत करना चाहता है, तो वह सिर्फ आंकड़ों की सितौलिया से खड़ी नहीं होगी।

उसके लिए उन्हें मोदी की तरह का राष्ट्रव्यापी छवि का, राष्ट्रीय आलोक का नेता सामने लाना होगा, जिसके पास आने वाले भारत के लिए जरूरी सपना हो। ऐसा न होने की स्थिति में मोदी के लिए किसी तरह की चुनौती पेश करना विपक्ष के बस में नहीं होगा। फिलवक्त तो विपक्ष के पास ऐसा कोई है नहीं, जिसे राष्ट्रव्यापी पहचान, सम्मान और स्वीकार मिल रहा हो। इसलिए विपक्ष को खामखयाली से बचना होगा।

22 मार्च 2017

जहां से मानवता सांस लेती है, वह है कविता

विश्व काव्य दिवस पर यूनेस्को की महासचिव ने कहा कि कविता वह खिड़की है, जहां से मानवता की विविधता सांसें लेती है। कविता एक जरूरी खिड़की है, जिसे हर घर में होना चाहिए। उसका होना हंसी है, खुशी है, प्रवाह है, हौसला है, जीने की इच्छा है, जीतने की इच्छा है। कविता मेल है, खेल है, संघर्ष है। कविता का होना मनुष्य का होना है। हर बार विश्व काव्य दिवस किसी कवि के नाम समर्पित होता है। इस बार के कवि जार्जिया के बाजातशाविली हैं। एक बार हरिवंशराय बच्चन से किसी ने पूछा कि तुम्हारी कविता खाने को रोटी देती है? इस पर उन्होंने कहा– मित्र! कविता रोटी तो नहीं देती, लेकिन यदि कोई व्यक्ति कविता सुन लेगा तो उसे रोटी खाने की तमीज जरूर आ जाएगी। अंग्रेजी के संसार में जब बेलेड्स युग समाप्त हो रहा था और अंग्रेजी अपना कद हासिल कर रही थी, उस समय से लेकर आज तक अनेक 'क्लासिक' पोएट हुए। जैसे शेक्सपियर ने 14 पंक्तियों के सॉनेट लिखे, वर्डसवर्थ ने प्रकृति की कविताएं लिखीं। पूरा निरूपण प्रकृति का है। वह भी पूरी चित्रोत्मता के साथ। आप 'डेफोडिल्स' पढ़ें तो पाएंगे कि जैसे आप पहाड़ पर हैं और बादल आपको आगे बढ़ने, जीने और रम जाने के लिए प्रेरित करता है, पूरा चित्र आपको दिखाई देगा। फिर शैले जिन्होंने 3000 गीत लिखे, विलियम ब्लैक, मिल्टन, बायरन एक लंबी परंपरा है। बायरन का तो एक पैर नहीं था। उसे अंग्रेजी के प्रोफेसर ने अंग्रेजी की कक्षा से यह कहकर निकाल दिया था कि तुम अंग्रेजी नहीं पढ़ सकते। वर्षों बाद 'वर्ल्ड एसे कंपटीशन'

हुई। उसमें बायरन भी बैठे और वह प्रोफेसर भी। बायरन ने संध्या का वर्णन करते हुए लिखा,जिसकी अंतिम पंक्ति है 'ही लुक्ड एंड शी ब्लशड्' उसने उसे देखा वह लजा गई और उसका प्रतिबिंब समंदर की लहरों में समा गया। कविता चाहे किसी भी भाषा में लिखी गई हो, सदैव मनुष्य के अंतरतम को व्यक्त किया, उसे जीना सिखाया। समकालीन जीवन को बताया। तुलसी के लिए भी लोगों ने कहा कि उन्होंने अपनी रचनाओं में मनुष्य, उसके आदर्श आदि सब लिखे, लेकिन बाबरी मस्जिद के बारे में नहीं लिखा। ऐसा नहीं है! उन्होंने 'विनयपत्रिका' में लिखा है 'मांगी के खैबू मसीत को सोऊ' मसीत का अर्थ ही मस्जिद होता है। हमारे यहां भी बाल्मिकी ने 24 हजार श्लोकों से सज्जित 'रामायण' लिखी। वेदव्यास ने महाभारत, कालीदास ने 'मेघदूतम' 'शाकुंतलम' 'ऋतुसंहार' लिखे। ये सभी रचनाएं विश्वकाव्य में बड़ा स्थान रखती हैं। कविता सिर्फ इतिहास नहीं होती, वह समय के साथ चलने वाली एक दृष्टि है। लिहाजा, उसमें कई ऐसे तत्व भी आ जाते हैं, जो इतिहास को बयां करते चलते हैं। 'कविता पीड़ा की बेटी है।' जब संवेदना घनी हो जाती है, विषय कोई भी हो और उस घनीभूत संवेदना से आप तब अनुस्यूत हो जाते हैं, कविता पैदा होती है। कबीर, मीरा, जायसी, या कि अज्ञेय, त्रिलोचन, शमशेर, या कि मीर, गालिब, कैफी आजमी, बशीर बद्र, निदा फाजली या नीरज, कविता उतरती सी लगती है। जां निसार अख्तर का एक शेर है– 'हमसे पूछो कि गजल क्या है, गजल का फन क्या, चंद लफ्जों में कोई आग छुपा दी जाए' या कि 'हमसे पूछो कि गजल मांगती है कितना लहू, लोग कहते हैं कि बंदा बड़े आराम से है।' कविता समय के केंद्र में मनुष्य की चिंता के कैनवास पर बड़ी होती है। इसलिए जीवन को शब्द देती चलती है, हालांकि अनुभवों से आपके शब्द आकार लेते हैं। अपनी संस्कृतिजन्य उपस्थिति से यथार्थ और मूल्य के खारे समंदर को मीठा करती चलती कविताएं अपनी स्थापना में ही वैश्विक हो जाती हैं। ऐसी कविताएं अमूर्त संवेदन की भावुक परिणति भर नहीं होतीं। वे अमूर्त संवेदन को भी आकारित करती हैं संप्रेषण की जरूरत देखते हुए। यही वजह है कि दुष्यंत कुमार जैसा कवि यकायक महत्त्वपूर्ण हो जाता है। दुष्यंत ने कहा–

'ये दरवाजा खोलो तो खुलता नहीं है,
इसे तोड़ने का जतन कर रहा हूं।'

कविता अपने प्रसंग, मूल्य, स्थापना, सरोकारों के साथ व्यापक होती जाती है और मनुष्य को प्रेरित करती रहती है एक नई स्थापना की रचना के लिए। इसलिए विश्व काव्य दिवस और 'विश्व कविता महोत्सव' होते रहने चाहिए। ताकि बची रहे मनुष्य की कविता और कविता का मनुष्य!!

23 मार्च 2017

आस्था का सवाल राम मंदिर

सुप्रीम कोर्ट ने कहा कि राम मंदिर का मुद्दा धर्म और आस्था से जुड़ा है, इसलिए दोनों पक्षों को आपस में बैठकर बातचीत के जरिए इसका हल निकालने की कोशिश करनी चाहिए। सुप्रीम कोर्ट के प्रधान न्यायाधीश जगदीश सिंह खेहर ने कहा कि जरूरत पड़ने पर वे स्वयं भी मध्यस्थता करने के लिए तैयार हैं। एक नजर में देखें तो सभी इस बात से राजी हैं कि हल निकलना चाहिए। दूसरी सहमति जैसी बात है कि हल को बातचीत के जरिए हासिल किया जाना चाहिए।

ऑल इंडिया मुस्लिम पर्सनल लॉ बोर्ड के महासचिव मौलाना वली रहमानी और बीएमएसी के संयोजक जफरयाब जिलानी ने चर्चा के लिए हामी भरी और सुप्रीम कोर्ट के प्रधान न्यायाधीश में भरोसा जताया। बरसों से यह मामला अधर में है। यह मानने के बावजूद कि मुद्दा आस्था का है, करोड़ों भारतीयों से जुड़ा है, फिर भी इसका समाधान नहीं खोजा जा सका। एक अक्टूबर 2010 को इलाहाबाद हाईकोर्ट ने 2.77 एकड़ भूमि का एक–तिहाई हिस्सा मस्जिद बनाने के लिए वक्फबोर्ड को दिए जाने की बात की थी। अर्थात तीनों पक्षकारों यानी रामलला विराजमान, निर्मोही अखाड़ा और सुन्नी वक्फबोर्ड में बराबर बांटने के आदेश दिए थे। इस फैसले के खिलाफ सभी ने सुप्रीम कोर्ट में अपील कर रखी है और यथास्थिति बनी हुई है। अब सवाल यह है कि यदि दोनों धर्मावलंबी अपनी–अपनी जिरह से बाहर निकलकर खुले मन से बात नहीं करते हैं, तो इसका कोई लाभ नहीं होगा। यद्यपि पहले सुप्रीम कोर्ट ने ऐसा नहीं कहा था, लेकिन अधिसंख्य लोगों की राय यह थी कि इस संवेदनशील मामले में आपस में बैठकर समाधान खोजना चाहिए।

मगर आस्था को इतिहास के कुएं में बाल्टी डालकर निकालने और खंगालने का क्रम चलता रहा। सभी पक्ष अगर दो–दो कदम चलने को वाकई तैयार हों, इस मानसिकता के साथ कि समाधान ढूंढ के रहेंगे, तभी कोई आशा दिख सकती है। वैसे मध्यस्थता में होता यह है कि चर्चा के बाद यदि प्रारूप पर सहमति होती है, तो दोनों पक्षों के साथ मध्यस्थ के भी हस्ताक्षर होते हैं, फिर उसे कोर्ट की मंजूरी मिलती है, उसके बाद डिग्री हो जाती है। इस मामले में तो मध्यस्थता प्रधान न्यायाधीश करेंगे, इसलिए मध्यस्थ के हस्ताक्षर उनके नहीं होंगे। प्रक्रिया की इस बात के साथ उम्मीद इसलिए लग रही है कि इस बार जिलानी ने अपना भरोसा जताया है, फिर भी जिलानी यह कहने से नहीं चूके कि अदालत के बाहर कोई समझौता मुमकिन नहीं है। उन्हें अपने भरोसे की कैंडिल में उम्मीद का तेल और डालना पड़ेगा।

वैसे डॉ. सुब्रमण्यम स्वामी का यह समाधान भी गौर करने लायक है कि मंदिर वहीं बने और मस्जिद सरयू के दूसरी तरफ बने।

उनकी दलील है कि नमाज मस्जिद में पढ़ी जाती है और दुआ कहीं भी मांगी जा सकती है। वस्तुतः इस मामले को वर्षों पहले ही हल कर लिया जाना चाहिए था, लेकिन सवालों को लंबित छोड़कर उनके स्वतः हल की प्रतीक्षा करती रहीं तत्कालीन केंद्र सरकारें। इसलिए वह समय बीतने के साथ–साथ और जअलि होता गया। फिर समाधान के बजाय अपने पक्ष को मजबूत और सही बताने का खेल शुरू हो गया। मुद्दा लटकता रहा। इस देश का नागरिक आखिर किन चीजों से अपने को जोड़ता है, क्या उन चीजों में आस्था शामिल नहीं है? 'राम' भारतीय आस्था के मुकुट हैं।

यह सब जानने के बाद भी आज तक अयोध्या विवाद को लटकाया गया, लेकिन प्रधान न्यायाधीश की पहल आशा का अंकुर सुगबुगाती है। बेहतर होगा कि जल्द ही मसले का सर्वस्वीकार्य हल खोज लिया जाए।

24 मार्च 2017

मनचलों पर पाबंदी और पहरेदारी

यूपी के मुख्यमंत्री योगी आदित्यनाथ ने मंत्रियों के विभागों के बं. टवारे के साथ ही कुछेक कदम उठाए। ये वे कदम थे, जिनके बारे में घोषणापत्र में जिक्र है। उनमें एक है अवैध बूचड़खानों पर पाबंदी और दूसरा है मनचलों पर लगाम लगाने की कोशिश। इन दोनों ही कदमों से स्वच्छंदता को स्वतंत्रता समझने वाले लोगों में हड़कंप मच गया। सपा के विचार प्रमुख रामगोपाल ने मनचलों को सबक सिखाने के नई सरकार के इरादों की आलोचना की। वस्तुतः इस मसले पर कभी ध्यान नहीं दिया गया कि एक तरुणी कैसे जान सांसत में महसूसते हुए घर लौटती है, और जब तक वह लौटती नहीं, उसके घरवाले ईशजाप कर रहे होते हैं।

न तो यह कदम युवा होने का परिचायक है, न सामर्थ्यवान दिखाई देने की हरकत, यह महज करतूत है, जिसे अमूमन लड़कों का समूह लड़कियों के लिए करता रहता है। यदि वे प्रत्युत्तर दें तो विवाद हिंसा में बदल जाता है। न दें तो उनके हौसले बढ़ते रहते हैं। यह समस्या हिंदी बेल्ट में कुछ ज्यादा ही है। इस बेल्ट में तो ऐसे भी राजनेता हैं, जो बलात्कार जैसे घृणित और जघन्य अपराध को एक युवा की 'जवानी में हो गई गलती' मानते हैं। पंजाब में छेड़खानी जैसे मामले होते ही नहीं, लेकिन जबसे यूपी की योगी सरकार ने अभियान चलाया, प्रदेश का कदाचित एकाध ही शहर होगा, जहां इस तरह की घटना न हुई हो।

कानपुर, अलीगढ़, बिजनौर में कई मनचलों को पकड़ा गया और उन्हें महिलाओं का सम्मान करने की हिदायत दी गई और अगली बार जेल में डालने की चेतावनी देने के बाद छोड़ दिया गया। किस बात की आलोचना कर रहे हैं रामगोपाल? इस बात की कि गलती को गलती क्यों कहा गया? या कि लड़कों को हिदायत क्यों दी गई कि लड़कियों

का सम्मान करो? या कि वे जैसा अब तक करते रहे उन्हें करने दिया जाए? हर बस्ती महिलाओं से आबाद होती है और शहर के बसंत को अर्थ देती हैं, और समाज की आवश्यक पृष्ठभूमि को हर सभ्यता में तैयार करती हैं। फिर उनका सम्मान क्यों नहीं होना चाहिए, उतना भी नहीं जितना कि मनचले का है। यह सम्मान का ही नहीं व्यक्तिगत स्वतंत्रता का भी मसला है जो उन्हें भी इसी देश और इसके संविधान ने उन्हें दी है। तमाम नारे, पोस्टर, हजारों व्याख्यान, सैकड़ों कविताएं और महाकाव्य कहीं भी महिलाओं की गैरबराबरी को उचित नहीं ठहराया गया, तो ये लोग कहां से आ गए? ये किस सभ्य समाज की पैदाइश हैं, जो एंद्रिक फुरफुरी को चरम आनंद समझकर उसे झपट लेना चाहते हैं। क्या इसके लिए उनके पालक भी उतने ही दोषी नहीं, जिन्होंने पुरुषवादी विमर्श के चलते उन्हें यह नहीं सिखाया कि महिलाओं के मुद्दे पर कैसे पेश आना चाहिए।

इसकी समस्या केवल वे ही परिवार झेलते हैं, जिनके यहां बिटियाएं होती हैं। आपको एक वर्ग की चिंता है और कुछ लोगों को हिंदुत्व का एजेंडा इसमें दिखाई देने लगा है। निश्चित ही 'गुंडा' एक इलेमेन्ट है, यही अपने–आप में एक वर्ग है। उसकी चिंता करने के बजाय उसे समझाने का प्रयास किया जाना चाहिए। फिर यह हिंदुत्व का एजेंडा कैसे हो गया? क्या दूसरी धाराओं में आस्था करने वाले अपने समाज में लड़कियों को प्रताड़ित करने की इजाजत देते हैं? कोई सभ्य समाज ऐसा नहीं कर रहा, फिर इसे लांछित करने की कोशिश करना महज एक साजिश के सिवा कुछ नहीं। इस मसले पर जितनी जोर से संभव हो समाज में आवाज उठानी चाहिए, ताकि महिलाएं आधी रात को स–सम्मान और स–गर्व घर लौट सकें। जहां तक बूचड़खानों का सवाल है, ये अवैध बूचड़खाने हैं उनके ही मालिक घबरा रहे हैं। कुछेक बूचड़खानों को वैध बूचड़खाने में तब्दील करवा लिए जाने की बात भी हुई है। क्यों चलना चाहिए अवैध किसी भी तरह का काम, फिर वह बूचड़खाना ही क्यों न हो? कुछ लोगों ने शंका जताई कि अभी बात अवैध की हो रही है, थोड़े दिनों में वैध बूचड़खानों पर भी गाज गिरेगी। फिलहाल ऐसी कोई स्थिति नहीं है। मुख्यमंत्री पार्टी के घोषण ापत्र पर अमल करने की कोशिश कर रहे हैं, इसे बे–वजह धार्मिक विश्वासों–अविश्वासों से जोड़कर नहीं देखा जाना चाहिए। सिर्फ उनका सनातनी होना, तुम्हारे शक की खदबदाहट के लिए पर्याप्त आधार नहीं।

25 मार्च 2017

पागलपन की हद तक ओछी हरकत!

शिवसेना सांसद रविंद्र गायकवाड़ ने एयरइंडिया के 60 वर्षीय ड्यूटी मैनेजर को पीटा। अपनी इस शर्मनाक हरकत पर उन्होंने शर्मसार होने के बजाय अपनी पीठ ठोंकी और कायराना अहंकार में भरकर कहा कि 'मैने उसे 25 सैंडिल मारे हैं।' और कहा कि 'मेरा बस चलता तो उसे जहाज से नीचे फेंक देता।' बात इतनी भर थी कि श्रीमंत शबिजनेस क्लासश में यात्रा करना चाहते थे और विमान में यह श्रेणी थी ही नहीं। पूरा विमान 'इकॉनोमी क्लास' का था। इसमें मैनेजर सुकुमार की कोई गलती नहीं है।

सुकुमार ने बाद में आर्त मन से कहा कि इन्होंने मुझे सिर्फ पीटा ही नहीं, बल्कि गालियां देकर अपमानित भी किया। पूरा क्रू देख रहा था। इन्होंने मेरा चश्मा भी तोड़ दिया। सजल नयन सुकुमार अब न्यायोचित कार्रवाई की प्रतीक्षा में हैं। एक बददिमाग और बदहवास सांसद की यह हरकत वाकई सुकुमार के शब्दों में सोचने को मजबूर करती है कि यदि ऐसे हिंसक लोग सांसद बनते रहे तो इस देश को भगवान ही बचाए। क्यों मारा सांसद ने उस कर्मचारी को? उसकी यह हरकत सामान्य मनुष्य की संवेदना को घटना सुनते ही झनझना देती है कि आखिर इस देश में श्रम की कोई कीमत नहीं? आपके सम्माननीय हो जाने से दूसरा अ–सम्माननीय नहीं हो जाता। पसीने की कीमत अब भी इस देश में सबसे कम है, लेकिन इज्जत इस देश में भी कमतर नहीं, जिसे पसीना बहाकर हर मजदूर इकट्ठी करता है और संजोता है। दलीय राजनीति करने वाले अपनी निजी संवेदनाओं का क्षेत्रफल दल तक बढ़ाते हैं और दल अपने घोषणापत्र

से जनता को लुभाते हैं।

जनता समय आने पर अपनी जरूरतों के हिसाब से, क्षेत्र और समाज की संवेदनाओं के हिसाब से वोट देती है, ताकि वह अपनी कल्पना की प्रतिबद्ध सरकार बना सके। जिसे वोट देती है उसके बारे में कभी उसे गुमान भी नहीं होता कि यह शख्स वहशी और खुदगर्ज हो सकता है। संसदीय मर्यादा, संसदीय शब्दावली, संसदीय आचरण जैसी कई बातें प्रचार में हैं, व्यवहार में भी। लेकिन रविंद्र गायकवाड़ ने बदतमीजी की सारी सीमाएं लांघ दीं। बताते हैं कि उन्होंने सुकुमार के कपड़े भी फाड़ दिए। इसके बाद भी उनका सांसद होने का गुरूर कम नहीं हुआ। उन्होंने कहा कि वह बुजुर्ग कर्मचारी अपने अपमान और पिटाई के बावजूद उनसे माफी मांगे। खुदा हो गए हैं। आपको न बुजुर्गियत का खयाल है न कर्मचारी के गणवेश का सम्मान और न संसदीय परंपराओं की चिंता! और तो और, यह शख्स कहते हुए सुना गया कि नरेंद्र मोदी से शिकायत करने से क्या होगा? मैं तो शिवसेना का सांसद हूं, भाजपा का नहीं। उन्होंने 'भाजपा सांसद' शब्द भी कुछ इस तरह से कहा कि जैसे ये लोग निस्तेज हैं और शिवसेना में होने से गायकवाड़ अग्निधर्मी!

कई विमान सेवाओं ने उन्हें विमान में जगह देने से इनकार कर दिया, लेकिन इतना पर्याप्त नहीं। तीन साल पहले भी ये महाशय रोजा रखे हुए शख्स के मुंह में महाराष्ट्र सदन में जबरन रोटी ठूंस चुके हैं। अर्थात इनके पागलपन को बिना किसी और घटना की प्रतीक्षा किए तत्काल काबू करना होगा।

यह एक तरह का 'साइको न्यूरोटिक डिसऑर्डर' है। 'मैं ही मैं हूं और कोई मेरा कुछ नहीं कर सकता' इस तरह के भाव व्यक्ति को अनेक मनोविदलन से भर देते हैं। कोई भी इस बात को सुनकर परेशान हो जाएगा कि आपने उस बुजुर्ग को बिना उसकी गलती के पीट दिया और अब भी चाह रहे हैं कि वह क्षमा याचना करे। महाशय! क्षमा याचना तो तुम्हें करनी चाहिए सुकुमार से, पूरी व्योम दुनिया से, अपने मतदाताओं से, जिन्होंने आपको संवेदनशील समझने की भूल की थी! और जो आज भी सांसद जैसी संज्ञाओं पर यकीन करते हैं।

28 मार्च 2017

शिक्षा में भारतीयता की तलाश

एक शेर से बात शुरू करते हैं। 'कागज में दब कर मर गए कीड़े किताब के, दीवाने बे–पढ़े ही मशहूर हो गए' हमारी शिक्षा प्रणाली पर जब भी बातचीत हुई, वक्तव्य आए, वे सब इस शेर की कतार में आते हैं। इसलिए भी कि आज तक हमारी शिक्षा प्रणाली में कोई बुनियादी बदलाव नहीं हुआ और अनेक शख्सियतें शिक्षाविदों के रूप में सम्मानित हो गईं। बहुत बड़ा कैनवास है शिक्षा का! इसमें प्राथमिक शिक्षा, माध्यमिक, उच्चतर माध्यमिक और महाविद्यालयीन शिक्षा के अलावा तकनीकी शिक्षा, भी शामिल है। हमारे पास विधिवत शिक्षा का प्रारूप है, प्रावधान है, लेकिन पश्चिम के अनुकरण के अलावा कुछ और दिखाई नहीं देता। बच्चा जो और जैसे पढ़ेगा, उसके वैसा ही बनने की संभावना है। इसलिए नई पीढ़ी को दोष नहीं दिया जा सकता कि उनकी भारतीयता की अवधारणा ठीक नहीं है। ठीक कैसे होगी? आपके पाठ्यक्रम में वह है नहीं और जो कुछ उपलब्ध है उससे नजरिया भारतीयता का तो बनता ही नहीं। महर्षि अरविंद ने कहा था 'आधुनिक होने की होड़ में हमारी शिक्षा व्यवस्था न पूरी तरह आधुनिक बन पाई, न भारतीय कुल जमा, वह शिक्षा ही नहीं रह पाई।' इसी के मद्देनजर नई दिल्ली के रोहिणी स्थित महाराजा अग्रसेन साइंस ऑफ टेक्नोलॉजी एंड मैनेजमेंट में प्रज्ञा प्रवाह की ओर से दो दिनों की राष्ट्रीय सेमिनार का आयोजन हुआ। इसमें 29 राज्यों के 521 शिक्षकों–विशेषज्ञों के साथ विश्वविद्यालयों के 51 कुलपतियों ने गहन चर्चा की। इसमें आरएसएस के सरसंघचालक डॉ. मोहन भागवत, सहकार्यवाह डॉ. कृष्णगोपाल ने भी हिस्सेदारी की।

ज्ञान संगम नाम से आयोजित इस कार्यक्रम में पठन सामग्री, समकालीन रुझान और चुनौतियों के अलावा बौद्धिक उपनिवेशवाद

पर विमर्श हुआ। कुल मिलाकर इसका तात्पर्य शिक्षा पद्धति में गैर सरकारी और स्वायत्त प्रयासों को बढ़ावा देना था। ज्ञानसंगम में सांस्कृतिक आक्रमण की भी चर्चा की गई। सभ्यताओं की तो संस्कृति होती ही है, भाषाओं की भी संस्कृति होती है। वे दूसरी भाषा तक पहुंचते हुए अपनी सभ्यता को भी साथ लेकर चलती है। यदि नई भाषा अपनाने वाली पीढ़ी सजग न रही, वह उन्हें उनके लोकपदों से, लोकभाषा और लोकस्वरों से वंचित कर देती है, इतना ही नहीं पीढ़ी का मूल्यबोध तक बदल जाता है। वे परंपरा, रस्म, भाषा सबसे कटने लगते हैं। इसे कोई देश सह नहीं पाता। यही कारण है कि दुनिया के ज्यादातर देशों में एक भाषा ही बोली जाती है। विश्वविद्यालयों में अनेक भाषाएं पढ़ायी जाती हैं, लेकिन उनका सभ्यता के जीवन में कोई हस्तक्षेप नहीं होता। जहां–जहां भी ऐसा है, वहां–वहां सांस्कृतिक आक्रमण का खतरा उतना नहीं है, जितना भारत में है। हमारे यहां तो इसके लिए दरवाजे और दरीचे सदैव से खुले रखे गए हैं। एक लंबे अंतराल के बाद पठन सामग्री चर्चा का हिस्सा बनी। इस पर सिर्फ पाठ्यक्रम तय करते हुए तथाकथित शिक्षाविद् चर्चा करते हैं। इसलिए कुछ होता दिखाई नहीं देता। समकालीन राज्य व्यवस्था के अंतर्गत शिक्षा राज्य नीति के अंग के रूप में राज्य की नीतियों के अनुरूप समाज के सदस्यों का सामाजीकरण करती हुई राज्य के एक उत्तरदायित्व का निर्वाह करती है।

यही वजह है कि संविधान के अनुच्छेदों 22,29,30 में अल्पसंख्यकों को अपनी संस्कृति आदि की सुरक्षा के लिए अपने शिक्षा संस्थान स्थापित करने की अनुमति दी गई। डॉ. राधाकृष्णन का कहना था कि व्यक्तिगत और समूहगत लाभ की अपेक्षा सर्वहित की भावना को विकसित करने वाली शिक्षा ही लाभदायी होगी, बल्कि सही अर्थ में वही शिक्षा होगी और उसमें भारतीय दृष्टिकोण भी दिखाई देगा। अब ऐसे शिक्षाविदों की अनिवार्यता समाप्ति पर है, जो रटी रटाई पारिभाषिक शब्दावलि में इरादतन विचार को प्रोजेक्ट और इंजेक्ट करते हैं। हालांकि इसमें पर्याप्त काम करने की जरूरत है, मगर आगाज जरूरी है।

29 मार्च 2017

बूचड़खानों पर इतना शोर क्यों?

सुप्रीम कोर्ट ने 2012 में आदेशित किया था कि अवैध बूचड़खानों को लेकर एक कमेटी बनाई जाए। इसी आलोक में देखा जा सकता है कि अवैध बूचड़खानों को बंद किए जाने की बात थी। 2014 में अखिलेश यादव की समाजवादी पार्टी की सरकार ने भी इन्हें बंद किए जाने की घोषणा की थी। फिर योगी आदित्यनाथ की नई भाजपा सरकार पर इतने सवालों के पत्थर क्यों फेंके जा रहे हैं? यह तो कुछ ऐसा है जैसे योगी आदित्यनाथ अपना कोई निजी एजेंडा चला रहे हों। जबकि ऐसा कतई नहीं है। भाजपा ने अपने घोषणापत्र में इस मुद्दे को उठाया था, कहा था कि अवैध बूचड़खाने बंद किए जाएंगे। इसके बाद जनादेश 2017 आया, जिसने उत्तर प्रदेश की समस्याओं के उत्तर खोजने के लिए सत्ता भाजपा को दे दी। स्वाभाविक रूप से यह समर्थन भाजपा की नीतियों, कार्यक्रमों और परिवर्तन के साथ उसके घोषणापत्र पर सहमति के रूप में भी था। यह एक लोकतांत्रिक पार्टी का घोषणापत्र था, जिसपर जनादेश आया। फिर परेशानी क्या है? किन्हें है? इसे नाहक मजहबी और सियासी रंग देने की साजिशाना हरकत के पीछे कौन लोग हैं?

क्या उन्हें नहीं पता कि अवैध बूचड़खानों की वजह से लोगों के स्वास्थ्य पर बुरा असर पड़ रहा है, क्योंकि वे उनका मांस खाते हैं। क्या इन लोगों को नहीं पता कि जहां भी बूचड़खाने हैं, उनसे सटी नालियों में रक्त बहता रहता है। क्या इन्हें नहीं पता कि अवैध तरीकों से काटे जाने वाले पशुओं के बचे अवशेष गंगा और यमुना में प्रवाहित किए जाते रहे हैं। क्या इन्हें नहीं पता कि इससे वायु–प्रदूषण का भी खतरा होता है! यदि इन्हें मालूम है, तो इस सब का किसी भी मजहब से क्या ताल्लुक? इसका ताल्लुक यूपी के उन मासूम लोगों

से क्यों नहीं, जो इनके ग्राहक हैं और अ–समय मौत का शिकार हो जाते हैं। हालांकि इस बारे में आंकड़े उपलब्ध नहीं हैं। किसी अवैध काम को रोकने की बात करते ही लोग इसे सांप्रदायिक चश्मे से देखने लगते हैं। कितनी बे–हयाई से वे अपनी करतूत को अंजाम देते हैं और ठीकरा दूसरों के सिर फोड़ते हैं। कुछ लोगों का कहना है कि इससे छोटे मांस व्यापारियों का जीवन–यापन संकट में पड़ गया है। पहली बात तो यह कि सभी अवैध बूचड़खाने सिर्फ छोटे व्यापारी नहीं चलाते, दूसरा यह कि व्यापारी छोटा हो या बड़ा अवैध कारोबार से धनार्जन क्यों करेगा? इसका एक अनुवाद यह हुआ कि हर बेरोजगार को चोरी करने का हक दिया जाए, क्योंकि उसका जीवन–यापन नहीं हो पा रहा। इस तरह के तर्कों से न समाज चल सकता है और न देश। फिर कहा जा रहा है कि वैध बूचड़खानों पर भी गाज गिर रही है।

ऐसा कहीं नहीं हो रहा। नहीं हो रहा तो लोग हड़ताल क्यों कर रहे हैं? वे इसलिए हड़ताल कर रहे हैं कि उनसे कहा जा रहा है कि वे नियमों का पालन करते हुए बूचड़खाना चलाएं। लाइसेंसी बंदूक मिलने या बंदूक की दुकान का लाइसेंस मिल जाने का अर्थ यह तो नहीं कि आपको किसी को भी गोली मारने का भी लाइसेंस दे दिया गया है। हर खाद्य पदार्थ को बेचने के लिए भी नियम हैं, उनके नियामक बनाए गए हैं, ताकि जनता को किसी भी तरह से दिक्कत का सामना न करना पड़े। इसलिए यूपी सरकार चाहती है कि लाइसेंसशुदा बूचड़खाने भी नियमानुसार चलें। भला इसमें किसी को क्या आपत्ति हो सकती है। यह वैसा ही है जैसे नागरिक होने पर आपके कुछ अधिकार हैं जिन्हें आपसे कोई छीन नहीं सकता, लेकिन महाशय! आपके कुछ कर्तव्य भी हैं, जिन्हें निभाए बिना अधिकार बे–मानी और असंगत हो जाते हैं। इसलिए जितनी जल्दी हो सके लाइसेंसी बूचड़खानों के मालिकों को चाहिए कि वे एक बेहतर बदलाव की दिशा में उठे कदम को अपना समर्थन दें। इतना ही नहीं साथी व्यापारियों को समझाएं भी कि नियमानुसार काम करने से कोई दिक्कत नहीं आती, बल्कि इससे सरकार पर और सरकार का आप पर भरोसा बढ़ता है।

30 मार्च 2017

वासंती नवरात्र, प्रतीक और अर्थ!

भारतीय दर्शन कहता है कि इस देश की मिथक यह है कि यहां का कोई भी त्यौहार बिना कथा–उपकथा और उपाख्यान के नहीं होता। ये सब मिलकर त्यौहारों को सार्थक और प्राणवान बनाते हैं। नौ दिवसीय वासंती नवरात्र भी ऐसे ही हैं। इसमें नौ महीनों में स्त्री की स्थितियों के सांकेतिक रूप विद्यमान रहते हैं। ये नौ महीने सृष्टि प्रक्रिया की अवधि है और 9 दिन उसका प्रतिबिंबन। जन्म की एक दार्शनिक थ्योरी भी है। अस्तित्व की गहराई में छिपे रहस्य से सबका जन्म होता है। फिर वह पदार्थ हो या चेतना, पृथ्वी हो या स्वर्ग।

इसे कुछ इस तरह से समझें। ब्रह्मसूत्र की सर्वाधिक चर्चित और प्रमाणित टीका का अर्थ है 'भामति'। दरअसल, 'भामति' वाचस्पति मिश्र की पत्नी थीं। यह कथा भी पर्याप्त कहती है। वाचस्पति के परिवारियों ने एक दिन उनसे पूछा विवाह के बाबत, उस समय वे अपनी धुन में थे। उन्होंने स्वीकार कर लिया। इसके बाद निर्धारित दिन और मुहूर्त में विवाह हो गया।

रास्ते में विवाह के लिए जाते हुए भी वाचस्पति पूछते रहे–कहां जा रहे हैं? लोग चौंके, फिर उन्हें बताया कि तुम्हारी हामी के बाद विवाह के लिए जा रहे हैं। लौटे तो वे अपने काम में लग गए। करीब 12 बरस लगे उन्हें टीका लिखने में। इस बीच उनकी ओर दीपक जलता रहा, जिसकी रोशनी में वे लिखते रहे। उन्हें भान ही नहीं रहा कि वे विवाहित हैं। न भामति ने इसकी चेष्टा की। अंतिम दिन जब उनकी पोथी पूरी हो गई तो भामति रोशनी हाथ में लेकर उन्हें बिछौने तक रास्ता बताती चलीं। तब उन्होंने कहा–रात बहुत हो गई, तुम कौन हो? मैं तुम्हें छोड़ आता हूं, जहां तुम चाहो। तब उसने बताया कि मैं तुम्हारी पत्नी हूं। उन्होंने कहा–तुमने देर कर

दी। पहले बताना था, मैं तो प्रतिज्ञा कर चुका था कि काम पूरा होते ही घर त्याग दूंगा। वाचस्पति अश्रुसिक्त हो गए।

उनसे भामति ने कहा कि तुम जाओ, मैंने वह सबकुछ पा लिया, जिसके लिए मैं प्रतीक्षारत थी। इसलिए वाचस्पति ने अपनी टीका का नाम 'भामति' रखा। ओशो ने कहा है कि 'अस्तित्व के लिए तादात्म्य उन्हीं का होता है जो प्रार्थनापूर्ण प्रतीक्षा को उपलब्ध होते हैं।' इसके बाद भी भारतीय मानस में स्त्री के प्रति दोहरा भाव बना हुआ है। इस भाव से पुरुषवादी विमर्श पीछा नहीं छोड़ने देते। एक तरफ अतिसम्मान का दैवीय भाव है और दूसरी तरफ समकालीन स्त्री के प्रति अजीब–सा सामाजिक रवैया। जब तक वह सारे पुरुषोचित आदेशों को व्रतों की तरह मानती है, देवी है अन्यथा, फिर वह अन्यथा ही है। कम–से–कम इस देश में तो 'फेमिनिन मिस्ट्री' को समझने की कोशिश होनी चाहिए थी।

कम–से–कम यहां तो उसे अपने हक के लिए ओढ़े गए उपनाम की गुलामी से बचाया जाना चाहिए था, मगर ऐसा नहीं हो सका। सनातनी परंपरा की सगुण इष्टता में एक भी दांपत्य जीवन ऐसा नहीं निकला, जो प्रार्थनापूर्ण प्रतीक्षा को आग्रही प्रतीक्षा में बदलवाता हो। परमतस्व शिव दरबार में भी पार्वती के पास वे सारे अधिकार हैं, जो शिव के पास हैं। वहां भी देवी याचक नहीं है। दाता हैं, इसलिए देवी हैं। लेकिन हमारे यहां आजादी के इतने बरस बाद भी विवाहित होते ही लड़कियां अपना कोई फैसला खुद नहीं कर पातीं। उन्हें हर बात के लिए निर्भर रहने को विवश किया जाता है।

विवाहित महिलाओं की इस विवशता की सफलता में ही घरों की सफलता भी छिपी हुई होती है। वे यह समझने को राजी ही नहीं कि वह जितनी निर्भर होंगी, घर उतना ही पल्लवित होगा। जान लें, सरकण्डे की कलम खूबसूरत नहीं, बल्कि सही लिखती है। नवरात्र में समकालीन स्त्री को भी भारत में देवियों के सांकेतिक रूप की सत्ता प्राप्त हो, यही कामना है।

31 मार्च 2017

राष्ट्रीय कांग्रेस स्वयं सेवक संघ!

जैसा अज्ञेय ने कहा 'झील की कोखों से जहां झांकते थे, धूप के सोना मढ़े भाप के छल्ले, वहां अब मंडराता है घना नीला कोहरा, मनहूस बांझ सन्नाटे को करता और गहरा' कांग्रेसी झील में झांकें तो ऐसा ही पसरा दिखता है सन्नाटा, जहां रागबद्ध, लयबद्ध गर्म हवाएं बुनती हैं सन्नाटा राग! ऐसे में एक कांग्रेसी नेता और पूर्व ओलंपियन असलम शेर खान ने कहा कि वे राष्ट्रीय स्वयं सेवक संघ की तर्ज पर राष्ट्रीय कांग्रेस स्वयं सेवक संघ का गठन करेंगे। इसलिए कि 'सेवादल' की प्रासंगिकता खत्म हो गई है और उत्तर प्रदेश के चुनाव परिणामों ने जता दिया है कि यदि कांग्रेस अल्पसंख्यकों के बल पर भी सत्ता में आना चाहती है, तो यह संभव नहीं है। उन्होंने ये भी कहा कि आर.सी.एस.एस. का कोई परिधान नहीं होगा, लेकिन यह उसी तरह कांग्रेस की मदद करेगी, जिस तरह संघ भाजपा की इमदाद करता है। यह ठीक है कि असलम शेर खान कांग्रेस में उस कद के नेता नहीं हैं, जिस कद की कांग्रेस में पूछ–परख है।

फिर भी इससे साबित होता है कि कांग्रेसी दरी पर अब यह बात आम हो गई है कि विजयी होने के लिए कांग्रेस को न केवल अल्पसंख्यक, बल्कि सवर्ण और दलितों की भी दरकार है। ये कांग्रेस के साथ शुरू से रहे भी हैं। अगर इन्हें गलतफहमी न हो तो मुस्लिम समुदाय ने कांग्रेस के साथ कभी इंसाफ नहीं किया, लेकिन कांग्रेस इनके तुष्टिकरण में लगी रही। जब यह बात उजागर होने लगी और दूसरे समुदायों को लगने लगा कि कांग्रेस अपनी हरकतों से बाज नहीं आ रही तो उन्होंने पाला बदलना शुरू कर दिया। धीरे–धीरे कांग्रेस आज इस गति को प्राप्त हो गई, जहां से विजय का प्रकाश एक प्रकाश वर्ष दूर दिखाई दे रहा है। स्थिति का सरलीकरण इसे

कहते हैं कि भाजपा इसलिए विजयी हो रही है कि उसके पास संघ है, लिहाजा, उस तरह का काडर कांग्रेस तैयार करना चाहती है। यह उसके लिए असंभव जैसा है। राष्ट्रीय स्वयं सेवक संघ एक विचारधारा है, यह सत्ता लोलुप संगठन नहीं है। वस्तुतः यह नई सामाजिक अवधारणा को विकसित करता एक संयुक्त प्रयास है, जो राजनीतिक रूप से भाजपा के सर्वाधिक करीब है। ऐसे समर्पित और प्रतिबद्ध लोगों का कांग्रेस में वर्षों से सकाल हो गया। वे कैसे सम्यक दर्शन, सम्यक सोच और सम्यक समाज व्यवस्था के लिए काम कर सकेंगे, जिनका मात्र लक्ष्य किसी भी तरह से सत्ता हासिल करना है। मध्य प्रदेश और छत्तीसगढ़ में 15–15 वर्षों से भाजपा की सरकारें हैं। आपकी तमाम नापसंदगियों, नाराजियों और उल्कापाती सवालों के बावजूद दोनों ही राज्यों में भाजपा कमजोर नहीं हुई। इसका एक कारण इन सरकारों का सरोकारी काम करना है, दूसरा कारण विपक्ष का पूरी तरह ध्वस्त होना भी है।

छत्तीसगढ़ तो कभी पूरी तरह कांग्रेसी ही था। वहां से वर्षों जनसंघ या कोई पार्टी नहीं जीतती थी। अजित जोगी के कांग्रेसी मुख्यमंत्री बनने के बाद वहां लोगों को लगा कि यदि शोषण और जातिवाद नए राज्य का फलादेश है, तो हमें स्वीकार नहीं है। इनके शासनकाल के बाद वहां भाजपा की सरकार बनी और इसके मुख्यमंत्री रमन सिंह को 'चाउरवाले बाबा' कहा गया। यह ठीक है कि गरीबों के लिए बनाए गए सस्ते भोजन स्थल पूरे राज्य में अब बंद हो गए। फिर भी कांग्रेस के पास कोई गति नहीं है। वह एक बूढ़े पेटू की तरह उभरे हुए पेट पर हांफते हुए हाथ रखकर बैठी है। कदाचित यही हालत मध्य प्रदेश की है, जहां कुदाली दिग्विजय सिंह ने चलाई और उसके बाद लोगों में कितना गुस्सा रहा होगा इसका अनुमान कर सकते हैं कि आज तक कांग्रेस 'स्लिप डिस्क' के पेशेन्ट की तरह भी वहां नहीं चल पा रही। आर.एस.एस. की तरह संगठन बनाने की बात इस ओर जरूर संकेत करती है कि अब कांग्रेस सवर्णों को भी तवज्जो देने लगेगी, इससे ज्यादा इस बात का कोई अर्थ नहीं है।

1 मई 2017

तीन तलाक के मसले पर प्रधानमंत्री

तीन तलाक के मसले पर प्रधानमंत्री नरेंद्र मोदी ने अपील की है कि इस मसले को राजनीतिक रंग न दिया जाए। यह एक संवेदानात्मक मुद्दा है और मुस्लिम बुद्धिजीवियों को इसका हल निकालना चाहिए। उन्होंने यह भी कहा कि मुस्लिम महिलाओं को इससे मुक्त करने का गौरव पीढ़ियां याद रखेंगी। बात यह है कि यदि मुस्लिम बुद्धिजीवी सचमुच इसके लिए कमर कसकर तैयार होते हैं, तो कोई मुश्किल नहीं कि इसका हल खोज लिया जाए, लेकिन यदि मदरसा के आलिया स्तर तक पढ़े–लिखे लोग हल निकालने बैठे तो हल खोजने में वर्षों लगेंगे।

गोपाल दास 'नीरज' अलीगढ़ में ही रहते हैं और दो–आबी जुबां में 50 से ज्यादा वर्षों से गीत लिख रहे हैं। उन्होंने कहा कि मुझे जानकारी है कि ऐसा कहीं नहीं लिखा कि तीन तलाक हो। उन्होंने कहा कि 'आदि शक्ति वो, मातृशक्ति वो झुककर उसे प्रणाम करो, वो सबला है, अबला कहकर मत उसका अपमान करो' दिक्कत तब खड़ी होती है जब किसी मुद्दे पर संवाद नहीं होता। अपनों के बीच भी नहीं और कहीं होने का सवाल ही नहीं होता। संवाद पर पाबंदी समाज को घूर्णन गति पर घुमाती रहती है। मुसलमानों के लिए पर्याप्त अवसर हैं, लेकिन उनका लाभ उन तक नहीं पहुंच पा रहा। कुछेक राजनीतिक दल, जो स्वयं को उनके पक्षकार साबित करते रहे हैं, वस्तुतः उन सभी ने उनका इस्तेमाल एक वोट बैंक की तरह किया। इससे आर्थिक रूप से यह समाज कभी आत्मनिर्भर नहीं बन पाया। दूसरी तरफ राजनीतिक दलों ने इस समाज को सदैव

शंकाओं में उलझाए रखा, वे कभी देश की मुख्यधारा में शामिल ही नहीं हो पाए। देखा जाए तो मुस्लिम तुष्टीकरण की नीति ही मुस्लिम नष्टीकरण की नीति रही। उन्हें समझाया गया कि हिंदू हुकूमत से आपको खतरा है।

कोई खतरा नहीं है। कभी नहीं था। ऐतिहासिक रूप से देखें तो तुर्कों, मुगलों और पठानों के राज में भी औसत मुसलमान की हैसियत ऐसी ही थी, जैसी आज दिखाई देती है। अंग्रेजों के शासनकाल में भी मुसलमानों की दशा स्वतंत्र भारत से कहीं ज्यादा खराब थी। इसी बात को मुस्लिम लीग 1906 से 1947 तक कहती भी रही। मुस्लिम भाइयों को समझना होगा कि मुगल या अंग्रेजों के समय क्या कोई मुसलमान डॉ. जाकिर हुसैन, फखरुद्दीन अली अहमद या डॉ. कलाम सा. की ऊंचाइयों को छू सका? नहीं। इसकी संभावनाएं सिर्फ यही हैं। इसलिए बदलते वक्त की मांग है कि अब अलग–अलग रहने से काम नहीं चलेगा। मजहब अलग बात है, लेकिन सामाजिक मान्यताओं और कानूनों को एक जैसा होना होगा। हर समाज में एक लंबे समय के बाद बहुत सारी ऐसी बातें आ जाती हैं, जिनका होना नए जमाने में जरूरी नहीं होता। यह जिम्मेदारी उन लोगों की होती है, जिसका प्रधानमंत्री मोदी ने भी उल्लेख करते हुए बुद्धिजीवी कहा। हर देश और समाज में यह जिम्मेदारी उसी देश और समाज के इस वर्ग ने उठाई है, ताकि वहां समरसता पैदा हो सके। जिसे आप मुख्यधारा कहते हैं उसमें सभी सहभागी हों, एक नए भारत के निर्माण में यह बहुत जरूरी है।

इसलिए तीन तलाक जैसे मुद्दों को जितनी जल्दी हो सके मुस्लिम भाइयों को स्वयं हल कर लेना चाहिए। इससे उन्हें नए सिरे से परस्पर निर्भरता की सबलता हासिल होगी, जो घर का बुनियादी गुण सूत्र है। निर्भरता घटी और घर खो गए, परस्पर निर्भरता के लिए परस्पर सुरक्षा भी जरूरी है। सुरक्षा महसूस होने की चीज है, जिसे एक–दूसरे को देना होगा। तकिए के गिलाफ की तरह नहीं होता कोई मनुष्य कि जब चाहा बदल दिया। अगर समाज सामाजिक बुराई को स्वीकार कर लेता है, तो बुराई बहुत दिन ठहर नहीं पाती।

2 मई 2017

समाजवादी पार्टी में जारी है खींचतान

लोकतंत्र में जीत–हार से ज्यादा महत्त्वपूर्ण है अपने मुद्दों पर जनता को राजी करना, उसके बीच रहना, लेकिन यूपी चुनावों के नतीजों के बाद से समाजवादी पार्टी अब भी संयत नहीं हुई। इसके लिए अखिलेश यादव के वे बयान जिम्मेदार हैं, जो सिरे से भाजपा सरकार को खारिज करने में लगे हैं। वे कह रहे हैं जमीनी स्तर पर काम नहीं हो रहा। फिर कहां हो रहा है? इसे देखने के लिए भी तो उन्हें जमीन पर उतरना होगा। यूपी रोज स्वयं को बदलते हुए महसूस कर रहा है, इसमें नौकरशाही भी शामिल है और व्यापारी भी।

सड़क पर अपराध के घटने के बाद ठगे से एकाकी रह गए लोगों का खयाल कभी सपा को नहीं आया। कॉलेज और स्कूल जाने वाली छात्राओं के साथ होने वाली फिकरेबाजी लड़कों का शगल बनकर रह गया था। मुख्यमंत्री योगी आदित्यनाथ अंधेरे से अपराध तक पर नजर रखे हैं और सपा है कि कह रही कि कुछ हो ही नहीं रहा। स्वयं को सामयिक बनाए रखने के लिए मुद्दावार राजनीति करनी होगी, सिर्फ नई सरकार को निरस्त करने से कुछ नहीं होगा। अखिलेश को चाहिए कि वे सपा के सदस्यता अभियान पर ध्यान दें, ध्यान दें कि जो युवा उनसे जुड़ा था आज कहां है और क्या चाहता है? पार्टी को सुगठित करें और मुलायमी अखाड़े में राजनीति के दांव–पेंच सीखें। अब चुनाव हो गया तो आपके पास पर्याप्त समय है कि आपसी रंजिश को समाप्त करें और मुलायम सपा के शीर्ष पुरुष हैं, इस बात को कहें ही नहीं प्रचारित भी करें। तत्काल इसका कोई परिणाम नहीं निकलेगा, लेकिन यूपी ने जिस तरह आपको

सत्ता से निष्कासित किया, कम–से–कम आपको आदरांजलि तो भेंट करेगी। मुलायम, चाहे शिवपाल की भाषा बोलते हों, लेकिन काम तो अखिलेश जी के पक्ष में ही करते हैं।

पिछला विधानसभा चुनाव मुलायम सिंह ने जीता था अपने बूते। यह सही है कि अखिलेश ने भी उस समय पर्याप्त साइकिल चलाई, लेकिन विजयश्री मुलायम सिंह की वजह से मिली, जिससे आपके हाथ मुख्यमंत्री पद आ गया। इस बार आप देख ही नहीं पाए कि यूपी की पेशानी पर परेशानियों के पर्याप्त बल हैं, वह और अंधेरा और अपराध बर्दाश्त नहीं कर सकती और उसने अवसर आते ही भाजपा को चमत्कारिक रूप से भरपूर सीटें दे दीं। सपा की दुर्गत के लिए अखिलेश यादव आप जिम्मेदार हैं। बिलकुल इसी तरह का व्यवहार बसपा भी कर रही है। बजाय कि वे नई सरकार की आगे बढ़ती नीतियों को आगे बढ़ने में सहयोग दें, वे निंदा कर रहे हैं। नई सरकार को पूरा वक्त दें और फिर आपकी आशानुरूप कुछ न हो सके, तब बयानबाजी करें। चंद्रशेखर जी को श्रद्धांजलि देते समय भी पूर्व मुख्यमंत्री नई सरकार पर टूट पड़े थे। वे समाजवादी आंदोलन, चंद्रशेखर जी की विचार श्रंखला पर बोलने के बजाय योगी सरकार की नुक्ताचीनी में लग गए।

इससे समाजवादी आंदोलन को गहरी ठेस लगेगी और अगर यह भाव भी प्रसारित हो गया कि सपा नई सरकार को काम नहीं करने दे रही, तब आपकी 'इमेज' का क्या होगा? सपा सरकार तो यूपी की बेहतरी चाहती थी, लेकिन उसके लिए कभी फेहरिस्त नहीं गिना पाई कि उसने किया क्या? यह सरकार भी बेहतरी चाह रही है और उसके लिए उसके मंत्री भी रतजगा कर रहे हैं।

स्वीकार के इसी भाव को आपके भीतर उतारने के लिए ही योगी शपथविधि समारोह में मुलायम सिंह आपको साथ ले गए थे। स्वीकार भी लोकतांत्रिक उत्सव का गुणधर्म है। सिर्फ निंदा आलोचना से कोई पार्टी नहीं चली। यह टकरावी भाषा है और जनादेश का परिहास। कम–से–कम इससे अखिलेश बचेंगे और अपने साथियों को ताकीद करेंगे कि सपा को मजाक बनने से बचाएं, भले ही किसी ने संविधान पढ़ा हो या न पढ़ा हो।

3 मई 2017

लड़ाई इतनी न बढ़े कि युद्ध अनिवार्य हो जाए

पाकिस्तान को समझना होगा हालांकि समझ से उसका कोई लेना–देना लगता नहीं, फिर भी कि आपसी लड़ाइयां इतनी न बढ़ें कि युद्ध अनिवार्य हो जाए। वह लगातार भारतीय अस्मिता, नेतृत्व को चुनौती देते हुए हमारे भू–भाग में गड़बड़ी फैलाता रहा है। वह अय्यूब खान का वक्त हो या आज का दौर! पाकिस्तान संवाद की भाषा पर एतबार जताता जरूर है, लेकिन करता कभी नहीं। 65 की गर्मियों के आखिर तक पाकिस्तान ने ऑपरेशन जिब्राल्टर की तैयारी की और 1 सितंबर को छम्ब क्षेत्र में भारी हमला किया।

हमला इतना तेज था कि उन लोगों ने 24 घंटे में 30 वर्गमील जमीन कब्जा ली थी। दरअसल, पाकिस्तानी अखनूर के पुल पर कब्जा करना चाहते थे, ताकि जम्मू–कश्मीर और पंजाब के बीच का संबंध तोड़ा जा सके। 5 सितंबर को पेटन टैंकों के दो रेजिमेंटों के साथ वे भारतीय सीमा में थे। जानते होंगे पेटन टैंक अमरीका की मेहरबानी से उसे मिले थे। इससे दिक्कतें बढ़ गईं। लाल बहादुर शास्त्री ने भारतीय सेना को 6 सितंबर से पंजाब की तरफ से लाहौर के लिए रवाना किया। इसके बाद पाकिस्तानी हड़बड़ा गए और बेहद मुश्किल हालात में वे पंजाब तक पहुंच सके थे। असलउटर भारतीय सेना जीत गई, लेकिन लाहौर पर कब्जा नहीं हो पाया था, यह सवाल आज तक अनुत्तरित है कि ऐसा क्यों नहीं हो पाया था? 22 सितंबर को लड़ाई खत्म हुई। अभिप्राय यह कि पाकिस्तान अनवरत युद्ध जैसे हालात बनाता रहता है और जब भी उसे लगता है वह युद्ध से गुरेज नहीं करता। मगर उसे अब यह समझना होगा कि एशियाई

शांति की आड़ में उसकी तरफदारी करने वाले न तो वे अमरीकी हैं और न चीन अब चाउ–एन–लाई के हाथों में है, जिन्होंने लाहौर की तरफ बढ़ने वाली भारतीय सेना की आंच देखकर पाकिस्तान पर छतरी तानने की कोशिश की थी।

देश और परिस्थिति बदल गई है। आवामी लीग के समय जिस तरह कट्टरपंथी पाकिस्तान ने पूर्वी पाकिस्तान के विश्वविद्यालयीन छात्रों पर सेना से हमला करवा दिया था, उसी की परिणति मुक्तिवाहिनी थी और उत्तरकाल में बांग्लादेश! शेख मुजीबुर रहमान को भारत ने ही समर्थन दिया था और नियाजी को 90 हजार सैनिकों के साथ आत्मसमर्पण करना पड़ा था। उम्मीद है कि पाकिस्तान को यह सब याद होगा। फिर भी वह भारतीय शहीदों के सिर ले जाने की हरकत कर रहा है। इससे पहले भी 99 में कारगिल युद्ध के समय कई भारतीय सैनिकों के कानों में गरम लोहे की छड़ें डालीं, आंखें निकाली लीं, 2013 में शहीद हेमराज का सिर काटकर ले गए। क्या है यह सब? क्या यह भारत के सब्र का इम्तिहान है?

रक्षा मंत्री अरुण जेटली ने कूटनीतिक अप्पिणी करते हुए कहा कि ये बलिदान व्यर्थ नहीं जाएंगे। क्या अर्थ है इस तरह की कूटनीतिक अप्पिणी का? या तो संवाद का कोई ऐसा रास्ता निकालें कि देश के सैनिक के सम्मान के साथ फिर कभी बदसलूकी न हो। या कूटनीतिक मार्ग तलाशें जिसमें अंतरराष्ट्रीय बल का इस्तेमाल हो और पाकिस्तान समझ सके। ऐसा नहीं है कि पाकिस्तान की राजनीति को सेना की हरकतों का पता नहीं होता या उनके संज्ञान में नहीं होता।

ऐसा तो सिर्फ वे 'डिप्लोमेटिक माइलेज' लेने के लिए करते हैं। पाकिस्तान का व्यवहार कभी पड़ोसी की तरह नहीं रहा। अनेक समझौते और अनेक स्तरीय वार्ताओं के दौर उसकी जिदों के आगे बह गए, फिर वह शिमला समझौता हो या अटल जी के जमाने का 'आगरा समिट' या कि लाहौर बस यात्रा! सब के सब अर्थहीन होकर इतिहास के दस्तावेज हो गए समय की पीली धूप सहते हुए। इसलिए आज यह बेहद अनिवार्य है कि भारत सरकार इसका सुनिश्चित प्रबंध करे कि पाकिस्तान का दुस्साहस बंद हो और हमारे जवान बिना युद्ध के शहीद न होते रहें।

4 मई 2017

अनवरत फिसलन पर समाजवादी पार्टी

जैसे अंधेरे के हर कोने में झिपझिपाती हर आंख रोशनी के सपने देखती है, बड़ी जल्दी समाजवादी पार्टी सत्ता जाने के बाद पसरे सन्नाटे और अंधेरे से त्रस्त हो गई और देख रही है रोशनी के सपने! कुनबापरस्ती में भी आपात स्थिति में एकता प्रबल हो जाती है, लेकिन सपा में आपसी झगड़े थमने का नाम नहीं ले रहे। एक तरफ प्रोफेसर रामगोपाल यादव, अखिलेश को दूर किसी खपरैल की अमिअमिाहट को दिखाकर फिर सरकार में आने का दिलासा देकर मुलायम सिंह यादव से दूर किए हुए हैं। दूसरी तरफ शिवपाल के पास आस्था की सिर्फ एक ही मसनद है मुलायम सिंह! उन्होंने फिर दोहराया कि अखिलेश को चाहिए कि वह पार्टी की कमान फिर से मुलायम को सौंप दे। वैसे उसने कहा भी यही था कि चुनाव हो जाने दीजिए पार्टी मुलायम सिंह जी की है और उन्हीं की रहेगी। मैं चुनाव के बाद पार्टी उन्हें सौंप दूंगा। मगर सिपहसालारों के सिले जिरहबख्तर में अपने को महफूज समझने वाले अखिलेश यह भूल रहे हैं कि वे पस्त हो चुके हैं, चुनावी युद्ध समाप्त हो गया है।

ऐसे में अब भी चाटुकारों से घिरे रहकर वे कुछ हासिल नहीं कर पाएंगे। जानते तो होंगे ही कि यह पार्टी एक आंदोलन है। सिर्फ विजय की गर्वीली अप्पिणियों और खामखयाली में जीने वाली पार्टी यह नहीं है। गैर कांग्रेसवाद के अगुआ रहे मुलायम और उनके बेटे ने कांग्रेस से समझौता कर विधानसभा चुनाव लड़ लिया। इसे वे राजनीतिक दुरभिसंधि और अमोघ अस्त्र के रूप में देख रहे थे। तब भी उम्र का उत्तरार्द्ध झेल रहे मुलायम सिंह ने इस मैत्री को अर्थहीन

करार दिया था और कहा था कि सपा अकेली सक्षम है, उसे कांग्रेस के 'हाथ' की जरूरत नहीं है, लेकिन अखिलेश जिद पर अड़े रहे और निर्भर करते रहे उन 'सेफोलाजिस्ट' पर, जिन्हें वे हावर्ड से न्यौत लाए थे। वे जोड़–तोड़, गुणा–भाग कर उन्हें समझाते रहे कि कांग्रेस के इस तरफ आ जाने से सवर्ण वोट कैसे और कितना आ जाएगा।

बिना इस बात की परख किए कि कांग्रेस से मतदाता छिटक रहा है और इसका आधार क्या है कि सवर्ण वोट कांग्रेस के साथ हैं। स्थानीय निकाय के चुनाव की सुगबुगाहट होते ही राजबब्बर ने कह दिया कि सपा के साथ की मैत्री पूरी हो चुकी। कांग्रेस अपने दम पर चुनाव लड़ेगी। इस पर अखिलेश ने कहा कि उसे अपनी औकात दिख जाएगी। यह है उनकी दुरभिसंधि का पटाक्षेप! अब शिवपाल ने बिलकुल साफ कर दिया है कि अगर अखिलेश पार्टी अध्यक्ष पद पर गुंजलक बनाकर बैठे रहे तो वे नया मोर्चा बना लेंगे। स्वाभाविक है कि मोर्चे के अध्यक्ष मुलायम सिंह होंगे। यदि ऐसा होता है तो सपा का हवा में उड़ता गुब्बारा नष्ट हो जाएगा, क्योंकि यूपी में आज भी मुलायम सिंह का जनाधार है, उनका लोगों के साथ आत्मीय रिश्ता है, इतना ही नहीं दूसरी पार्टियों में भी उनका पर्याप्त सम्मान है। यह सब हासिल करने में अखिलेश को दशकों लगेंगे और यह आवश्यक भी नहीं कि हासिल हो ही जाए। मुलायम अकेले अपने आप में एक पार्टी हैं। उनकी उपस्थिति एक आंदोलन है। इसे याद रखना होगा। वह अपने बेटे को पराजय का दंश देना नहीं चाहता था, इसलिए उसने युद्ध को आगे नहीं बढ़ाया। फिर भी सपा हार गई। पिछले दिनों रामगोपाल ने कहा कि शिवपाल ने संविधान नहीं पढ़ा, आज उन्होंने कह दिया कि शकुनि को गीता पढ़नी चाहिए। इस तल्खी, कटुता और मालिन्य से समाजवाद की जाजम नहीं बिछाई जा सकती। उनके मंत्री रहे आजम खां की जुबां रोज आग उगलती है।

जौहर यूनिवर्सिटी को उन्होंने डायनामाइट लगाकर उड़ाने की धमकी दे दी। बात इतनी भर थी कि राज्यमंत्री बलदेव औलख वहां जनता दरबार लगाना चाहते थे। इससे पहले उन्होंने कहा कि मोदी जी मुसलमानों को इतना तंग करेंगे तो वे यूएन जाएंगे। अखिलेश को चाहिए कि वह बिखरती पार्टी को संभालें और परिवारी विवादों को समाप्त कर अगली पगडंडी को यात्रा के लिए चुनें, वरना कोई चमकता भविष्य नहीं है।

5 मई 2017

गुजरात में गहलोत की गुगली

इस जन्मदिन से राजस्थान के पूर्व मुख्यमंत्री अशोक गहलोत के कांग्रेस में अच्छे दिन आ गए लगता है। वैसे अशोक बुनियादी रूप से जादूगर हैं। वे जादूगर आनंद के भी करीबी हैं। जादू के कई शोज भी कर चुके हैं। इस बरस गुजरात में विधानसभा चुनाव हैं और कांग्रेस के लिए एक बार फिर बड़ी चुनौती है। इस बार कांग्रेसी आलाकमान ने प्रदेश की कमान गहलोत के हाथों में सौंप दी है और उसे उम्मीद है कि अशोक जरूर कोई जादू करेंगे, जिससे कांग्रेस, मोदी के गढ़ में अपना रुतबा कायम रख सकेगी। अशोक ने इसके लिए स्थापित गुजराती कांग्रेसी शंकर सिंह बाघेला को प्रदेश का क्षत्रप बनाने की ठानी है, जिनकी प्रतिष्ठा के आगे मोदी भी नतभाल होते हैं। यह गहलोत की ही योजना थी , जिसके चलते गुजरात की नवसर्जन यात्रा की योजना बनाई गई और पार्टी के उपाध्यक्ष राहुल गांधी को देड़ियापाड़ा बुलाया गया। स्वाभाविक रूप से वह विशाल रैली थी। आदिवासियों के इलाके में की गई रैली का मसरब कुल इतना था कि यह समूह किसी भी तरीके से किसी और पार्टी की तरफ न जा पाए। वैसे भी एक मान्यता कांग्रेसियों में है कि आदिवासी, दलित, भाजपा को वोट नहीं देते हैं। यद्यपि इस मान्यता का कोई तार्किक आधार नहीं है। मध्यप्रदेश के पेटलावाद, थांदला, जोवट, झाबुआ, अलिराजपुर इस बेल्ट में पहले कांग्रेस ही थी और किसी दल का नामलेवा नहीं था। आज कांग्रेस वहां से नदारद है। छत्तीसगढ़ का बस्तर, वहां भी यही हालत है। झारखंड में भी ऐसा ही हुआ। इसलिए यह कहना कि आदिवासी भाजपा को वोट नहीं देते कोई माने नहीं रखता। अलबत्ता यह कहा जा सकता है कि वे एक लंबे अंतराल से कांग्रेसी वोटर रहे हैं।

इन्हीं बेल्टस में सबसे ज्यादा धर्म–परिवर्तन भी हुए हैं। बह. रहाल, अशोक गहलोत ने इसी परिकलन के मद्देनजर कांग्रेसी आका की रैली आयोजित की। वहां राहुल गांधी ने घोषणा की कि मोदी के प्रदेश में मोदी को हराएंगे। राहुल भीड़ देखकर खासे उल्लासित हो गए और उन्होंने मोदी पर तंज कसा कि हम मन की बात करते नहीं मन की बात सुनते हैं। पता नहीं विदेश में जाकर किसी के मन की बात सुनते हों, इस देश में किसके मन की बात इन्होंने सुनी है। आदिवासियों में कोई बड़ा नेता कांग्रेस में अर्से से नहीं हुआ। मन का ताल्लुक भी इनसे है, यह आश्चर्यजनक सूचना है। ये सपा के साथी बने यूपी में और सपाई मुंह दिखाने के लायक नहीं बचे। सबसे अधिक बार सपा, कांग्रेस गठजोड़ ने दावा किया कि वे सरकार बनाएंगे। बनारस में प्रधानमंत्री के रोड–शो के प्रत्युत्तर में रोड–शो किया और दावा किया कि यह द्योतक है कि सरकार हमारी बन रही है। कहा कि बनारस की सीटों पर भी सपा, कांग्रेस जीतेंगे, इसी डर से मोदी जी वहां तीन दिनों तक रुके रहे। सिर्फ सपने में जीने से तात्कालिक खुशी तो मिल सकती है, लेकिन वर्षों मन मसोसकर रहना पड़ता है। बिना किसी ब्लू–प्रिंट के कि कैसे आप इस या उस प्रदेश को प्रगति के पथ पर ले जाओगे, क्या करोगे? कैसे जन–भागीदारी बढ़ेगी? ग्राम स्वराज का क्या होगा? पार्टी की अधिनायकवादिता कभी खत्म होगी या पार्टी के कार्यकर्ता सिर्फ भिखारी की तरह नजर आते रहेंगे। राहुल बाबा! इसका जवाब अब नेहरू जी देने नहीं आएंगे, तुम्हें ही देना होगा।

बताना होगा कि गांधीवाद कांग्रेस ने नेपथ्य में क्यों डाल दिया? शास्त्री जी का नाम उस सम्मान में पार्टी में क्यों नहीं लिया जाता? इंदिरा जी की तस्वीर भी धीरे–धीरे पीछे होती जा रही है। कांग्रेस को इरादतन इतिहास से मुक्ति पानी होगी। सोचना होगा एक समय पूरा देश कांग्रेसमय था, आज मोदीमय है, क्यों? क्योंकि कांग्रेस ने कभी भारतीय मानस को पढ़ने में समय खर्च नहीं किया। वह मानती रही नीत्शे की तरह कि 'मॉरेलिटी ऑफ मास्टर्स' और 'मॉरेलिटी ऑफ स्लेब्स' में सदैव अंतर होता है। इस सामाजिक चतुराई भरी गलती का खामियाजा भी तो कांग्रेस ही भरेगी। गुजरात सिर्फ जादूगरी से नहीं जीता जा सकता, इतना जान लें।

6 मई 2017

एक थी निर्भया...! यही नाम सब जानते हैं!

सिमोन–द–बोउआ ने कहा था 'स्त्री पैदा नहीं होती, बनाई जाती है।' अलग–अलग समाजों में स्त्री बनाए जाने का प्रचलन है और इससे भी ज्यादा हड़बड़ी में हैं वे लोग, जो हर लड़की को सिर्फ मादा मानते हैं। उन पर आज तक सभ्य समाज की किसी नैतिकता का एक भी चिह्न मौजूद नहीं है। खिन्न, डरे हुए, परास्त और सिर्फ पुरुष देह से जीतने की अभीप्सा रखने वाले कुत्सित चेहरे! इन्हीं में से राम सिंह, मुकेश सिंह, पवन गुप्ता, विनय शर्मा, अक्षय ठाकुर और एक नाबालिग लड़के ने 16 दिसंबर 2012 की रात मुनीरका इलाके से निर्भया और उसके पुरुष मित्र को बस में बिठाया। फिर गैंगरेप किया, मारा–पीटा, अमानुषिक बर्ताव किया और महिपालपुर फ्लाईओवर के पास फेंककर चले गए। 11 दिन बाद निर्भया की मौत हो गई। राम सिंह ने तिहाड़ में आत्महत्या कर ली। चार आरोपियों को मौत की सजा सुनाई गई थी, जिसे सुप्रीम कोर्ट ने बहाल रखा अर्थात इन सभी को फांसी होगी, लेकिन वह नाबालिग सुधार केंद्र से तीन साल की सजा पाकर मुक्त हो गया! क्यों?

उसके कारनामे कंपा देने वाले हैं। वह 'हीनियस क्राइम' का मुख्य आरोपी है। उसे नाबालिग भी क़ैसे माना जाना चाहिए? क्यों और कैसे है वह नाबालिग? फिर इस बात की गारंटी कौन लेगा कि इस तरह के अपराध में संलिप्त रहने के बाद भविष्य में वह कुछ नहीं करेगा। अपराध आदतन भी होते हैं। जैसे चोरी के लिए 'क्लेप्टोमेनिया'! इसमें शख्स को पता ही नहीं होता कि वह चोरी कर रहा है। फिर यह तो भयानक जुर्म है! उसे सभ्य समाज में खुला कैसे छोड़ा जा सकता है? इन सभी लोगों की तुलना में उसका अपराध कमतर कतई नहीं है। इसलिए यदि जरूरी हो तो विधान

में संशोधन कर उसे भी दंडित किया जाना चाहिए। बिल्कुल इसी तरह! याद रहे कि 16 को घटी दरिंदगी की इस घटना के बाद वह नाबालिग 21–22 दिसंबर की रात पकड़ा गया था। 18 दिसंबर को तत्कालीन विपक्ष की नेता सुषमा स्वराज ने सभी दोषियों के लिए फांसी की सजा की मांग की थी। चलती बस में 20 किलोमीटर तक हुए हैवानियत के इस नंगे नाच का सिर्फ साक्षी नहीं सहभागी था नाबालिग! इसलिए उसे किसी भी हालत में छोड़ा नहीं जाना चाहिए। कोर्ट ने दोषियों की फांसी की सजा बरकरार रखते हुए कहा कि 'निर्भया कांड सदमे की सुनवाई थी।' जैसे ही फैसला आया लोगों ने कोर्ट में तालियां बजाईं। निर्भया के पिता ने कहा 'कोर्ट ने निर्भया के दर्द को समझा'।

मुद्दा अब भी यह है कि किसी भी रुग्ण और खंडित समाज से एक सभ्य समाज की कल्पना कैसे की जा सकती है। इसके लिए उपाय कौन ढूंढेगा? लड़कियों के लिए सहज और सुरक्षित समाज हम कब दे पाएंगे? क्या ऐसा संभव है? स्त्री की उपस्थिति ही एक घटना है, जिसका मौन भी पुरुष की प्रखरता से ज्यादा प्रभावशाली होता है, लेकिन उसकी सार्थक और गरिमामयी उपस्थिति से भी सहज और प्राकृतिक स्त्री निर्मित नहीं हो पा रही, शायद इसलिए कि समाज के हर चौखटे पर पुरुषवादी विमर्श मौजूद है। उसे पता ही नहीं कि एक सहज और प्राकृतिक स्त्री इस बीमार समाज को जागृत, स्वस्थ और कीर्तिमान बनाने का दम रखती है। स्वतंत्र स्त्री का ही स्वतंत्र व्यक्तित्व हो सकता है। 'प्रकृति की द्वंद्वात्मकता' एंजिल्स के बाद हमारे यहां ज्यादा विकसित है। मार्क्स के यहां भी स्त्री बनाम स्त्री के द्वद्व को पूरी तरह व्यक्त नहीं किया जा सका। जैविक और ऐतिहासिक परिस्थिति के कारण स्त्री न तो वर्ग बन पाई , न समुदाय, न जाति! लेकिन हमने उन्हें तीनों रूपों में देखने की कोशिश की है। हिंदू स्त्री, मुस्लिम स्त्री, आदिवासी स्त्री या और तरह से! किसी और रूप में, पुरुष के तमाम बंधनों के बीच स्त्री स्वतंत्र कैसे हो सकती है? यदि वह नहीं है, तो इसके लिए हमारे समाजों के सींखचे जिम्मेदार हैं। इन सींखचों के बावजूद यदि वह थोड़ी सांस लेने की कोशिश करती दिखती है, तो कहीं धक्का–मुक्की, कहीं फब्तियां, कहीं बलात्कार जैसी दुर्घटनाएं सुनाई देती हैं। वैसे फांसी की सजा पर्याप्त और योग्य दंड है।

8 मई 2017

आम आदमी पार्टी का खास झगड़ा

जैसे तितली अपने कोकीन से निकलते हुए संघर्ष करती है, वैसे ही यदि कोई दल जनता के बीच संघर्ष कर निकलता है तो निख. रता है। जिस तरह तितली के पंख उस संघर्ष से उड़ने लायक बन जाते हैं, उसी तरह उस पार्टी को जनसहयोग के, जनाधार के रूप में पंख मिल जाते हैं। लेकिन जो पार्टी संघर्ष किए बिना किसी बड़े आंदोलन के उप–उत्पाद के तौर पर खड़ी हो जाती है, तो भीतर से वह बे–दम होती है, सैद्धांतिक रूप में अपाहिज! उसके पास कहने को कुछ नहीं होता सिवा इसके कि 'सब भ्रष्ट हैं'। इसका एक अर्थ तो यह भी है कि सिर्फ हमें छोड़कर बाकी सभी भ्रष्ट हैं। आप हैं कौन लोगों और दलों को प्रमाण पत्र बांटने वाले! आम आदमी पार्टी की आज यही दशा है। इस पार्टी के अनेक लोगों पर प्रकरण हैं। पार्टी की संस्थापना के समय से जुड़े लोग पार्टी की अधिनायकवा. दिता और गड़बड़ियों को लेकर अरविंद को छोड़ चुके हैं। प्रशांत भूषण और योगेंद्र यादव अपनी अलग पार्टी भी बना चुके हैं, लेकिन केजरीवाल समझ नहीं पा रहे कि चूक कहां हो रही है!

इतने कम समय में वैकल्पिक राजनीति जैसा मुहावरा उछालने का साहस करने वाली पार्टी किरच–किरच हो रही है। सरकार बनने के बाद दिल्ली के लिए उन्होंने कुछ किया हो, तब भी वह उनके और उनकी पार्टी के विभिन्न जगह किए झगड़ों की झनझनाहट में दबकर रह गया। यह बात समझ से परे है कि बिना किसी ठोस मुद्दे और वैचारिक क्षमता के महज चुनाव लड़ने की क्षमता के आधार पर किसी राज्य का मुख्यमंत्री अपने प्रदेश को 'राम दुआरा' समझकर अन्य कहीं चुनाव लड़ने कैसे जा सकता है? या तो अरविंद केजरीवाल भारतीय राजनीति को ऐसा हलुआ समझते हैं कि वे मफलर पहनकर

हाथ उठाकर जो भी कह देंगे, जनता उसे सदैव सही मानते हुए सिर्फ उन्हें ही वोट देती रहेगी। या कि वे ऐसा समझते हैं कि दूसरी जितनी भी पार्टियां हैं न तो उनका जनाधार है, न उनके पास मुद्दे हैं सिर्फ आम आदमी पार्टी को उनके सामने खड़ा भर होना है फिर तो सामने वाली पार्टी इनकी आंधी में ही उड़ जाएगी। या वे ऐसा मानते हैं कि इस दौर की राजनीति में मुद्दों की जरूरत ही नहीं है, सिर्फ लोकलुभावन जुमलेबाजी से चुनाव जीते जा सकते हैं, जैसे बिजली, पानी पर उन्होंने दिल्ली फतह की। उनकी इस सोच पर सिर्फ चिंता ही जतायी जा सकती है। आखिर कारण क्या है कि योगेंद्र से लेकर कपिल मिश्रा तक सभी अलग चले गए। ये सभी गलत थे तो क्या केजरीवाल अकेले सही हैं? कपिल ने कहा भी कि 'मैं अकेला मंत्रिमंडल में था, जिस पर भ्रष्टाचार का एक भी आरोप नहीं लगा।' भ्रष्टाचार यदि आपके लिए दिखावटी मुद्दा नहीं था तो कपिल को हटाया क्यों गया?

क्या यह टैंकर घोटाले से जुड़ा मुद्दा है या ईवीएम मामले में साथ न आने का खामियाजा या कि कुमार विश्वास के साथ थी उत्तरवर्ती अनुक्रिया। कपिल मिश्रा ने कहा कि श्मैंने किसी रिश्तेदार को नहीं लगाया' आज उसने साफ–साफ कहा कि 'अरविंद को दो करोड़ रुपए मेरे सामने दिए गए।' अब क्या कहना है मिस्टर क्लीन! आपकी ईमानदारी आपका गहना हो सकती है, लेकिन इसे प्रमाणित करने के लिए यदि आप सभी को बेईमान कहेंगे तो लोग ढूंढेंगे कि आप कहां तक भीगे हुए हैं! कुमार राजनीति के खिलाड़ी नहीं, लेकिन आप के साथ शुरू से लगे हुए हैं। बदलाव में यकीन करते हैं। इसलिए सिर्फ आरतियां नहीं लिखते। ध्वज फहराते हुए भी जो सफलता केजरीवाल जी आपको अन्ना आंदोलन में मिली, उसमें भी किरण बेदी और कुमार विश्वास बराबरी के हकदार हैं। यह और बात है कि आपने अण्णा हजारे को भी किनारे कर दिया। कल तक उन्हें गांधी छवि में ढाला जा रहा था, जेपी दिखाने की कोशिश हो रही थी। बिना इस बात को समझे कि गांधी और जेपी के पास उत्तर भी थे। बहरहाल, आज आम आदमी पार्टी फिसलन पर है और यह चुनौती पहले दिन की चुनौती से कहीं बड़ी है।

9 मई 2017

मेहबूबा की विदाई तक कश्मीर हल मुश्किल

जैसा कि जम्मू–कश्मीर की मुख्यमंत्री मेहबूबा ने स्वयं माना कि उनकी पार्टी के डरे हुए कार्यकर्ता गांव छोड़कर भाग गए हैं, इन हालातों में लगता नहीं कि वे कश्मीर समस्या के हल में जरूरी भूमिका निभा सकती हैं। 96 में जब वे बिजबेहरा से चुनाव लड़ी थीं 2008 तक आते–आते उन्होंने अपनी पार्टी की संख्या 21 कर ली थी। वे पूरी तरह पिता मुफ्ती साहब के पीछे खड़ी थीं, उस दौर में भी जब कांग्रेस की वजह से मुफ्ती तीन साल के लिए मुख्यमंत्री बने थे। आखिर क्यों सरकार बनने के बाद सुरक्षा डोनियर में लिखा गया कि चुनाव के समय जो युवा पीडीपी की तरफ आकर्षित हुए थे, वे खुद को ठगा–सा महसूस कर रहे हैं। दिक्कत यह भी है कि जमात और अलगाववादी समूहों के लोग, जिसमें बड़ी तादाद में युवा शामिल हैं, इस बात को प्रचारित कर रहे हैं कि भाजपा और संघ उनकी मुस्लिम और कश्मीरी होने की पहचान नष्ट कर देंगे। ऐसे में मेहबूबा क्या कर रही हैं? न तो वे सरकार का रुख स्पष्ट कर पा रही हैं, न भाजपा के स्टैण्ड को समझा पा रही हैं।

पत्थरबाजी लगातार जारी है और इसके समर्थन भी कुछेक लोग लिखने लगे हैं, इसलिए भी कि वस्तुस्थिति सरकार स्पष्ट नहीं कर रही। जैसे अफशां आशिक का मामला। वह पेशेवर फुटबाल खिलाड़ी है और उसका कहना है कि एक पुलिसकर्मी के उसके साथी के साथ बदसलूकी करने के बाद से वह पत्थरबाजी करने को बाध्य हो गई। उसके खिलाफ एफआईआर दर्ज है, इसलिए कि उसके फेंके पत्थर से युवा आईपीएस अधिकारी के सिर की हड्डी चटक गई।

क्या हो रहा है? इसकी जवाबदेही थोड़ी बहुत भी मुख्यमंत्री पर है या इस सबके लिए सिर्फ केंद्र सरकार जिम्मेदार है। इस मसले पर विपक्ष भी बेहद गंभीर है। शरद यादव इस मसले में लगभग सभी विपक्षी दलों, जिसमें कांग्रेस शामिल है, संपर्क कर रहे हैं। वे सिर्फ इस बार नारेबाजी जैसा करतब नहीं कर रहे, बल्कि संपूर्ण संजीदगी से इस पर काम कर रहे हैं कि एक बड़ा 'कान्क्लेव' किया जाए, जिसमें विशेषज्ञ भी शामिल हों, ताकि रचनात्मक विकल्प प्रस्तुत किया जा सके। इसमें यशवंत सिन्हा भी भागीदारी करेंगे। मालूम होगा कि यशवंत सिन्हा दो बार कश्मीर का दौरा कर अपनी रिपोर्ट पीएमओ को दे चुके हैं। यह बेहतर कदम इसलिए है कि विपक्ष का काम महज मीनमेख निकालना और सरकार को कोसना नहीं होता, वह अपनी आलोचना के बावजूद रचनात्मक विकल्प भी सरकार को सुझाता है। इस दृष्टि से कश्मीर पर की जाने वाली यह पहल महत्त्वपूर्ण होगी। इसमें इन दिनों किए गए सभी दलों के विमर्शों को स्थान मिलना चाहिए, ताकि कोई सर्वानुमति किसी राष्ट्रीय मुद्दे पर बनाई जा सके।

वैसे ऐसा लगता नहीं कि कश्मीर की खबरें जिस तरह मीडिया में आ रही हैं, उससे ज्यादा गृहमंत्रालय तक न पहुंच रही हों। अनंतनाग का उप–चुनाव जिस तरह स्थगित किया गया, वह यह बताने के लिए पर्याप्त है कि सूचनाएं पर्याप्त हैं और सरकार इस मामले में ठोस कदम उठाने जा रही है। लेकिन इसमें देरी करना उचित नहीं है, क्योंकि देश के सैनिकों का सम्मान और हौसला सबसे महत्त्वपूर्ण है, उससे देश की पहचान है। इसलिए सिर्फ राज्य सरकार को देखते हुए फैसले लेने में समय जाया करना कोई अर्थ नहीं रखता। कश्मीर के हालात को सामान्य करने के लिए यदि जम्मू–कश्मीर की सरकार से हटना भी पड़े तो भाजपा को ऐसा करना चाहिए। फिर जब संवाद हो, तब यह जताने की कोशिश हो कि भाजपा अथवा संघ का नजरिया क्या है? सरकार को बचाते हुए न तो कश्मीर में हालात सुधर सकते हैं और न पार्टी अपना नजरिया स्पष्ट कर सकती है। जम्मू–कश्मीर बार एसोसिएशन के लोग चुप क्यों हो गए, उनसे पूछा तो था कि पेलेट गन का इस्तेमाल आप रुकवाना चाहते हैं, तो पहले पत्थरबाजी क्यों नहीं रुकवाते? बहरहाल, अनिश्चित हालात पर जल्द काबू पाना बेहद जरूरी है।

11 मई 2017

एटा के मोहित यादव की हरकत!

यह कतई किसी महान शख्सियत का नाम नहीं है, शायद उल्लेखनीय भी नहीं, शायद आप जानते भी न होंगे, लेकिन मोहित यादव नाम का यह लड़का अपने को समाजवादी पार्टी से जुड़ा बताता है। यह भी कि उसका चाचा राज्य विधान परिषद का सभ. ापति है। उसने एटा थाने में पहुंचकर एक सब–इंस्पेक्टर को कई तमाचे रसीद कर दिए। उसने यह सब पर्याप्त शोर मचाते हुए कुछ इस तरह किया। जैसे वह वीर रस की कोई कविता पढ़ रहा हो और उसके बाद निशंक दाहिना हाथ उठाकर उसने पुलिसकर्मी के गाल पर झन्ना दिया। वह वर्दी में था। थाने में था। पहले थप्पड़ पर तो वह समझ ही नहीं पाया कि इतनी सुरक्षित जगह भी असुरक्षित कैसे हो सकती है? दूसरे थप्पड़ के बाद उसे किसी तरह काबू किया गया।

मुख्यमंत्री योगी जी! आपकी सख्ती की चर्चाएं हैं, लेकिन सख्ती होनी भी चाहिए। मानस में तुलसी ने कहा– 'अब लौं नसानी अब न लैहों' जहां से जागो वहीं सवेरा। सरकार बदल गई, लेकिन समाजवादी पार्टी के छुटभैये यह जताने पर आमादा है कि दोस्तों! याद रखिए आप–हम सभी हिंसा विह्वल समाज में जी रहे हैं। इसलिए हिंसा तो झेलनी ही होगी। यही तो वह वजह है कि हमारे आस–पास से संस्कारजीवी सभ्यता प्रतिरोध में सिर पटकते हुए विदा हो गई। अजीब कब्जा सा है इन लोगों का, जिनके पास 'मसल पॉवर' है, वे समूचे परिवेश में एक धमकी फैलाते रहते हैं कि वे जो चाहेंगे, जब चाहेंगे कर लेंगे। एक लंबे अर्से से संख्याबल का आतंक यूपी में फलता–फूलता रहा है। कानून–व्यवस्था की इस स्थिति के लिए कुछ करना होगा, कुछ ऐसा कि सम्मानजनक जीवन जीने के

आकांक्षी लोगों को उसका पर्याप्त अवसर मिले और संघर्ष करते हुए उनके खाते में अपमान मयस्सर न हो।

जानते होंगे कि आदिम दुःख दो ही होते हैं। पहला भूख और दूसरा अपमान! भूख से तो मनुष्य लड़ता है, लेकिन अपमान से मनुष्य लड़ नहीं पाता। खबरें हैं कि मेरठ में मुख्यमंत्री के कार्यक्रम के बाद कुछेक जमघटियों ने उनके जाने के बाद पोस्टरों को फाड़ा और अपने गुस्से का इजहार किया। बताते हैं कि वे सब भी यूपी के राजनीतिक दलों से जुड़े थे। सपाइयों के बीच चल रही रस्सकशी और आपसी खींचतान का दौर अब भी जारी है। चुनाव के समय में भी कानून–व्यवस्था की स्थिति का मसला उभरा था, इस पर दावा था कि कानून–व्यवस्था तो मुद्दा ही नहीं है। नतीजों ने बता दिया कि जनता थक चुकी थी और दुबारा कोई प्रयोग करना नहीं चाह रही थी। यह समय है जब समाजवादी पार्टी को कायाकल्प करना चाहिए, जिसे चेनुआ उचेवे ने 'री–एजुकेशन' और 'री–जनरेशन' कहा, उसके प्रयास होने चाहिए। वैचारिक पीठिका के साथ प्रगतिशील समाजवादी व्यवहार भी दिखना चाहिए। वह सिर्फ कांग्रेस का पिछलग्गू होने से नहीं होगा। अब फिर कह रहे हैं कि 2019 के चुनाव में भी सपा, कांग्रेस के साथ ही चुनाव मैदान में होगी। स्थानीय निकाय चुनावों के लिए राज बब्बर कह रहे थे कि अब सपा का साथ नहीं। फिर भी, अखिलेश 2019 के लिए उम्मीदें बांधे हैं। उन्हें आशा है कि उनके द्वारा सोचा गया समीकरण विजयी होगा। कम–से–कम यूपी के मसले पर ऐसा होना संभव ही नहीं है। कांग्रेस का जनाधार सिकुड़ता जा रहा है, लिहाजा वोट प्रतिशत में भी गिरावट देखी गई।

योगी सरकार को भी देखना होगा कि यदि इस प्रदेश के पुलिसकर्मी सरेआम पुलिस थानों में बे–इज्जत किए जाएंगे, अपमानित होंगे तो वे कैसे अपने लक्ष्य को हासिल करेंगे। गली–मुहल्ले के गुंडे अगर वर्दीधारी सिपाही या कि इंस्पेक्टर पर हाथ छोड़ेंगे तो कैसे कानून–व्यवस्था को महफूज रखा जा सकेगा और कैसे हम आम आदमी को भरोसा देंगे कि तुम्हारी इज्जत महफूज है और तुम्हारी बेटियां सुरक्षित! यूपी का आकाश आशा से भरा है, यह कहने मात्र से नहीं होगा। इसके लिए मूर्त कदम उठाने होंगे।

12 मई 2017

नसीमुद्दीन को बसपा से हटाए जाने का मतलब!

वस्तुतः उत्तर प्रदेश में मायावती भी उसी ध्रुवीकरण की समाजशास्त्री रणनीति पर भरोसा कर रही थीं कि यहां मुस्लिम वोट सध जाएं तो सरकार मुमकिन है। इसी आधार पर उन्होंने विधानसभा चुनाव में सर्वाधिक मुस्लिम प्रत्याशी उतारे, तब वे नसीमुद्दीन सिद्दिकी और उनके बेटे अफजल पर न्यौछावर थीं। अफजल को सोशल मीडिया की बसपाई कमान सौंपी गई थी और पश्चिम उत्तर प्रदेश का कैंपेन भी! फिर ऐसा क्या हुआ कि 35 वर्षों से जुड़े रहे नसीमुद्दीन को मायावती ने पार्टी से निकाल दिया। नसीमुद्दीन की यूएसपी है उसका जनसंपर्क और चंदा उगाहने की क्षमता! कहते हैं कि वह मायावती के प्रति इस कदर वफादार रहा कि उसकी अपनी बेटी के इंतकाल के वक्त घर भी नहीं जा पाया था और उस समय मायावती का प्रचार कर रहा था। इससे पहले भी मायावती डॉ. मसूद अहमद, सोनेलाल पटेल, बाबू सिंह कुशवाहा, आर. के. चौधरी को पार्टी से निकाल चुकी हैं।

सोनेलाल पिछड़ा वर्ग की राजनीति करते थे, बाबू सिंह अत्यंत विश्वस्त थे, लेकिन एनआरएचएम घोटाले में उनका नाम आया तो उन्हें निकाला गया। लेकिन नसीमुद्दीन 2007 से 2012 तक बसपा सरकार में मंत्री थे, मगर मिनी मुख्यमंत्री कहलाते थे। उन्होंने पत्रक. ार परिषद में ऑडियो टेप जारी कर आरोप लगाया कि मायावती ने उनसे 50 करोड़ रुपयों की मांग की थी। इसके पहले अर्थात विधानसभा चुनाव के समय भी 403 सीटों पर टिकट वितरण एक तय की हुई रकम के जरिए हुआ। इसमें 3 से 8 करोड़ रुपए तक की रकम शामिल है। ऐसा अनेक चैनल और अखबारों ने भी कहा। समझा जाता है कि नसीमुद्दीन से उनका विवाद भी इसी संपत्ति के

खुर्द–बुर्द होने को लेकर है। याद होगा, इसी समय विमुद्रीकरण का आदेश आया था और पुराने नोटों को नए नोटों में बदलने की हड़बड़ी की गई थी। एक राष्ट्रीय चैनल ने इस पर अप्पिणी की कि यदि एक सीट पर 3 करोड़ भी मानें तो यह मामला 1200 करोड़ के पार जाता है, इसकी 70 फीसदी रकम नहीं लौटी थी, जबकि खजांची की जिम्मेदारी नसीमुद्दीन की ही थी। मसला कुल मिलाकर चंदे की रकम का इधर–उधर हो जाने का है। नसीमुद्दीन ने दावा किया कि उनके पास 150 से ज्यादा ऐसी टेप हैं, जो मायावती के कारनामों को उजागर कर देंगी। ऐसा एक बार शिवपाल यादव भी कर चुके हैं। उन्होंने भी एक टेप तत्कालीन राज्यपाल को भेंट किया था कि मायावती अपने विधायकों से धन उगाही कर रही हैं। फिर मायावती जनता दरबार में गईं और कहा कि 'ये लोग दलित की बेटी को आगे नहीं बढ़ने देना चाहते। इसलिए इस तरह की बातें कर रहे हैं।' याद होगा, वे जब इस तरह के भावुक तर्क चला रही थीं, तब जनता ध्यान मग्न इनकी बातें सुन रही थी। साफ था कि जनता ने उस टेप को तरजीह नहीं दी, जिसे शिवपाल ने उजागर किया था, लेकिन वह समय कुछ और था, उस समय बसपा का वोट बैंक 'इंटेक्ट' था, आज नहीं है। आज उनका एक बड़ा हिस्सा भाजपा के खाते में चला गया है।

मायावती का हर कदम गलत उठ रहा है। उन्होंने 'डिमोनेटाइजेशन' का विरोध सबसे पहले किया, इस चुनाव को मुस्लिम केंद्रित बनाकर चलने की गलती उन्होंने की। अपने शीर्ष नजदीकियों को बाहर का रास्ता दिखाया। हार के लिए ईवीएम पर जिम्मेदारी डालकर मुक्त हो गईं। होना तो यह चाहिए था कि वे विमर्श करें पार्टी के भीतर, उन्होंने नहीं किया। इस सबका अर्थ यह भी है कि मायावती, जिन्हें वे अपने प्रति निष्ठावान मान रहीं थीं, वे निष्ठावान नहीं थे। या कि वे उन्हें यह भरोसा दे पाने में असफल रहीं कि पार्टी तुम्हें विश्वसनीय मानती है। सारा संकट विश्वसनीयता का है, पार्टी सुप्रीमो अपने करीबियों में आपसी विश्वास को चलाए रखने में नाकामयाब रही हैं। बसपा इस समय पर्याप्त संकट में है और इस संकट से तभी निपटा जा सकता है, जब पार्टी में आंतरिक लोकतंत्र की बहाली की जाए, विमर्श किए जाएं। किसी की वैचारिक कैद से मिलने वाली विजय से कहीं ज्यादा बेहतर पराजय है, जो स्वयं की वैचारिक स्वतंत्रता से हासिल होती है।

13 मई 2017

तीन तलाक का आधार धार्मिक नहीं

यदि महिलाओं पर संविधान में किए विशेष प्रावधानों पर नजर डालें तो अनुच्छेद 14 जो स्त्री–पुरुष को समान मानता है, समान संरक्षण देता है, अनुच्छेद 21 जो प्राण और दैहिक स्वतंत्रता का अधिकार दोनों को देता है, 23, 24 शोषण के विरुद्ध समान अधिकार, अनुच्छेद 44 समान नागरिक संहिता स्त्री–पुरुष दोनों पर समान रूप से अधिरोपित और 51 (क)(ड) कहता है, ऐसी प्रथाओं का त्याग करें जो स्त्रियों के सम्मान के विरुद्ध है। ये सभी अधिकार महिलाओं को द्वैतीयक नागरिकता नहीं देते।

उन्हें स–सम्मान जीने का अधिकार प्रदान करते हैं फिर चाहे वे किसी भी धर्म को मानें या किसी भी प्रदेश में उनका बसेरा हो या कि वे किसी भी भाषा और बोली को बोलते हों। इसलिए तीन तलाक की बात, जिसकी सुनवाई सर्वोच्च अदालत कर रही है और जो आज देश में बहस का मसला बना हुआ है, इसे सिर्फ धार्मिक तो कतई नहीं कहा जा सकता। 1937 में भारत में मुस्लिम पर्सनल लॉ एप्लीकेशन एक्ट पास हुआ था।

असल में यह ब्रितानी कोशिश थी। उसी समय से शादी, तलाक, विरासत और पारिवारिक विवादों के फैसले इसी एक्ट के तहत होने लगे। इसका धार्मिकता से कोई लेना–देना नहीं है। याद होगा बेन नाम के एक अंग्रेज लेखक ने तो यह भी लिखा था कि हिंदू, मुसलमान अलग–अलग सभ्यताओं की उपज हैं, इसलिए वे कभी साथ नहीं रह सकते। इतिहास गवाह है कि चंद घटनाओं को छोड़कर वर्षों से ये कौमें साथ रह रही हैं। बावजूद इस सबके

शरियत एक्ट की प्रासंगिकता अनेक बार चर्चा में आई। अनेक मामले आए जब महिलाओं के सुरक्षा से जुड़े अधिकारों का धार्मिक अधिकारों से टकराव होता रहा। 1985 में उभरा शाहबानो का प्रकरण सबसे ज्यादा चर्चा में रहा। शाहबानो ने सुप्रीम कोर्ट से गुजारिश की थी कि उसे पूर्व पति से गुजारा भत्ता दिलाया जाए।

अदालत ने इसे सही माना था। इसका पर्याप्त विरोध हुआ। कांग्रेस की सरकार ने उसके बाद मुस्लिम वूमेन (प्रोटेक्शन ऑफ राइट ऑन डिवोर्स एक्ट) पास किया था। इसके तहत जरूरी कर दिया गया कि हर पति अपनी पत्नी को गुजारा भत्ता देगा। मगर प्रावधान किया गया कि भत्ता इद्दत की अवधि तक ही देना होगा। मालूम हो यह अवधि तलाक के 90 दिन बाद तक ही होती है। मसला यह कि अपने समाज की स्त्रियों को सम्मान देने के लिए इसी समुदाय के वरिष्ठ और तरक्कीपसंद लोगों को आगे क्यों नहीं आना चाहिए। वे अपने आप सुझाएं कि बिखरते घरों, बिसूरते बच्चों और औरतों का क्या होना चाहिए।

एक बेहतर मुल्क के लिए, उसकी तरक्की के लिए वे ही आगे आएं और रास्ता सुझाएं। ईसाई महिलाओं ने भी तलाक और उत्तराधिकार के समान अधिकारों के लिए वर्षों संघर्ष किया। इसके बाद 1994 में सभी गिरिजाघरों ने महिला संगठनों के साथ संयुक्त रूप से एक कानून का मसौदा तैयार किया, जिसे ईसाई विवाह और वैवाहिक समस्याओं का कानून (क्रिश्चियन मैरिज एंड मेट्रीमोनियल काउजेज बिल) कहा गया। हालांकि अभी तक प्रासंगिक कानूनों में सरकार ने कोई संशोधन नहीं किया है। आज जरूरत इस बात की है कि किसी भी समाज में यदि महिलाओं को समुचित अवसर नहीं मिल रहा है, तो उस समाज की जिम्मेदारी बन जाती है कि वह अपने लिए तजबीज निकाले, ताकि समाज और देश एक साथ अपने नागरिकों के लिए बेहतर सुबह खोज सके। हर्ज क्या है यह सोचने में कि उन महिलाओं को भी मनुष्य की तरह हक मिले, वे हांकी न जाएं। क्या हर्ज है समाज में सुधार लाने की बातों पर विमर्श करने में? भला कोई समाज आजाद हवा, आजाद मुल्क, में बिना आजाद खयालों के तरक्की कैसे कर सकता है?

15 मई 2017

अरविंद के लिए मुश्किल है कलंक धोना

यह इतना आसान नहीं जितना अरविंद केजरीवाल और उनकी पार्टी समझ रही है कि भ्रष्टाचार का कलंक धुल जाएगा और दिल्ली भूल जाएगी कि रातों–रात राजा बना यह शख्स कभी भ्रष्टाचारी कहा गया। जूलिया क्रिस्टेवा नाम की मनोवैज्ञानिक का मानना है कि कोई नया पाठ दरअसल, अन्तरपाठ (इंटरटेक्स्चुयोलिटी) के दिक में ही जन्म लेता है। अरविंद को यह समझना होगा कि हड़बड़ी में राजनीति की नई इबारतें नहीं बनतीं, वे जब भी बनती हैं अपने मूर्त रूप में जरूरी अंतराल खर्चकर खड़ी होती हैं। अव्वल तो आपका राजनीति का पाठ कोई नया पाठ नहीं था। आप जिस भ्रष्टाचार की बात कर रहे थे, वह 1950 से इस देश की फिजां में डोल रहा है, अनुत्तरित! आप कुछ नहीं कर रहे थे, आप अण्णा के मंच से दिल्ली की राजनीति में अपनी जगह ढूंढ रहे थे। अनुवाद यह कि दिल्ली हर प्रदेश और पूरे देश में चर्चा में रहती है अतः मुख्यमंत्री होते ही कोई भी शख्स राष्ट्रीय ख्याति को अर्जित कर लेगा, यही आपने समझा और माना। लेकिन वह पूरे देश का नेता नहीं हो जाता। यह आप नहीं समझे। विजय के प्रमाद में आपकी सांसें ब–मुश्किल देह में रह पा रही थीं।

यही वह वजह थी कि आपने विरोध में सुर उठाने वाले या कि प्रतिरोध में आपकी उपस्थिति जताने वाले या कि प्रतितर्कों से आपको खामोश करा देने वालों को निकाल बाहर किया और दिल्ली की पारंपरिक राजनीति में वैमनस्य और झगड़े का बीजारोपण शुरू कर दिया। परंपरा को अंधी लाठी से हांकना वैकल्पिक राजनीति नहीं

है। 'द लक्सेस एंड द आलिव ट्री' जैसी पुस्तक में थॉमस फ्रीडमैन ने बताया कि 'आलिव ट्री' परंपरा को कहते हैं और लक्सेस एक बे–इंतहा महंगी गाड़ी का नाम है। इसी तरह अरविंद ने दिल्ली को बड़े सपने दिखाए और स्वयं 'कॉमन मैन' बने रहने का स्वांग किया। पारंपरिक प्रतिबद्धताओं को प्रतिरोध से ध्वस्त कर विचार शून्यता के करीब लाकर आम आदमी पार्टी ने अपना वजूद बनाया।

एकाएक एक भाव गहराया कि अण्णा, गांधी की परंपरा के शेष व्यक्तित्व हैं, इसका पूरा लाभ बिजली, पानी का मुद्दा उछालकर अरविंद को मिल गया। यह गुस्से और प्रतिकार का वोट था। उस समय लोगों को बंधी–बंधाई मानसिक स्थिति से दूर करना आसान हो गया। फ्रीडमैन ने कहा है कि हर व्यक्ति आराम चाहता है, उसके लिए उसे यदि परंपरा से तोड़ना हो तो भी करना होगा। नवयुवक जुड़े और केजरी मुख्यमंत्री बन गए। उसके बाद उनके साथियों के भ्रष्ट आचार के पर्याप्त किस्से मशहूर हुए। वे दूसरे दलों के नेताओं से डिग्रियां पूछते रहे और उनके मंत्री इन्हीं में लिप्त पाए गए अर्थात फर्जी डिग्री में। ताजादम यह कि कपिल मिश्रा को रातोंरात हटा दिया। वह इनके और इनके पट्ट शिष्य मनीष सिसौदिया का करीबी रहा।

उसने खम ठोंककर कहा कि मेरे सामने सत्येन्द्र जैन नाम के मंत्री ने इन्हें दो करोड़ रुपए दिए। वे आज तक इतना कहने का साहस भी नहीं कर पाए कि यह गलत है। पूरी दिल्ली में वे अपनी ईमानदारी का कनस्तर पीटते रहे और बेईमानी का अजगर उनके गले में लटकता रहा। उसने पूरी पार्टी को अपनी जद में ले लिया है। उससे छुटकारे का उपाय ईवीएम भी नहीं है। इसलिए कि आप एमसीडी हार गए ईवीएम गलत हो गई। इसलिए कि भाजपा जीत गई ईवीएम गलत नतीजे दिखा रही है। महाशय! इसी ईवीएम के चलते आप और आपकी पार्टी को 67 सीटें मिली थीं।

लगातार एक चमत्कार की उम्मीद में किसी काले जादूगर की भांति यह शख्स प्रदेश–दर–प्रदेश लोगों को बरगलाने पहुंच जाता है। पंजाब, गोवा, दिल्ली में हारने के बाद अब उसकी विस्तारवादी सनक उसे गुजरात ले जा रही है। यद्यपि पार्टी के लोग उससे सहमत नहीं हैं, कह रहे हैं कि गुजरात में कुछ नहीं होगा। हो सकता है कि उन्हें सदबुद्धि आ जाए। पहले कलंक के दाग तो धो लें, फिर किसी को हराने का खयाल मन में लाएं।

16 मई 2017

नई विधानसभा में पहले दिन!

राजनीतिक संस्कृति के लोकतांत्रिक प्रतिष्ठान अर्थात उत्तर प्रदेश विधानसभा में सोमवार को नई विधानसभा का पहला दिन था। धूप का कहवा पीते प्रदेश ने हाल ही में नई सरकार चुनी और परंपरागत रूप में राज्यपाल राम नाइक का अभिभाषण हुआ, लेकिन बाकी सब कुछ लोकतांत्रिक परंपरा की तरह नहीं हुआ। समाजवादी पार्टी ने बे–वजह शोर मचाया, नारेबाजी की, तख्तियां लहराईं और राज्यपाल की तरफ कागज के गोले बनाकर फेंके।

शायद ये लोग भूल गए कि सदन की कार्रवाई को पहली बार टेलीविजन पर दिखाया गया। पूरे प्रदेश ने देखा कि सपाई कैसी झूंझ, हताशा और विपक्ष में बैठने से उपजे गुस्से से लबालब थे। राज्य ने सोचा भी होगा कि प्रदेश की कानून–व्यवस्था की बात उठाने वाली पार्टी तथ्यात्मक रूप से झूठ बोल रही है, सोचा होगा कि जो लोग सदन की व्यवस्था को ध्वस्त करने पर आमादा हैं और संविधानी पद के अधिकारी पर कागज के गोले बनाकर फेंक रहे हैं, वे कितने व्यवस्था पसंद हैं? जनता ने शायद यह भी सोचा होगा कि अच्छा ही हुआ कि इन्हें विपक्ष में बैठा दिया, वरना हुकूमत इन्हें कुछ और बना देती। राजेश यादव तो पूरे अभिभाषण के समय जोर–जोर से सीटी बजाते रहे। जैसे वे किसी स्कूल के छात्र हों और विषय न समझ पाने पर अध्यापक का मखौल उड़ा रहे हों। अजीब हास्यास्पद स्थिति थी। इसे कहते हैं बिना मुद्दे के माहौल को खराब करना। राज्यपाल पर कागज के गोले बनाकर फेंकना यकीनन लोकतांत्रिक परंपरा का परिहास है। समाजवादी पार्टी अपनी पराजय के दंश को झेल नहीं पा रही, यहां तक तो समझा जा सकता है, लेकिन अपना दम–खम दिखाने के लिए वह बसपाई आचरण करे, यह समझ से परे है।

जानते होंगे कि बसपा भी सदन में इस प्रकार का प्रदर्शन कर चुकी है। वस्तुतः इन दलों को यह बात समझ में नहीं आ रही कि देश में जब एक पार्टी के शासन से मदांध सत्ता दिखाई देने लगी थी, तब देश में क्षेत्रीय गठजोड़ के चलते क्षेत्रीय दलों का गठन हुआ। यह एक तरफ जाते वोटों को क्षेत्रीय हिसाब से थामने की कोशिश थी। अधिनायकवादी स्वरूप और आदेश लोकतंत्र में टिकते नहीं। कांग्रेस से भी वे लोग टूटे, जो कभी उसकी रीढ़ हुआ करते थे और जिनके चलते कांग्रेस सरकार बना लिया करती थी। दौर बदला, भारतीय मतदाता खिचड़ी और क्षेत्रीय सरकारों से आजीज आ गया। ध्रुवीकरण की राजनीति के बदले प्रति–ध्रुवीकरण हुआ और अब छोटी–छोटी जातियों में भी मुख्यधारा में आने की ललक जब गई है। इसलिए वे राष्ट्रीय दलों की ओर लौट रहे हैं, इस बात को समाजवादियों को समझना होगा। वे निश्चित ही अपने पुराने फार्मूले से पुनः गद्दीनशीं नहीं हो सकते हैं। आपको अपनी राजनीति की धार और धारा दोनों को बदलना होगा। लोहिया की चर्चा तो करते हैं, लेकिन लोहिया का संपूर्ण अनुसरण नहीं करते। करते होते तो कभी यूपी में भी रामायण मेला दिख रहा होता। सिर्फ हड़बोंग और सदन की कार्रवाई में व्यवधान लोकतांत्रिक प्रणाली को दिक्कत में डालता है और आपकी पार्टी के ग्राफ को और नीचे ले जाता है। हारने के बाद सपा ने किस मुद्दे को छुआ? सदन में नारा लगाया 'पुलिस पिट रही थाने में... ' अरे! भाई जिस शख्स ने पुलिसकर्मी को एटा में पीटा, वह समाजवादी पार्टी का ही बंदा था। फिर नारा किसलिए? आपका हक है कि आप सरकार को किसी का भी विरोधी कह सकें, लेकिन उसमें तर्क हो, वजन हो। आप योगी सरकार को किसान विरोधी कह रहे हैं और प्रदेश के किसान उन्हें अपना शुभचिंतक मान रहे हैं। ऐसे में सपा की विश्वसनीयता का संकट भी खड़ा हो जाएगा, जिससे उबारने में अखिलेश यादव को वर्षों लग जाएंगे। मतों का गलनांक आपके सामने है। आपकी हुकूमत के बावजूद यह सब हुआ और आज भी अगर हालत इसी तरह रही तो तय मानिए इसके ग्राफ को आप मुलायम सिंह की तरह ऊपर नहीं ले जा पाएंगे। जरूरी है धैर्य, सांगठिक क्षमता और मुद्दों को खोजने की दृष्टि! यही मात्र रास्ता है।

18 मई 2017

लालू यादव और चिदंबरम पर पड़े छापे!

सितौलिया खिलाड़ी लालू यादव पर आयकर अमले ने तो नफासत पसंद पी. चिदंबरम और उनके बेटे कार्ति चिदंबरम पर सीबीआई ने छापेमारी की। कार्ति पर आरोप है कि उसकी कंपनी ने आइएमएक्स ग्रुप को विदेशी निवेश का क्लियरेंस दिलाने के बदले घूस ली। चिदंबरम ने वित्त मंत्री रहते हुए विदेशी निवेश संवर्धन बोर्ड (एफआइपीबी) ने आइएनएक्स को गैर कानूनी मंजूरी दी। इस सारे मामले में करीब 16 जगह छापे मारे गए। दूसरी तरफ लालू यादव पर आरोप है कि यूपीए के दौरान लालू की बेटी मीसा, दामाद ने एक हजार करोड़ की जमीन मुखौटा कंपनियों के जरिए खरीदी। टैक्स चोरी की गई। मजा यह कि जिस कंपनी के जरिए घोटाला हुआ, उसका पता लालू का सरकारी आवास था। छापेमारी के बाद लालू ने खम ठोंका कि फासीवादी सरकार में इतना दम नहीं कि उनकी आवाज दबाई जा सके। ठीक इसी तरह चिदंबरम ने कहा कि यह मेरी आवाज दबाने की कोशिश है, लेकिन मैं लगातार लिखता और बोलता रहूंगा।

यह जो शहीदाना अप्पिणी है, क्रांति की रुई धुनने जैसे प्रतिक्रिया है। उन्होंने ऐसा क्या लिख दिया कि गंगा या चिनाब में आग लग गई या कि नया फलसफा खड़ा हो गया। आप यूपीए के मंत्री रहे हैं, अब आपकी सरकार नहीं है, तो स्वाभाविक है कि आप जो भी लिखेंगे वर्तमान सरकार के खिलाफ लिखेंगे। उनके लेखन में थोड़ा संदर्भ और शेष बाबुई अप्पिणियों के क्या होता है? विरोध मुद्दा आधारित हो, रचनात्मक हो, बदलावी हो, तब तो विरोध में लिखने का अर्थ है। आप लिखने के नाम से धमका रहे हैं और कह रहे हैं मैं तो ऐसा ही

करूंगा। जरूर कीजिए, मगर छापे सीबीआई के हैं, फैसला अदालत करेगी, इस पर भी अगर कुछ कहना था तो आइएनएक्स को मंजूरी दिए जाने पर कहना था। इसी तरह लालू यादव के यहां आयकर ने छापे लगाए। सामजिक न्याय और धर्मनिरपेक्षता की झण्डाबरदारी करने वालों में लालू शिखर पर हैं। भदेस, खांटी और लोक सम्मत भाषा शैली का इकलौता नेता, जो अपनी ही परिधि में आज घिर गया। निरुत्तरित होना लालू के लिए सबसे बड़ा कष्ट है और उसे इस तरह देखना उनके समर्थकों के लिए। लेकिन यह कोई तरीका नहीं कि उनके समर्थक सड़क पर पत्थरबाजी करें। क्या फर्क रह गया कश्मीर की अलगाववादी पत्थरबाजी में और व्यवस्था के खिलाफ बे–वजह सुनियोजित कराई जाने वाली पत्थरबाजी में। क्या इससे साबित हो गया कि गुरुग्राम के दो फार्महाउस का पैसा इंट्रीऑपरेटरों ने नहीं दिया था। क्या सिद्ध करना चाहते हैं? क्या यह कि आपके पास अपार जनसमर्थन है और आपके आदेश से सड़कें प्यासी मर जाएंगी।

कम–से–कम लालू को इससे बचना होगा। छापेमारी सिर्फ राजनीतिक प्रतिशोध नहीं है। क्या नोटबंदी के समय यह नहीं कहा गया था कि अगला कदम सरकार बेनामी संपत्ति पर उठाएगी। जो कहा, सो किया। इसमें प्रतिशोध कहां है? सिर्फ इसलिए आपके खिलाफ कुछ नहीं किया जाए कि आप विपक्षी एकता के लिए प्रयास कर रहे हैं! या कि आप कांग्रेस के समर्थन से नई इबारत लिखने की कोशिश कर रहे हैं। एक मजबूत विपक्ष लोकतंत्र की जरूरत है, लेकिन याद रखा जाना चाहिए कि इस देश ने दो दशक से ज्यादा का समय इस तरह भी गुजारा कि किसी भी एक पार्टी को बहुमत नहीं मिला। गठबंधन की राजनीति और क्षेत्रीय मुहावरों और मुद्दों का दौर था वह, जिससे राष्ट्रीय हित संबोधित ही नहीं हो पाए। इसलिए गैर–कांग्रेसवाद की तरह गैर–भाजपावाद का विकास असंभव इसलिए लगता है कि अभी भाजपा को केंद्र में आए इतने वर्ष नहीं हुए और न ही उसकी विचार नीति और क्रियान्वयन के प्रभाव मूर्त रूप में दिखाई दे रहे हैं। इसलिए वैसा होना मुश्किल लगता है। फिर भी प्रयास करना चाहिए, यदि हो सके, लेकिन हर कदम को राजनीतिक चश्मे में देखना बंद करें। आखिर भ्रष्टाचार भी तो कभी–न–कभी झूठ या सही आपका भी मुद्दा था।

19 मई 2017

झूठा पाकिस्तान कोर्ट में भी हारा

अंतरराष्ट्रीय न्यायालय (आई.सी.जे.) ने पाकिस्तानी जेल में बंद भारतीय नागरिक कुलभूषण जाधव की फांसी की सजा पर रोक लगा दी। अदालत ने पाकिस्तान को हिदायत दी कि वह जाधव की सजा पर रोक लगाने संबंधी कदमों की जानकारी न्यायालय को उपलब्ध कराएं। यह फैसला भारत की अद्‌भुत , कूटनीतिक विजय का परिचायक है। मालूम हो कि पाकिस्तान की सैन्य अदालत ने 10 अप्रैल को कुलभूषण जाधव को भारत का जासूस करार देते हुए फांसी की सजा सुनाई थी। इस पर भारत सरकार ने कड़ा रुख अपनाया और पाकिस्तान से इस बारे में मुकदमे के दस्तावेज की मांग की। इसका कोई जवाब उसने नहीं दिया।

इसके बाद भारत ने अंतरराष्ट्रीय अदालत का दरवाजा खटखटाया। असल में, पाकिस्तान इस मसले में बुरी तरह बेनकाब हुआ है। हेग में दिया गया यह फैसला पूरी तरह से मानवाधिकार की दृष्टि से पक्ष का है। आप देखेंगे कि पूरा यूरोप 'केपिटेशन पनिशमेंट' के खिलाफ है।

पाकिस्तानी फौज ने जिस तरह से स्कीम रची और पैंतरा चला वह नाकामयाब हो गया। जानते होंगे कि वहां फौज और चुनी हुई सरकार में रस्साकशी चलती रहती है। पाकिस्तानी हुक्मरानों ने आइ.सी.जे. को यह भी कह दिया कि इस प्रकरण की सुनवाई का अधिकार उसे नहीं है। यह मामला उनके 'जुरिसडिक्शन' क्षेत्राधिकार में नहीं आता। इसे अदालत ने नहीं माना। इतना ही नहीं, अदालत ने उससे कहा कि इसकी सुनवाई विएना संधि के अनुच्छेद 36 के तहत हो रही है। लिहाजा, जाधव को राजनयिक संपर्क दिया जाना चाहिए। यह मांग भारत ने रखी थी।

भारत की तरफ से हरीश साल्वे ने इस मसले को बेहद संजीदगी से रखा। इसका इतना प्रभाव हुआ कि पाकिस्तान की एक भी दलील का असर नहीं हुआ। जानते होंगे कि 2008 में भारत–पाक के बीच 'बाइलेटरल ट्रीटी' हुई थी, उसे ही 'विएना संधि' कहा जाता है। मगर पाकिस्तान ने एक बार भी अदालत को आश्वस्त नहीं किया कि वह आदेश का पालन करेगा, उल्टा उसने कहा कि वह फैसले को नहीं मानता। फिर भी अदालत ने कहा कि प्रथम दृष्टया यह मसला कोर्ट के अधिकार क्षेत्र में आता है। उसने माना कि पाकिस्तान दुर्भावना से प्रेरित है और जाधव की जान खतरे में है। कोर्ट ने आदेश दिया कि पाकिस्तान सुनिश्चित करे कि अंतिम फैसला आने तक जाधव को सुनाई गई फांसी की सजा पर अमल न किया जाए। रोनी अब्राहम के फैसला सुनाने के बाद देश में उत्सवी माहौल हो गया, लेकिन विपक्ष के कुछ सदस्यों का कहना है कि पाकिस्तान अब कश्मीर के मामले को भी अंतरराष्ट्रीय न्यायालय ले जाएगा। ऐसा संभव ही नहीं है।

पाकिस्तान चाहकर भी ऐसा नहीं कर सकता। इसलिए भी कि कश्मीर का मसला इस परिधि में नहीं आता, लेकिन पाकिस्तान एक 'अनप्रेडिक्टेबल' देश है, वह कभी भी कुछ करने लगता है। इसके लिए उसकी फौज एक हद तक जिम्मेदार है। वह सरकार पर दबाव बना लेती है और अपना मनचाहा काम करवा लेती है। पूर्वी पाकिस्तान का विवाद रहा हो, कश्मीर पर कबाइली हमला रहा हो या कुछ और सभी फैसले सैन्य शासकों ने लिए थे।

इसी वजह से वहां जम्हूरियत बहाली के नारे तो उठते हैं, ले. कन लोकतंत्र कभी स्थापित नहीं हो पाया। नवाज शरीफ चुने हुए नुमाइंदे जरूर हैं, लेकिन अंतिम फैसला अब भी सैन्य शासक अपना रखने की इच्छा रखते हैं। वैसे कोर्ट का यह फैसला बड़ी कूटनीतिक विजय है, चाहे पाकिस्तान इसे राजनीतिक रंग देने की भारत की साजिश करार दे।

20 मई 2017

लालू का नया पैंतरा मायावती!

कुकुरमुत्तई राजनीति के इस दौर के तस्कर संकेतों के बीच लालू यादव आज भी ताल ठोंककर राजनीति करते हैं। भारतीय जनता पार्टी के बरगदी स्वरूप को चुनौती देने का काम वे सिलसिलेवार कर रहे हैं। अपनी परिधि और सीमाएं समझने के बावजूद उन्होंने बिहार में भाजपा के अश्वमेद्य को रोककर बताया कि वे जमीनी राजनीति की बारीकियों के गुर जानते हैं। इस बार उन्होंने आयकर छापे लगने के बाद अपने ढीले कुर्ते और खुरघसानी इमली जैसे झक सफेद बाल में झट से कहा कि उनकी पार्टी मायावती को बिहार से राज्यसभा में भेजेगी। इसके पहले भी लालू जी ऐसा करिश्मा कर चुके हैं। राम जेठमलानी उस दौर में आदतन भाजपा से नाराज चल रहे थे, उसी समय लालू ने उन्हें राज्यसभा की सदस्यता दिलवाई थी। अगले साल अप्रैल में बिहार की 6 सीटें खाली हो रही हैं। इनमें वशिष्ठ नारायण सिंह, अली अनवर, अनिल साहनी और किंग महेंद्र की सीटें हैं। 4 सीटें जदयू की खाली होंगी। दो सीटें भाजपा की हैं, जो रविशंकर प्रसाद और धर्मेंद्र प्रधान के पास है। इस बार आरजेडी को तीन सीटें मिल सकती हैं और संख्या के हिसाब से भाजपा की एक सीट कम हो सकती है। उत्तर प्रदेश में तो सीटों की संख्या के हिसाब से मायावती राज्यसभा नहीं पहुंच सकती। अर्थात यूपी में उनके पास इतने विधायक है ही नहीं कि वे अपने बल पर बहनजी के सांसद बने रहने का सपना पूरा कर सकें। इसलिए उनकी विवशता है कि वे लालू की बिसात का मोहरा बनें और कोई दरियादिली उनके लिए नहीं दिखाएगा। लालू भी कोई धर्मादा नहीं कर रहे, विशुद्ध राजनीति कर रहे हैं। उनकी निगाह भी 2019 के चुनाव पर लगी है। वे हर हाल में भाजपा को रोकना चाहेंगे, यद्यपि

यह आसान काम नहीं है। फिर भी, दलित वोटों को एक साथ लाने का काम उनका बहनजी को साथ लाने से पूरा होता दिखाई देता है। कांग्रेस भी अपने लिए यहीं अवसर तलाश रही है।

विपक्षी एकता के अंकुरण से कांग्रेस की बांछे खिल गई हैं। वह अपनी योजनानुसार अब राज्यवार नई नीति और नए उपचार के बारे में सोच रही है। पश्चिम बंगाल, तमिलनाडु, बिहार और उत्तर प्रदेश को लेकर वह नए गणित इसीलिए रच रही है कि अगले आमचुनाव की अगुवाई वह कर सके। इस सिलसिले में लालू यादव, सोनिया गांधी से निरंतर संपर्क में है। वे जल्दी ही एक बड़ी रैली बिहार में कर रहे हैं और प्रयास में है कि सोनिया गांधी उस रैली में शरीक हों। यदि वे नहीं आ सकें तो राहुल शिरकत करें। लालू इस रैली को महागठबंधन के प्रारूप का रूप दे रहे हैं। इनका मानना है कि महागठबंधन के बिना भाजपा को रोका नहीं जा सकेगा। इसीलिए उन्होंने ममता बनर्जी को भी न्योता भेजा है। उन्होंने भी सहमति दे दी है। इसकी वजह साफ है कि पश्चिम बंगाल में भी भाजपा का वोट बैंक बढ़ रहा है और वह दीदी को खासी चुनौती दे रही है। इस क्रम में वे मुलायम सिंह यादव को जोड़ना चाह रहे हैं। उनकी सपा भी ध्वस्त पड़ी है। समस्या इतनी भर है कि यूपी के स्थानीय गणित का क्या होगा, जहां मायावती और अखिलेश दो ध्रुवों की तरह खड़े हैं। लालू की उम्मीद है कि मायावती के जुड़ जाने और उनके राज्यसभा के लिए राज हो जाने से दलित वोट का पुनः ध्रुवीकरण हो जाएगा और जो वोट भाजपा की तरफ चला गया है, लौट आएगा। यह समझना थोड़ा मुश्किल है कि लालू के इस आशावाद की वजह सिर्फ जातिवादी गणित है, जिसे महागठबंधन के सपने के रूप में पूरा होते देख रहे हैं या वजह कुछ और है। कांग्रेस से दलित तो इसलिए छिटके थे कि उनकी तवज्जों बंद हो गई थी, भाजपा से उनके छिटकने की कोई खास वजह आज तो नहीं। वे छापेमारी जैसे कामों को भी राजनीतिक चादर चढ़ाने में जुटे हैं। इसलिए कि सहानुभूति का बड़ा छाता उनके गठबंधनी विचार पर फैला रहे।

23 मई 2017

मुंबई तीसरी बार बना चैंपियन

आइ.पी.एल. के खिताबी मुकाबले में मुंबई इंडियंस ने पुणे सुपर जाएंट्स को अत्यंत रोमांचक क्षणों में एक रन से शिकस्त देकर अपनी बादशाहत कायम रखी। खिताबी मुकाबले का सबसे कम स्कोर 8 विकेट पर 129 रन बनाकर रोहित शर्मा चार बार के चौंपियन बन गए। इसलिए कि 2009 में वे डेक्कन चाजर्स की ओर से प्रतिभागी थे और 2013, 2015 और 2017 में उन्होंने मुंबई इंडियंस की ओर से खिताब जीता। पुणे की टीम का अपने अस्तित्व का यह आखिरी आइ.पी.एल. था। अगले लीग मैच में पुणे की टीम नहीं होगी। इससे पहले पुणे की टीम को मुंबई हरा नहीं पाई थी। लेकिन फाइनल मैच में मिशेल जानसन ने वह चमत्कार दिया, जिसकी तलाश मुंबई को शुरू से थी। शुरुआत से ही मुंबई को झटके लगने शुरू हो गए थे। सिमंस और पार्थिव पटेल 4 और 3 रन बनाकर उनादकट द्वारा पवेलियन भेज दिए गए। मुंबई के समर्थकों का कहना था कि उसने टॉस जीतने के बाद पहले बल्लेबाजी करने का निर्णय कर बड़ी गलती कर दी। पांचवें ओवर तक न चौका लगा, न छक्का। 11 से 15 ओवर के बीच मात्र 25 रन बने और 4 विकेट गिर गए।

ये सारे हालात जीतने के संकेत नहीं दे रहे थे, बल्कि हार का अंदेशा दिखा रहे थे। यूं भी स्मिथ, धोनी, रहाणे, त्रिपाठी को हल्के में नहीं लिया जा सकता था। इसलिए भी कि लीग के बाद क्वालिफायर में ये बल्ले का जलवा दिखा चुके थे और मुंबई के अरमान ध्वस्त कर चुके थे। मुंबई का अल्पावधि में विकेट खोना और लो–स्कोरिंग टारगेट देना भी एकतरह से मैच को पुणे की झोली में डालने जैसा था। सिर्फ चाहत हौसला नहीं होती, तब तक जब तक चाहत पूरी शिद्दत में भीगकर हौसले में तब्दील न हो जाए और जब

ऐसा हो जाता है, तो नतीजा आखिरी गेंद में सही, लेकिन पक्ष में आ जाता है। मिशेल जानसन को जब गेंद थमाई गई थी, तब पुणे को जीतने के लिए 11 रन चाहिए थे।

पहली गेंद बल्ले पर उठकर आई और उसी गति में सीमा रेखा के पार हो गई। मात्र 7 रन चाहिए थे, पूरा स्टेडियम रोमांच, संशय से खचाखच भरा था और टीवी दर्शक ऊहापोह में। तभी मिशेल ने दो गेंद पर दो विकेट चटका दिए। फिर तो बाउंड्री लगी नहीं और अंततः मुंबई एक रन से ध्वजारोहण करने में कामयाब हो गई। वैसे इस बारे में भारत के सलामी बल्लेबाज रहे वीरेंद्र सहवाग ने भविष्यवाणी की थी कि इस बार का आइपीएल खिताब मुंबई ही जीतेगी। उस अप्पिणी में संभावना नहीं निश्चयात्मकता थी। उनका कहना था कि मुंबई में टीम स्पिरिट सबसे ज्यादा है।

वह जीतने के लिए खेल रही है। इस मैच का रुख 15 ओवर्स तक तो पुणे की तरफ ही दिखाई दे रहा था। उन्होंने 83 रन मात्र दो विकेट खोकर ही बना लिए थे, जबकि मुंबई के 81 रन 7 विकेट खोने के बाद बने थे। मनोज तिवारी और स्टीव स्मिथ के दो गेंदों में दो विकेट के लुढ़कने के बाद जानसन ने मैच का पासा पलट दिया। यद्यपि स्मिथ ने दो छक्कों और दो चौकों के सहारे 50 रन की बेहतरीन पारी खेली, लेकिन वह मैच को बचा नहीं सकी। एक आकांक्षित विजय, एक प्रतीक्षित विजय, राजीव गांधी स्टेडियम में मुंबई की टीम को हासिल हुई। मुंबई के प्रति दर्शक समर्थकों का शायद सबसे ज्यादा रुझान रहा है।

फिर कोलकाता वगैरह! इसकी वजह टीमें तो होंगी हीं, लेकिन आरंभ में सचिन तेंदुलकर का इस टीम से खिलाड़ी की तरह जुड़ना। उनकी सरमस्ती और समझाइश में यह टीम आज भी काम करती है, ऐसी मान्यता है। यही वजह कोलकता नाइटराइडर्स के साथ है कि उसके साथ सौरभ गांगुली जुड़े थे। बहरहाल, आइपीएल की चकाचौंध, तेजी और परिणामजनित स्वभाव के साथ यह सोचा जाना जरूरी है कि क्रिकेट को अपने पारंपरिक स्वरूप में भी और आनंददायी कैसे बनाया जा सकता है।

24 मई 2017

निकाहनामे में तीन तलाक न देने की शर्त

तीन तलाक की संवैधानिक वैधता पर सुप्रीम कोर्ट में सुनवाई के बाद ऑल इंडिया मुस्लिम पर्सनल लॉ बोर्ड ने सोमवार को नया हलफनामा दायर कर कहा कि बोर्ड काजियों को निकाह पढ़ाते वक्त यह सलाह देने के लिए निर्देश जारी करेगा कि शौहर एक साथ तीन तलाक नहीं दे सकता। ऐसी शर्त शादी करने वाले युगल निकाहनामे में डलवा सकते हैं। इतना ही नहीं, हलफनामे में तीन तलाक को शरियत की अवांछनीय परंपरा करार दिया और कहा कि ऐसा करने वालों का सोशल बायकाट किया जाएगा। जानते होंगे कि बायकाट एक आइरिश उपनाम है। 19वीं सदी में चार्ल्स ने कनिंघम बायकाट एक आइरिश जागीरदार लार्ड अर्न का मैनेजर था।

किसानों से लगान वसूलता था। उसके उत्पीड़न से तंग आकर लोगों ने उससे दूर रहने का जो तरीका अपनाया, उसे संबंध विच्छेद कहा गया। बाद में यह अंग्रेजी शब्दकोश का हिस्सा बन गया। लेकिन समझने की बात यह है कि सिमोन द बोउआ क्यों कहती हैं कि स्त्री पैदा नहीं होती बनाई जाती है। क्योंकि हम अपनी सामाजिक व्यवस्था में उसके स्वरों को आसमां नहीं छूने देते। जानते हुए भी कि उसकी उपस्थिति ही एक घटना है और उसका मौन पुरुष की मुखरता से कहीं अधिक प्रभावशाली। निर्मला पुतुल ने लिखा–'वे दबे पांव आते हैं तुम्हारी संस्कृति में, वे तुम्हारे नृत्य की बड़ाई करते हैं, आंखों की प्रशंसा में कसीदे पढ़ते हैं, वे कौन हैं? सौदागर हैं वे–समझो–पहचानो!' लगातार हर समाज में स्त्री के काम के घंटे बढ़ गए। वह लगातार एक अदृश्य कीमत चुका रही है। इस समाज

में भी और उस समाज में भी। मुस्लिम समाज में तो हालत और भी दयनीय है। जहां साफ–साफ दिखता है कि गरीब स्त्री की जिंदगी की कोई कीमत नहीं। ऊपर से तीन तलाक जैसा वज्र!

शुरुआत में बोर्ड और इनके वकील कपिल सिब्बल, जो यूपीए में मंत्री भी रहे, कह रहे थे यह आस्था का मसला है। तलाक कैसे आस्था का मसला हो सकता है किसी भी समाज में। लाचारी हो सकती है। रिश्तों की थकान से उपजी स्थिति हो सकती है। रिश्ते तो रेशमी होते हैं। दुष्यंत ने कहा था 'अशआर भी है एक पुल मेरे तुम्हारे दरमियां लहरों पे, तुम कहा करो दरिया पे मैं सुना करूं।' ग्रामीण भारत के लिए मानव विकास से संबंधित रिपोर्ट के अनुसार 40 करोड़ गरीबी की सीमा रेखा से नीचे जीवन यापन कर रहे हैं। इनमें 6 करोड़ की आमदनी रोजाना 3 रुपए है। लेकिन वर्ल्ड बैंक जैसी संस्थाओं की रिपोर्ट में 65 से 90 के बीच आर्थिक विकास दर उच्च कोटि की बताई गई। इसमें एशिया के 23 देशों में अन्य देशों की तुलना में ज्यादा प्रगति हुई। मगर इस रिपोर्ट में ऐसा बहुत कुछ है जिस पर कुछ कहा नहीं गया। यहां की सफलता की कीमत चुकाई है गरीब स्त्रियों ने। इनमें मुस्लिम स्त्रियां सर्वाधिक हैं। थाइलैंड के यौन बाजार का लेखा–जोखा सभी जानते हैं। वधू और नौकरानी के रूप में निर्यात से मिलने वाली विदेशी मुद्रा पर कोई प्रगति का दावा करे तो पूछना लाजिमी है कि ऐसी प्रगति क्यों जरूरी है? मुद्दा यह है कि हर समाज को आज सोचना होगा कि महिलाओं को उनकी उम्मीद का घर भी यदि नहीं मिल रहा है, तो उसके लिए जिम्मेदार कौन है? टॉलस्टॉय के 'क्राइम एंड पनिशमेंट' की बुढ़िया दाई की हत्या की जाती है।

इसलिए कि उसके पास संपत्ति है और वह चूंकि बुढ़िया है, इसलिए उसे इस संपत्ति से क्या काम? उसका जीवन किसी काम का नहीं। यह फैसला भी एक पुरुष का है। ऐसे फैसलों से बचा जाना चाहिए। आरंभ में ही बोर्ड को तय करना चाहिए था, फिर भी उसने तीन तलाक को अवांछनीय करार दिया, यह एक सकारात्मक कदम है। गहरी घनी उपत्यकाओं में भी रोशनी ने जगह बना ली। इस रोशनी को अनकरीब लाने में महती पहल की प्रधानमंत्री नरेंद्र मोदी ने। वे और मुस्लिम बोर्ड बधाई के पात्र हैं। बेहतर होगा मुस्लिम स्त्रियों को उनके वाजिब हक मिलें।

25 मई 2017

सहारनपुर के बवाल से उठते सवाल

सहारनपुर में मंगलवार को एक बार फिर बवाल और हिंसा की घटनाएं सामने आईं। खबर है कि मायावती के कार्यक्रम से पहले कुछ युवकों ने शब्बीरपुर गांव के ठाकुर पक्ष के तीन घरों में आगजनी और पथराव किया। वहीं कुछ लोगों ने मायावती की सभा से लौट रहे समर्थकों पर पथराव और फायरिंग की। इसमें एक युवक की मौत हो गई और अलग–अलग घटनाओं में करीब 10 लोग घायल हो गए। अकेले सहारनपुर में पिछले 33 दिनों में हिंसा की यह चौथी घटना है।

असल में 20 अप्रैल से 21 मई तक दलित उत्पीड़न की करीब 12 घटनाएं पता चली हैं। सहारनपुर पश्चिम यूपी में पड़ता है और यह क्षेत्र सदैव से मायावती का पक्षधर रहा है। शायद इसलिए मायावती यहां पहुंचकर अपने और अपनी पार्टी के लिए ऑक्सीजन बटोरना चाह रही हों। यही वह क्षेत्र है, जहां कांशीराम के साथ अगोचर की तरह चलते हुए मायावती ने लोगों को बसपा का ककहरा बताया था। वे यहां से प्रत्याशी भी रही हैं, जीती भीं। 2012 में सत्ता से बेदखल होने की स्थिति में भी इस क्षेत्र ने उनका साथ नहीं छोड़ा था। इसके बावजूद शब्बीरपुर अलबत्ता उनके साथ नहीं रह पाया। उसने जरूर मायावती का विरोध किया था। इस बीच चंद्रशेखर की अगुआई में भीम आर्मी बन गई और उसका प्रभामंडल बसपा के लिए चुनौती की तरह दिखाई पड़ रहा है। मायावती के लिए आज सबसे जरूरी यह है कि वे अपने मूल मतदाता को फिर से अपनी परिधि में लेकर आएं। ऐसा न करने पर उनकी सियासत ऐसे बियावां में पहुंच जाएगी, जहां

से उनके लिए मुख्यधारा में लौटना आसान नहीं होगा। शायद यह बात उनकी समझ में भी आ रही है। इसलिए उन्होंने सहारनपुर को चुना और अपने लोगों के लिए हांक लगाई और गुंजाइश देखी कि वे कैसे फिर से गति पकड़ सकती हैं।

यह है एक पक्ष! दूसरा यह कि हिंसा के पीछे दरअसल कौन हैं? हिंसा रोकने की प्रशासनिक तैयारी इतनी लंगड़ी क्यों थी कि चंद्रपुर के पास सरेआम लोग बलवा करते रहे और कुछ नहीं किया जा सका। असलाह था, लाठी–डंडे थे। प्रशासन कुछ करता कि शब्बीरपुर से लहुलुहान खबरें आने लगीं। प्रताप जयंती पर भी शब्बीरपुर में संघर्ष हुआ था। इसमें एक राजपूत नौजवान सुमित की मौत हो गई थी। मुद्दा यह कि हिंसा के इतना परवान चढ़ने तक आला अफसर क्या गिल्लौरी खा रहे थे। मुख्यमंत्री योगी आदित्यनाथ बार–बार आगाह कर रहे हैं कि गुंडागिरी करने वालों को बख्शा नहीं जाएगा। कह रहे हैं कि अपराधी यूपी छोड़ दें। इस वाक्य में एक सन्निहित भाव है प्रशासन के लिए कि वह मुस्तैद और सतर्क रहे। सिर्फ यथार्थवादी होने से लोगों को कानून पढ़ाया जा सकता है, लेकिन कानून का परिपालन करना नहीं सिखाया जा सकता। यह नई गठित सरकार के माथे पर कलंक है। दलितों ने भी भाजपा को वोट दिया है। समानता और प्रगतिशील समाज की अपेक्षा में वे 'सबका साथ सबका विकास' से जुड़े। इसलिए यह तो कहा ही नहीं जा सकता कि कोई सरकार जब नए परिवेश के निर्माण के लिए कृतसंकल्पित हो तो जातिवाद भी फैला सकती है। जातियां नहीं जातिवादिता नासूर है। हम दलित या ठाकुर या किसी और बिरादरी के हाथ में लाठी देकर समतामूलक समाज की रचना नहीं कर सकते। हिंसा सिर्फ हिंसा उपजाती है। हिंसा से पैदा होते हैं रक्तबीज! इससे किसी तरह के विकास की कोई संभावना नहीं होती। इस बात को सभी राजनीतिक दलों को ठीक से समझना होगा। रामगोपाल की तरह की गई अप्पिणियां भाजपा पर आरोप उछालने के लिए ठीक हो सकती हैं, लेकिन शांतिपूर्ण सहअस्तित्व के साथ नए यूपी के निर्माण के लिए नहीं। योगी सरकार को भी चाहिए कि वह सख्त अप्पिणियों के बजाय यथार्थवादी कदम उठाए, ताकि इस तरह की रक्तरंजित खबरें प्रदेश का दिल न दुखा सकें।

26 मई 2017

योगी जी! अपराधियों के हौसले बढ़ रहे हैं!

उत्तर प्रदेश के लगातार बढ़ते अपराध के आंकड़े और अपराधियों के मुस्तैद हौसले जता रहे हैं कि यहां की आवाम उबलती हांडियों में तब्दील हो रही है, जिन्होंने अपनी जिंदगी चूल्हे पर रख दी है, जो न गलती है न पकती है। यही हालत समाजवादी पार्टी की सरकार के समय थी, जब आगरा में भी एफआइआर सांसद की सिफारिश पर लिखी जाती थी। उस पर होता तो कुछ था ही नहीं। इसलिए बढ़ते रहे अपराधियों के हौसले, जिसे वे अपनी जीत और अर्थोपार्जन का शार्टकट समझते रहे, जिसमें यहां से वहां तक लोग जुड़े रहे।

नई सरकार बनी, लोगों में विश्वास जगा। एक नई सुबह को लखनऊ ने महसूस किया और जल्दी ही सरकार के चेहरे पर कालिख मलने का काम शुरू हो गया। योजनाबद्ध। नई सरकार सामाजिक पुनरोदय के संकल्प से बनी। जानते होंगे भारतीय संस्कृति में अनुप्राणित नैतिक दृष्टि न्याय को विराट स्वरूप प्रदान करती है। इसलिए वह 'सहनावक्तु, सहनोभुवक्तु, सहवीर्यम करवावहे' अर्थात सहजीवन और सह–अस्तित्व की बात ही नहीं करती उस पर यकीन भी करती है। जैसे ग्रेनविल आस्टिन ने 'इंडियन कांस्टिट्यूशन' में कहा 'भारत के निर्माताओं ने संविधान के तहत राष्ट्र के आदर्शों और उन्हें हासिल करने के लिए संस्थाओं और प्रक्रियाओं की स्थापना की है। इनमें शामिल है भारत की राष्ट्रीय एकता, अखंडता और समतावादी समाज की स्थापना करना।' कैसे होगा यह? यदि जातिवाद का जहर पनपता रहेगा? यदि हिंसा कहीं भी भड़कने लगे? लोग सरेराह लूटे जाते रहे, गाड़ी से उतारकर पीटे जाते रहे

और स्त्रियों से हर तरह की बदसलूकी होती रहे, बाद में पता चले कि जेवर के पास कुछ लोग गाड़ी के टायर पंचर करने के लिए पूर्व तैयारी करते हैं, फिर गाड़ी रुकते ही खेत से पांच–छह लोग निकलकर बाहर आते हैं।

उनके पास धारदार हथियार, तमंचा, लोहे की रॉड होती है। शेष समझा जा सकता है कि क्या हुआ होगा? क्यों सिमट रहा है दरवाजे के बाहर का भू–गोल! धूप की पीली झील सिमटी नहीं कि लोग दरवाजों से भी डरने लगे हैं। इसे बहुत ध्यान से देखने और समझने की जरूरत है। संभव है कुछ लोग जान–बूझकर सरकार को बदनाम करने के लिए हरकतें कर रहे हों। कानून–व्यवस्था का आरोप आपने सपा पर लगाया था और सत्ता में आ गए। अब कानून–व्यवस्था आपके हाथ में है। इसलिए अत्यंत जरूरी है इस मेसेज को जनता में जाना कि उसकी सुरक्षा सरकार की प्राथमिक जिम्मेदारी है।

आज ही आंध्र के कड़प्पा का एक वीडियो भी जारी हुआ। अत्यंत शर्मनाक! हिंसक और वीभत्स! एक शख्स की टांग सरेआम काट दी गई। लोग देख रहे थे और वीडियो बना रहे थे। किसी ने बचाने की कोशिश नहीं की। इमेन्युअल कांट ने सबसे पहले दंड के सिद्धांत प्रतिपादित किए। उन्होंने कहा कि रूपांतरण हो सकता है अपराधी का, लेकिन दंड दिया जा सकता है यह बात उसे सीधे और साफ रूप में संप्रेषित होनी चाहिए। यह उत्तर प्रदेश में नहीं हो पा रहा। माना कि यह सब जादू की छड़ी से नहीं होगा, लेकिन कुछ होना चाहिए। एक शेर है– 'कोशिश न करें सबको जहां में कि खुश रखें, नाराज तो कुछ लोग खुदा से भी बहुत हैं।' योगी जी! प्रदेश को लेकर आपके कई बड़े सपने हैं, अनेक योजनाएं हैं, लेकिन बिना कानून–व्यवस्था की स्थिति के इसमें से कुछ भी संभव नहीं है!

व्यक्ति की सुरक्षा की गारंटी सरकार की प्राथमिकता होनी चाहिए। वरना इसके कलंक की कालिख कुछ इस तरह पुतेगी कि टनों सिंदूर भी इसे दूर नहीं कर पाएगा। यूपी अरसे से सुरक्षा के लिए चिंतित है। गुंडाराज से त्रस्त! वह टकटकी बांधे इस बात के लिए प्रतीक्षातुर है कि कब ऐसे दिन आएंगे जब यहां का आदमी निशंक अपने प्रदेश में घूम सकेगा।

27 मई 2017

विपक्षी एकता का सबब!

भारतीय राजनीति में 1937 से गठबंधनी सरकारों का दौर शुरू हुआ, धीरे–धीरे विरोध पक्ष इस नतीजे पर पहुंच गया कि सत्ताधारी दल को मिले वोटों के मुकाबले यदि गठबंधन कर गणित बैठाया जाए तो हम लोग सत्ता में हो सकते हैं। यह ठीक है कि तैंतीस फीसदी वोट हासिल कर कांग्रेस वर्षों सत्ता में बनी रही, लेकिन सारे बचे वोट किसी एक दल के लिए नहीं गिर रहे थे। इसमें साक्षरता, मतदान के प्रति जागरुकता, कई दलों का अभ्युदय अनेक मसले थे। फिर गैर–कांग्रेसवाद की धारा प्रवाहित हुई। इसकी अगुआई डॉ. लोहिया ने की।

77 में गठबंधनी शक्तियों के कारण कांग्रेस पहली बार ध्वस्त हो गई। हालांकि गठबंधन की मूल वजह आपातकाल और उससे उपजी ज्यादतियां थीं। जिसके चलते श्रीमती इंदिरा गांधी और संजय गांधी भी चुनाव हार गए थे। अपराजेय कांग्रेस के लिए जनता पार्टी सबसे बड़ा धक्का था, लेकिन कांग्रेस ने थोड़े ही समय में फिर वापसी की और बहुमत हासिल किया। अभिप्राय यह है कि जब तक वैचारिक घनत्व के शिखर पिघलकर विलयन नहीं बनाते, तब तक साथ दिखने की कवायद का अर्थ कुछ भी नहीं है। यदि वे मान्य सिद्धांतों या सहमत हुए विचारों के साथ खड़े भी हो जाते हैं तब भी उनके टूटने की आशंका शत–प्रतिशत होती है। ऐसा हुआ भी और ऐसा ही होगा भी। यह तो कोई बात ही नहीं कि सत्ता हासिल करने के लिए आप इकट्ठे हो जाएं, फिर अपने–अपने स्वार्थों की चोंच एक–दूसरे को मारने लगें। यह जनता के साथ किया गया सामूहिक छलावा है। फिर क्यों अलग–अलग पार्टी, झंडे के साथ खड़े रहते हैं। ऐसा क्यों नहीं करते कि सब मिलकर एक पार्टी बना लें, सभी एक ध्वज

तले एकत्रित हो जाएं और देश में दो दलीय शासन प्रणाली लागू करने की कोशिश करें।

इस बार की पहल कांग्रेस अध्यक्ष सोनिया गांधी ने की है। उनकी दावत एक साथ आने का मूक निमंत्रण है। आशय साफ है कि कांग्रेस ने नमो के आगे घुटने टिका दिए हैं कि वह अकेले उनका मुकाबला नहीं कर सकती। मगर वह ऐसा कैसे मान रही है कि जिन पार्टियों की जनाधारी जाजम उनके अपने राज्य में उठ रही है वे साथ आकर भी क्या कर लेंगे? जैसे बीजू जनता दल और तृणमूल कांग्रेस! इन दोनों की लुटिया डूब रही है। पंचायत चुनाव में पिछले 25 वर्षों में बीजू जनता दल को इतने कम वोट कभी नहीं मिले जितने इस बार मिले हैं। इसी तरह ममता बनर्जी का भोकाल अब पश्चिम बंगाल में कुछ कर नहीं पा रहा है। वहां हिंदू भावनाएं ज्वार की तरह उठ रही हैं।

बहुजन समाज पार्टी अपने अस्तित्व के लिए संघर्षरत है। उसका अपना बुनियादी आधार उससे छिटक चुका है। ये साथ आकर कांग्रेस को क्या दे देंगे? लालू यादव चारों तरफ घिर गए हैं। उनके पास बचने का कोई रास्ता नहीं है। नीतीश कुमार भी उनके लिए सुरक्षा कवच नहीं बन पा रहे हैं और कोई आश्चर्य नहीं कि नीतीश पुनः पलटकर भाजपा का दामन थाम लें और राजद छोटे कोष्ठक में सिमटकर रह जाए। वैसे भी लालू के बाद इस पार्टी की भूमिका शून्य हो जाएगी। बचे शरद यादव जिनके पास और साथ कोई है ही नहीं। जनाधार जैसी कहीं कोई बात नहीं। फिर कांग्रेस किस गठबंधन की ओर ताक रही है, जिसे लालू महागठबंधन कह रहे हैं। गठबंधन तो कांग्रेस ने कम्युनिस्ट पार्टी से पश्चिम बंगाल में भी किया था।

चुनाव केवल दो और दो का जोड़ नहीं है। जरूरी ब्लूप्रिंट चाहिए कि आप इस देश को कहां ले जाना चाहते हैं और इसके लिए आपकी योजना क्या है? सिर्फ जातीय समीकरण और जातीय उन्माद बीते समय की बात हो गई। भाजपा को हराना है तो नई जमीन गोड़नी होगी, जिस पर नई सड़क बन सके, वरना 2024 का इंतजार कीजिए।

29 मई 2017

हुनरमंदी में भी बाजी मारती बेटियां

ग्यारह लाख बच्चे इस बार सीबीएसई की बारहवीं कक्षा की परीक्षा में बैठे थे। इनमें सर्वाधिक अंक नोएडा की रक्षा गोपाल ने हासिल किए। अखिल भारतीय स्तर पर दूसरी टॉपर चंडीगढ़ की भूमि सावंत रहीं। वे विज्ञान की छात्रा हैं। उन्होंने 99.4 प्रतिशत अंक हासिल किए। तीसरा स्थान एक साथ दो लड़कों को मिला। एक का नाम मन्नत लूथरा और दूसरे का आदित्य जैन है। इन्हें वाणिज्य संकाय में 99.2 प्रतिशत अंक हासिल हुए।

पहले स्थान पर रहीं रक्षा गोपाल पूर्ण अंक पाने से दो अंक पीछे रहीं। वह पॉलिटकल साइंस ऑनर्स करना चाहती हैं। संगीत में रुचि नहीं दक्षता रखने वाली रक्षा फ्रेंच भी सीख रही है। अर्थात इस बार भी बाजी बेटियों ने मारी। प्रतियोगिता के इस दौर में लड़कियां अव्वल हैं। क्षेत्रवार विभाजन करके देखें तब भी पाएंगे कि इस दशक के आते–आते उन सभी क्षेत्रों में लड़कियों ने ध्वजारोहण कर लिया है, जहां कभी बेटों का दबदबा हुआ करता था।

बेटियों ने अपनी क्षमता को उजागर किया, बताया कि वे वह सब कर सकती हैं, जो बेटे कर सकते हैं। बकौल अजहर हाशमी के इस संत्रास और जअलिता से भरे समय में बेटे गर्म हवा के झोंके बन रहे, बेटियां ठंडी हवाएं हैं। लंबा गीत है उनका। बेटियां शुभकामनाएं हैं। बेटियां वैदिक ऋचाएं हैं।

बात लेकिन इतने से ही नहीं बनती। हम इन बेटियों को कौन सा आसमान और कैसी जमीन और कैसा परिवेश देना चाहते हैं! जैसे बाइबिल में बहुत पहले कहा गया– 'सीइंग दे डोन्ट सी, हीयरिंग दे

डोन्ट हीयर' देखकर अनदेखा करना और सुनी को अनसुनी करने के लड़कों के मिजाज में तब्दीली लाए बगैर संवादित और उष्मित समाज की उदित होने की कोई संभावना नहीं है।

फरमीदा रियाज को लिखना पड़ा था कि 'मैं सच कहूंगी फिर भी हार जाऊंगी, वह झूठ बोलेगा और लाजवाब कर देगा।' परिवेश की इस लज्जित दशा से मुक्ति बेइंतहा जरूरी है। आज शायद यह समझ भी आए, लेकिन चार–पांच दशक के बाद स्थितियां बेकाबू हो जाएंगी। खैर! इस बार सीबीएसई ने माडरेशन पॉलिसी के तहत ही परीक्षा परिणाम बनाया, जिससे विद्यार्थियों को अतिरिक्त अंकों का लाभ मिला। हाईकोर्ट ने कहा भी था कि इस साल बच्चों को अतिरिक्त अंकों का लाभ मिले चाहे अगले साल इसे बंद कर दिया जाए। यह अच्छी बात है कि अधिकतम अंक लाकर अनेक विद्यार्थी उत्तीर्ण हुए हैं, हर बरस होते हैं। सवाल अब यह है कि क्या हम ऐसे विद्यार्थी इन परीक्षाओं के परिणामों से तैयार कर पाते हैं!

ऐसा क्यों नहीं कर पा रहे हैं हम कि बच्चे अपने जीवन निर्माण में विद्यालय से निकलते ही लग जाएं और उनका मूल्यांकन सिर्फ चंद प्रश्नों के जरिए किए जाने के बजाय जिस दिन से उनका विद्यालय में प्रवेश होता है तब से ही उनका आकलन किया जाए। इसमें बच्चे का सांगोपांग आकलन किया जाना चाहिए। व्यवहार, समायोजन, भाषा, टीम लीडर होने की क्षमता, श्रम के प्रति उसका रुझान और अन्य ऐसी कई बातों के साथ उसका मूल्यांकन हो। ऐसे तो हम सिर्फ रटंतु आदत को प्रोत्साहित कर रहे हैं और जीवन कभी पुराने का नहीं होता सदैव नया होता है।

बहरहाल, यह मसला देश के शिक्षाशास्त्रियों पर छोड़ते हुए सभी सफल विद्यार्थियों को दैनिक भास्कर की ओर से अनंत शुभकामनाएं और जो बच्चे किसी वजह से सफल नहीं हुए वे सिर्फ इतना याद रखें कि काई भी परीक्षा परिणाम जीवन की अंतिम जीत नहीं है। अवसर आपके पास और भी हैं, उम्र और लबालब ऊर्जा की तरह!!

30 मई 2017

और अब आ गया रामपुरी वीडियो

एक और घृणित, शर्मनाक और एंद्रिक फुरफुरी के दबाव में अपराध करते छोकरों का वीडियो रामपुर (उत्तर प्रदेश) से आया। ये दो बेटियों से छेड़छाड़ कर रहे थे। अपनी धमनियों में बहते लहू को उफनता हुआ मानकर ये सभी जैसे किसी सीरियल की शूअगि कर रहे थे। निशंक, निडर। बात पहले जबानी थी। बदहवासी और बदतमीजी से भरी जबानें। लड़कियां जल्दी–जल्दी वह क्षेत्र पार करना चाह रही थीं और निठल्ले उनकी राह में बाधा बने हुए थे। संख्या में बारह–चौदह! जमीन, परिवेश और स्थितियों को अपने बाप की जागीर समझने वाले इन आवारा लड़कों ने सभ्यता की हर हद पार की। पकड़ा–धकड़ी, झूमा–झटकी... यहां तक कि एक लड़की को उन्होंने हाथों में उठा लिया, वह लगातार इन सभी से छोड़े जाने और दया किए जाने की प्रार्थना करती रही। पुलिस ने वीडियो के आधार पर मामला दर्ज किया। प्रमुख सचिव (गृह) अरविंद कुमार सिंह ने बताया कि मामले के मुख्य आरोपी शहनवाज को गिरफ्तार किया गया है। उन्होंने नावेद, फरमान, सद्दाम के अलावा भी अन्य आरोपियों का जिक्र किया।

सवाल यह है कि योगी सरकार के शपथ लेने के बाद से प्रदेश में सहारनपुर, जेवर और अन्यान्य आपराधिक घटनाएं हुईं। शुरुआत में यह मैसेज जरूर गया कि योगी सरकार तुलनात्मक रूप में कठोर कदम उठाना चाह रही है। डीजीपी बदले गए, प्रमुख सचिव (गृह) बदले गए और इनके साथ अनेक आईपीएस अधिकारी भी बदले गए। बावजूद इस सारी कवायद के अपराधियों के हौसले जस के तस हैं और आजम खान जैसे नेता कह रहे हैं कि 'मैं वोटरों से पहले ही कह रहा था कि भाजपा को वोट दोगे तो ऐसे ही भुगतना

होगा।' एक तरफ अपराध, दूसरी तरफ उसका प्रचार कुछ इस तरह कि सरकार कानून एवं व्यवस्था का मसला संभाल नहीं पा रही है। यह वक्त पुलिस को कंडेम करने का नहीं, उसे भरोसे में लेकर कड़े और त्वरित कदम उठाने का है।

यदि अपराध की गुत्थियां सुलझाने में वक्त लगा या अपराधियों तक पहुंचने में समय लगा, तो जन–मानस को दिक्कत होगी। जेवर जैसे मामले बेहद संजीदगी से हल किए जाने होंगे। दूसरे दिन सीएमओ की प्रारंभिक जांच रिपोर्ट के आधार पर कह दिया गया कि रेप नहीं हुआ है। वे लोग अब अनशन कर रहे हैं। उनका कहना है कि कोई अपनी इज्जत को इस तरह उछालता नहीं है। लिहाजा, जांच गंभीरता से और रिपोर्ट त्वरित गति से दिए जाने की जरूरत है।

उत्तर प्रदेश ही नहीं, हम एक ऐसे समाज में रह रहे हैं, जहां संवेदना निजी मसला बनकर रह गई है। सिर्फ अपना दुःख ही आपका होता है, दूसरे का दुःख महज सूचना! संवेदना के इन बी. हड़ों को ध्वस्त करना होगा और महिला अपराध पर यदि कानून भी बदलने पड़ें, तो बदले जाने चाहिए। इसे 'जीरो टॉलरेंस' के साथ डील किए जाने की जरूरत है। यह तो संकेतक है कि 'काल्ह हमारी बारी' आज भले आप उसकी चपेट में नहीं हैं, लेकिन उसकी जद से ज्यादा दूर भी नहीं हैं। यह भयग्रस्त होने का नहीं, सामूहिक रूप से उठ खड़े होने और अपराधियों से सीधे टकराने का समय है। हर गांव, हर शहर में 'मोहल्ला समितियां' गठित की जाएं। ये संबंधित थाने के साथ मिलकर लगातार पेट्रोलिंग करें। मुहल्लों को सजग और सतर्क रखें। उन सभी संवेदनशील स्थानों पर नजर रखी जाए, जहां आमतौर पर लड़कियों के साथ ज्यादतियां होती रहती हैं। एक गंभीर और कुशल प्रतिवाद की जरूरत है, ताकि इस किस्म के लड़के चाहे वह जिस बिरादरी या कुनबे से संबंधित हों, उन पर निश्चित रूप से ऐसी कार्रवाई हो कि जिसे भी ज्ञात हो अपराध करने के बारे में न सोचे। हमारे समाज की लड़कियां कानून और संविधान की नजर में लाचार नहीं हैं, उन्हें घिघियाने से बचाना होगा और जो इसके लिए जिम्मेदार है, उसके विरुद्ध तेज और प्रहारक दंड की व्यवस्था करनी होगी। योगी जी! यूपी की आज यही मांग है।

शुक्रवार 26 मई 2017

चैत के उजाले से मोदी के 3 साल

मोदी सरकार की प्राथमिकता है युवाओं का विकास और प्रोत्साहन। स्टार्ट अप के जरिए युवाओं को वित्तीय सहायता दी जा रही है। इससे युवा आत्मनिर्भर हो रहे हैं।

संसद की सीढ़ियों पर माथा टिकाकर नरेंद्र मोदी ने अपनी नई पारी की शुरुआत की। वहां से अमरकंटक में नर्मदा आरती तक आते–आते उन्होंने प्रधानमंत्री के रूप में तीन बरस पूरे कर लिए। ये बरस 77 फीसदी जनसंसद की राय में चैत के उजाले जैसे हैं। बिलकुल वैसे ही उत्तेजित करते जैसे भादों की घनी अंधेरी रात के बाद उजियारे का भुनसारा करता है। 'गरीबी हटाओ' का नारा जरूर इंदिरा गांधी ने लगाया, लेकिन एक भी प्रधानमंत्री नमो को छोड़कर गरीबों का मसीहा नहीं बन पाया। वे समाज में स्थाई परिवर्तन के पक्षधर हैं, इसलिए समाज को जागरूक करने में नमो की व्यक्तिगत दिलचस्पी है। गरीबों को सक्षम बनाने की दिशा में केंद्र सरकार लगातार काम कर रही है और समाज का अंतिम आदमी इस बात से राजी है कि सरकार समतावादी समाज की रचना की तरफ तेजी से कदम बढ़ा रही है। नमो ने निशंक होकर ऐसे फैसले लिए जो एक चुनी हुई बहुमत की सरकार को लेने भी चाहिए थे। अनथक मन, अनवरुद्ध मार्ग और नई डगर के सपने! यह है नमो के अगले कदम की आहट! उन्होंने बेहिचक 86 फीसदी मुद्रा को अवैध घोषित कर दिया, अचानक नवाज शरीफ को जन्मदिन की बधाई देने चले गए और निर्द्वंद्व भाव से सर्जिकल स्ट्राइक भी करा दी। आप देखें कि 25 जून 2015 को हाउसिंग फॉर ऑल और स्मार्ट सिटी मिशन लांच करते हुए उन्होंने कहा था कि शहरों में करीब दो करोड़ से ज्यादा परिवारों के लिए घर बनाने हैं। अगर ये घर नहीं बने तो

जवाब मुझसे मांगा जाएगा। ....लेकिन कोई कुछ कह देगा इस डर से हम काम करना छोड़ दें तो देश का भला नहीं होगा। इसलिए हमारा दायित्व है कि हमारे गरीब परिवारों को घर मिले। वे भाषण देकर भूल नहीं गए। सरकार ने प्रधानमंत्री आवास योजना के तहत 99,266 करोड़ रुपए के निवेश को मंजूरी दे दी। आवास एवं शहरी गरीबी उन्मूलन मंत्रालय ने देश भर के 2,151 शहरों और कस्बों में आर्थिक रूप से कमजोर तबके के लिए 18.75 लाख आवासों की योजना बनाई है। इतना ही नहीं 2022 तक सबको अपना घर देने का संकल्प भी किया गया है। वस्तुतः घर सबका सपना होता है। इस सपने को मूर्त रूप देने में जुटे हैं नमो! अविराम और निरंतर स्थितियों से जूझते हुए ताकि गरीब को मिल सके अनाकुल उन्मुक्ति और अपनी छत से पा सके वह गहरा उल्लास! यह देश को अनवरत बदलते रहने की प्रक्रिया है।

अर्थशास्त्री अमिताभ कुंडु का कहना है कि मोदी सरकार के फैसले से निम्न आय वर्ग और मध्यम वर्ग को सीधा फायदा पहुंचेगा। आवास के मामले में 2017 में ही आर्थिक रूप से कमजोर वर्ग को 6 लाख रुपए तक के कर्ज के लिए 6.5 फीसदी ब्याज छूट का प्रावधान है। पहले यह छूट का दायरा अत्यंत सीमित था। इसके अलावा केंद्र सरकार ने हाल ही में गरीब और घरहीन लोगों के लिए अनेक राज्यों के लिए एक बड़ा फंड आबंअति किया है। इसमें उत्तराखंड के लिए करीब 7 हजार करोड़ और उत्तर प्रदेश के लिए दस हजार करोड़ रुपए आबंअति किए गए हैं। यह बात उनकी लोकप्रियता में इजाफा ही नहीं करती, बल्कि जताती भी है कि नमो हर फैंसले की हर बारीकी से मुतमुइन होने के बाद ही फैसला करते हैं।

इसी तरह महात्मा गांधी के बाद किसी भी प्रधानमंत्री ने स्वच्छता का मुद्दा नहीं उठाया। इसे आप महज एक सरकारी कार्यक्रम नहीं कह सकते। यह व्यवहार परिवर्तन का एक मिशन भी है। 2 अक्टूबर 2014 को शुरू हुआ यह अभियान आजाद भारत का महत्वपूर्ण जनांदोलन बन चुका है। इससे जीने का ढंग बदला है। सरकार से समाज तक स्वच्छता एक सौगंध की तरह ली जा रही है।

देश में वैश्विक निवेश और विनिर्माण को आकर्षित करने के उद्देश्य से 'मेक इन इंडिया' योजना 25 सितंबर 2014 को शुरू की

गई। याद हो तो आम चुनाव के समय नमो ने झांसी में दिए भाषण में 'मेक इन इंडिया' की जरूरत प्रतिपादित की थी। साफ है कि इससे रोजगार के अवसर खोजने और अर्थव्यवस्था को बढ़ावा मिलने की स्थितियां पैदा होंगी।

गांव आत्मनिर्भर बनें यह नमो की आत्यंतिक इच्छा है। इसे वे अनेक बार व्यक्त भी कर चुके। 11 अक्टूबर 2014 को उन्होंने सांसद आदर्श ग्राम योजना की शुरुआत की। इसके अनुसार हर सांसद को २०१६ तक तीन गांवों को विकसित करना होगा। इसके पीछे का मनोभाव यह है कि देश के गांवों को भौतिक और संस्थागत बुनियादी ढांचे के साथ पूरी तरह से विकसित किया जा सके। अर्थात गांव, गांव तो रहे, लेकिन गांव किसी अभावग्रस्त जगह का नाम न हो। इसलिए बुनियादी ढांचे की बात कही गई। इसी तरह उज्ज्वला योजना 2016 में आई। इसके तहत बीपीएल परिवार की महिलाओं को मुफ्त रसोई गैस कनेक्शन दिए जाते हैं। अब तक करीब 2.20 करोड़ से ज्यादा परिवारों को एलपीजी कनेक्शन दिए गए। यह आंकड़ा लक्ष्य से ज्यादा बड़ा था। इसे पढ़ते हुए बात शायद समझ न आए, लेकिन उन परिवारों की कल्पना करके देखिए जो धूल और धुएं में खर्च हो रहे थे। 5 करोड़ से अधिक परिवारों को गैस कनेक्शन दिए जाएंगे ताकि वे लकड़ी जलाकर भोजन बनाने से बच सकें। यह भी वैसा ही फैसला है जो नमो को गरीबों के बीच लाकर खड़ा करता है। इन मुद्दों पर संसद में कभी कोई बोला तक नहीं।

इस योजना को जनता ने राजनीति और जाति से अलग हटकर भरपूर सराहा। धुएं की वजह से होने वाली किल्लत से निजात जो मिली। इसी तरह केंद्र सरकार ने छोटे कारोबारियों और जरूरतमंदों को अपना काम शुरू करने के लिए ऋण देने की सुविधा आरंभ की। इसे तीन भागों में बांटा गया। इसकी शिशु योजना के तहत ५० हजार रुपए, किशोर योजना के तहत 50 हजार से 5 लाख रुपए और तरुण योजना के तहत 5 लाख से 10 लाख रुपए तक के ऋण दिए जाते हैं। इससे करीब 6 करोड़ छोटे कारोबारियों को सीधा लाभ पहुंचा और उन लोगों को जवाब भी जो इस सरकार को सूट–बूट वाली सरकार बता रहे थे। यह तस्कर संकेत कह रहा था कि सरकार सिर्फ चंद पूंजीपतियों के लिए काम कर रही है। सरकार

वस्तुतः हर उस हाथ को काम देने के लिए कटिबद्ध है जो काम करने की इच्छा रखते हैं। इसका अभिप्राय सरकारी नौकरी से नहीं है। सरकार इस सोच को बदलने के लिए प्रयासरत है कि रोजगार का अभिप्राय नौकरी होता है, वह भी सरकारी।

मोदी सरकार किसानों को मुख्यधारा में ले आई। किसान कभी नारों का हिस्सा बने, कभी आंदोलन के प्रतीक, लेकिन उनकी हालत कभी ठीक नहीं हुई। नमो ने किसानों की सुरक्षा के लिए फसल बीमा राशि दोगुनी कर दी और किसानों के लिए प्रीमियम राशि को अब तक के दोगुने स्तर तक लाया गया। अब तक देश के तीन करोड़ 86 लाख किसानों ने इस योजना के तहत अपने को सुरक्षित कर लिया है। इतना ही नहीं प्रधामंत्री कृषि सिंचाई योजना, जिसके तहत हर खेत को पानी के लिए पिछले दो वर्षों से 12.7 लाख हेक्टेयर से ज्यादा भूमि पर सूक्ष्म सिंचाई की व्यवस्था की गई है। किसान की आय बढ़ सके इसके लिए अनेक योजनाएं बनाई गई हैं।

संघीय व्यवस्था को मजबूती दी गई। एक राष्ट्र–एक कर (जीएसटी) को लागू कर इसके लिए नेशनल कौंसिल बनाकर निर्णय लेने का जो फोरम बनाया गया वह संघीय व्यवस्था को मजबूती देता है। मोदी सरकार की प्राथमिकता है युवाओं का विकास और प्रोत्साहन। स्टार्ट अप के जरिए युवाओं को वित्तीय सहायता दी जा रही है। इससे युवा आत्मनिर्भर हो रहा है। वह खीझता हुआ रोजगार दफ्तर के चक्कर नहीं लगा रहा। वह रोजगार सृजन में जुट गया। सरकारी नौकरी में भर्ती की प्रक्रिया को सरल और पारदर्शी बनाया गया। यह सरकार सुरक्षाबलों के सशक्तिकरण के लिए प्रतिबद्ध है। 'वन रैंक वन पेंशन' की मांग को पूरा किया गया। इस सरकार में संविधान, सेना और सीमा का गौरव बढ़ा।

यूपीए के समय में हमारे संबंध अमरीका से तनावपूर्ण लगने लगे थे। नमो सरकार के बाद भारत–अमरीका संबंध बेहतर हुए। दोनों देश लाजिस्टिक्स एक्सचेंज एंड मेमोरेंडम समझौता करने पर सहमत हुए हैं। यह ऐसा–वैसा समझौता नहीं है। अमरीका अपने सैन्य सहयोगियों से ही ऐसा समझौता करता है। नमो ने अमरीका में अपने संबोधन से समां बांध दिया था। मई 2016 में चाबहार समझौता करके ईरान के साथ संबंधों में भारत ने कड़ी पहल की है। यह

समझौता इसलिए भी महत्वपूर्ण है कि अफगानिस्तान से संबंधों के लिए अब भारत पाकिस्तान पर निर्भर नहीं रहेगा। 2015 में विदेशी निवेश के मामले में भारत ने चीन समेत बाकी देशों को पीछे छोड़ दिया। नमो की विदेश यात्राएं ठोस विदेशनीति की बानगी हैं। यह नेहरूई रूई से अलग विदेशनीति है।

नमो ने वीआईपी संस्कृति को तिरोहित कर साबित किया कि उन्हें हर पल आम आदमी के गौरव की चिंता है। इसीलिए 50 फीसदी भारतीय मानते हैं कि उनका जीवनस्तर बेहतर हुआ है। यही वे सारे कारण हैं जो विभिन्न सर्वे के अनुसार यह बताते हैं कि नमो की लोकप्रियता में जबर्दस्त वृद्धि हुई है। इसी से विपक्ष सोनिया गांधी के घर इकट्ठा हो रहा है, उसकी चिंता अब अस्तित्व की हो गई है। 2019 का चुनाव उनके लिए बड़ी चुतौती है और नमो के लिए निश्चित विजय!

बुधवार 24 मई 2017

हर्षवर्द्धन ने गिनाईं उपलब्धियां

नई दिल्ली। केंद्र के विज्ञान एवं प्रोद्योगिकी तथा पृथ्वी विज्ञान मंत्रालय के मंत्री डॉ. हर्षवर्द्धन ने कहा कि पिछले तीन वर्षों में इन मंत्रालयों ने स्वयं को भारत सरकार के अनेक महत्वाकांक्षी कार्यक्रमों से जोड़ा है। इनमें स्टार्टअप इंडिया, मेक इन इंडिया, स्किल इंडिया, स्वच्छ भारत, डिजिटल इंडिया शामिल हैं। उन्होंने कहा कि समर्पित वैज्ञानिकों और देश भर में फैली प्रयोगशालाओं में स्वच्छ पेयजल से लेकर देश के स्पेस एंड एटोमिक एनर्जी प्रोग्राम को मजबूती देने की दिशा में लगातार काम हुआ है।

उन्होंने कहा कि वैज्ञानिक एवं औद्योगिक अनुसंधान परिषद अनवरत ग्रामीण विकास, समावेशी विकास सुनिश्चित करने, सभी के लिए स्वास्थ्य सेवाएं किफायती बनाने, पेयजल की प्रत्येक बूंद का शुद्धिकरण करने के साथ ही पृथ्वी को समझने उसके ऊर्जा और अक्षय ऊर्जा स्रोतों के लिए ईंधन की दिशा में कदम दर कदम आगे बढ़ रही है। डॉ. हर्षवर्द्धन पत्र सूचना कार्यालय के मीडिया सेंटर में पत्रकारों को संबोधित कर रहे थे। उन्होंने बताया कि वांतरिक्ष के क्षेत्र में परिषद की गतिविधियों ने देश के सामरिक क्षेत्रों (डीआरडीओ) (एसआइआरओ) और (डीएइ) सुरक्षा सेवाएं आदि के संगठनों की नागर विमान डिजाइन और विकास क्षेत्रों में सुदृढ़ राष्ट्रीय प्रोद्योगिकी का निर्माण करने के अतिरिक्त उनकी मिशन मोड परियोजनाओं में सफलता हासिल करने में सहायता की है।

डॉ. हर्षवर्द्धन अपने मंत्रालयों की उपलब्धियों पर गौरवान्वित थे। उन्होंने बताया कि पृथ्वी विज्ञान मंत्रालय ने, मौसम, क्वालिटी वेदर, समुद्र और भूकंप विज्ञान के क्षेत्र में सफलतापूर्वक अपनी सेवाएं दी हैं।

करीब डेढ़ घंटे की प्रस्तुति के बाद डॉ. हर्षवर्द्धन ने अनेक विषयों को छुआ जिसकी जानकारी आम आदमी को नहीं हो पाती कि मंत्रालय वास्तव में क्या कर रहा है। सरलतम अंग्रेजी में बोलते हुए उन्होंने बताया कि जम्मू कश्मीर आरोग्य ग्राम योजना से वहां औषधीय पौधरोपण को बढ़ावा मिला है। डॉ. हर्षवर्द्धन ने बताया कि परिषद के वैज्ञानिकों ने सीएनएम–5 एक पांच सीटों वाला हवाई जहाज भी विकसित किया। इसका इस्तेमाल एयरएंबुलेंस के रूप में भी किया जा सकता है। उन्होंने कहा कि आज हमारा देश वेक्सीन मेन्युफेक्चरिंग में अग्रणी हो गया है। वे बारापूला की स्वच्छ भारत मिशन के तहत बनी योजना और उसके क्रियान्वयन को लेकर भी बहुत उत्साहित दिखे।

बुधवार २६ मार्च २०१७

मुझे शुरू से पता था मैं इसके योग्य: गजेंद्र सिंह

फिल्म एंड टेलिविजन इंस्टीट्यूट ऑफ इंडिया के चेयरमैन रहे गजेंद्र सिंह से बातचीत

नई दिल्ली। अपने जीते जी मिथक हो गए गजेंद्र सिंह! सिर्फ इसलिए नहीं कि वह 'महाभारत' के युधिष्ठिर रहे हैं, बल्कि इसलिए भी कि उनके शब्दकोश में 'करो या मरो' नहीं सिर्फ 'करो' शामिल है। वह 'करो' कुछ ऐसा है कि आलोचनाओं के तीर वहां तक पहुंच नहीं पाते, और पहुंच भी जाते हैं तो गजेंद्र के काम की गति को प्रभावित नहीं कर पाते। अपनी पूरी शख्सियत में गजेंद्र सिंह समर्पित और निष्ठावान तो हैं ही, अपने कामों को चुनते भी हैं। आलोचना के काले धुएं के शोर से बेपरवाह गजेंद्र सिंह ने 'दैनिक भास्कर' से कहा कि मुझे शुरुआत से ही पता था कि मैं इसके योग्य हूं। मुझे जो काम सौंपा गया उसे मैंने पूरी ईमानदारी से पूरा किया। फिल्म एंड टेलिविजन इंस्टीट्यूट ऑफ इंडिया, पुणे के चेयरमैन रहे गजेंद्र सिंह ने बताया कि वहां नया पाठ्यक्रम लागू नहीं होने दिया, अब कर दिया गया है। ग्रेजुएट बच्चों को कोर्स करने के बाद 'डिप्लोमा' दिया जाता था, अब पीजी डिग्री दी जाएगी। अब ये बच्चे उच्च अध्ययन के लिए बाहर जाते हैं तो उन्हें 'डॉक्टरेट' भी मिल सकती है। उन्होंने कहा वैसे आप जानते होंगे कि इंस्टीट्यूट का होस्टल 1967 में बना था, उसका जीर्णोद्धार तक नहीं हुआ था। हमने 'आइ एंड बीज् से लगकर प्रोजेक्ट पास करवाया और उसे नवीन स्वरूप दिया। आप जानकर अचरज करेंगे वहां फेकल्टी नहीं थी। 'वॉक इंन इंटरव्यू'

कर सारी रिक्तियां भर दी गईं। आज 98 फीसदी फेकल्टी है। लोगों को बताया कि एफटीटी क्या है? उसकी अवधारणा क्या है? पुणे आकर देखा। पहले दिन 2200 लोग आए, फिर सितं. 2016 में 11 हजार लोग आए। 4 गवर्निंग कौंसिल और 4 एकेडेमी कौंसिल 1960 से 2016 तक कोई नहीं कर पाया। हमने किया। तमाम अवरोधों के बाद भी किया।

अपने विरोध में हुई कुकुरमुत्ती अप्पिणियों के उत्तर में गजेंद्र सिंह ने बताया कि मैं मेडिकल, फिल्म इंडस्ट्री और राजनीति तीनों से जुड़ा रहा हूं। पेरामेडिकल सीटी स्केन में विशेषज्ञता हासिल कर 9 साल एम्स में भी काम किया। तमाम लोगों ने तीखी आवाजें उठाईं, केंद्र पर भी निशाना साधा, लेकिन देखिए आज वहां की कोई खबर नहीं आती, इसलिए कि वहां सब ठीक चल रहा है। मैं पिछले 24 सालों से सिने एंड टीवी एसोसिएशन मुंबई से जुड़ा हूं। जिससे अमिताभ बच्चन और शाहरुख खान भी जुड़े हुए हैं।

गजेंद्र सिंह कोलकाता से एक नए धारावाहिक की शूअगि कर लौटे थे। उन्होंने बताया उसकी कथावस्तु 'नेशन फर्स्ट' से जुड़ी है। यह एक सैनिक की कहानी है।

20 मार्च 2017

यूपी में योगी सरकार

यूपी में योगी आदित्यनाथ की सरकार बन गई। यह और बात है कि चुनाव आरंभ होने से पहले संतों ने मांग की थी और भरोसा भी जताया था कि योगी ही इस बार मुख्यमंत्री होंगे। बावजूद इसके एक हलके ने इसे 'भगवा आश्चर्य' के रूप में लिया। पूर्वांचल से यूपी के ज्यादातर मुख्यमंत्री बने हैं और यहीं से योगी लगातार पॉचवीं बार के सांसद हैं। फिर भी लोगों को अचंभा हुआ, अचंभा होने तक भी ठीक कि आपके आकलन में उनका नाम नहीं आता था, लेकिन इस अचंभे में वे अनिष्ट की आशंका देखते हुए अप्पिणियां कर रहे हैं। योग का अर्थ है जोड़, तो स्वाभाविक रूप में योगी का अर्थ भी जोड़नेवाला हुआ, तोड़नेवाला तो कतई नहीं। कहते हैं 'योगः कर्मसु कौशलम्' कर्म की कुशलता का नाम योग है और इसे सत्संग की तरह संपूरित करने वाले को योगी कहते हैं। इसलिए विश्वास होना चाहिए कि अब उत्तर प्रदेश जातियों की सिर फुटव्वल से दूर होकर एक नई सांगीतिकता को प्राप्त करेगा। वैसे भी हिंदू संत विरोध नहीं करता, वह अपनी संपूर्ण आस्तिकता में संवाद करता और समाज रचता है। इसलिए संभव है कि भजन और प्रार्थना का अंतर आपको दिखाई दे। भजन मुखर है, प्रार्थना मौन है। इसलिए जब मुखरित होता है भजन तो सिर्फ उन्हें ही रास आता है, जो उस मार्ग पर चलते रहे हैं, लेकिन सबको रास नहीं आता। वे उसकी भाषा और तारत्व के साथ तादात्म्य स्थापित नहीं कर पाते। लेकिन मौन से लोग राजी हो जाते हैं, लगता है यही भावों की भाषा है। योगी भजन भी करते हैं और मौन में भी रहते हैं। रवींद्रनाथ ने दुनिया में सबसे ज्यादा गीत लिखे, करीब ६ हजार गीत लिखे। उनके आस–पास शैले आते हैं,

लेकिन उन्होंने तीन हजार गीत ही लिखे। रवींद्र से किसी ने पूछा कि अब तो लिखकर, रचकर आप तृप्त हो गए होंगे तो उन्होंने कहा कि जिस तरह गीत को मैं लिखना चाहता था, वह लिखा ही नहीं गया, अब तक! उसकी चेष्टा में मैंने इतने गीत लिख दिए। ऐसे ही अनगाए गीत या अनलिखे गीतों की तलाश में जो लोग रहते हैं, ज्यादातर चर्चा में रहते हैं। योग की बात पतंजलि से पता चली। वे बुद्ध, कृष्ण, जीसस की भांति थे, लेकिन थोड़े अलग ढंग से। निश्चित ही बुद्ध, महावीर, कृष्ण ने मानव मन और उसकी संरचना को बदला, लेकिन पतंजलि की अभिवृद्धि और दृष्टि वैज्ञानिक है। इसलिए योग वैज्ञानिक है। योग हिंदू और मुसलमान नहीं होता, क्योंकि योग धर्म नहीं होता। इसलिए यह मानने का कोई कारण नहीं कि योग को मानने वाला, योग को जीने वाला कोई योगी किसी और तरीके से विचार करता होगा। इतना जरूर है कि ऐसे लोग भारतीय परंपरा में नियमों की भाषा में सोचते–विचारते हैं। जो लोग नियमों की भाषा से एतराज करते हैं या कि उसे नापसंद करते हैं, वे अलग ठौर पर खड़े होंगे ही। समझना होगा कि कैसे जिन गरीबों के पास खोने के लिए कुछ नहीं था, वे मोदी के साथ हो गए। खूब कहा लोगों ने शमशेर की पंक्ति का उल्लेख करते हुए 'मैं हिंदू और उर्दू का दो आब हूं।' लेकिन इस बोली पंक्ति से ऊर्जा निकली हुई थी। यह एक 'क्लाइंट' की भाषा थी। इस बार उधार की भाषा नहीं चली और कदाचित बरेली में लगाए गए पोस्टर और एक समुदाय को बेवजह आतंकित करने की चालें भी नहीं चलेंगी। पोस्टरों में लिखा कि 'योगी आ गया है मुसलमानों भाग जाओ'। इस पर एफआईआर हो गई। कोई गड़बड़ हुई भी नहीं और होगी भी नहीं, चालें कामयाब नहीं होतीं। ऐसे में जब जनता साथ होती है। क्या इसका अर्थ यह नहीं कि पराजय को ठीक से स्वीकारने में असमर्थ लोग अब नाहक मुसलमानों का सहारा ले रहे हैं। उन मुसलमानों का जो गोरखपुर में पूरी तरह से योगी आदित्यनाथ के साथ हैं और बिना शर्त! जानते होंगे वेदों में होमा पक्षी की कथा आती है। इसका अंडा धरती पर गिर रहा होता है तभी उसमें से पंछी पंख फड़फड़ाकर निकलता है और देखता है वह गिर रहा है, इस बीच वह और नीचे गिरता है और अंत में चूर–चूर होने से पहले अपनी मां के पास पहुंच जाता

है। सभ्यता के गिरने की भी कहानी ऐसी ही है। गिरने की कोई सीमा नहीं, लेकिन उठने का मार्ग एक ही है। यूपी में नई सरकार बन गई। किसानों की कर्जमाफी की सूचना कृषिमंत्री ने संसद में दी और कहा कि इसकी घोषणा मुख्यमंत्री करेंगे। यह प्रतिबद्ध पालन है। योगी आदित्यनाथ प्रतिबद्ध लोकतंत्री नेता हैं, इसलिए आशा की जानी चाहिए कि वे अपनी टीम के साथ उत्तर प्रदेश की आर्थिक चुनौतियों से बेहतर सांगीतिकता के साथ निपटेंगे। सड़कों की तरह टूटी–फूटी कानून–व्यवस्था, भ्रष्टाचार, कालेधन पर लगाम लगाने के लिए कदम उठाने होंगे, किसान, मजदूरों को दो लाख रुपए तक निःशुल्क बीमा दिए जाने की बात भी प्राथमिकता में होनी चाहिए। याद रखना होगा जैसा वेंकय्या नायडू ने कहा भाजपा को यह वोट विकास के लिए, जाति की राजनीति और धर्म केंद्रित राजनीति से उत्तर प्रदेश को निजात दिलाने के लिए मिला है। वर्षों से यहां की जनता प्रतीक्षारत है कि नई सरकार विकास का सटीक अर्थ अपने काम–काज से बताए। ताकि 'गुड गवर्नेंस' से यूपी परिचित हो सके। तेंदुलकर कमेटी की रिपोर्ट के अनुसार यूपी में करीब 30 फीसदी लोग गरीबी की रेखा के नीचे रहते हैं, जबकि राष्ट्रीय औसत 21.9 फीसदी है। इन्हें लगे कि सरकार इनकी बनी है। इतना ही नहीं राजनीतिक फिजाओं में भी घृणा की कीचड़ उड़ने से रोकेंगे और मीठी महक के साथ गुनगुनाती सामाजिक इबारत लिखने का जतन करेंगे। जां निसार अख्तर का शेर है–

लोग कहते हैं तू अब भी खफा है मुझसे
तेरी आंखों ने तो कुछ और कहा है मुझसे।।

शुक्रवार 10 मार्च 2017

मुनिश्री से प्रदीप पंडित की बातचीत

देश विरोधी नारेबाजी करने वाले देशद्रोही

—मुनि तरुण सागर

गले में उसके खुदा की अजीब
बरकत है, वो बोलता है तो
रोशनी सी होती है।

जैन संत मुनिश्री तरुण सागर के शब्दों में अजीब सी लयात्मकता है, उसी लयात्मकता में ह्दय की वीणा की गूंज है। उसी गूंज में करंट है। वे भाव, भाषा और विषयभूमि से एक साथ संप्रेषित करते हैं। नोएडा सेक्टर–61 में 'दैनिक भास्कर' से एक विशेष बातचीत में उन्होंने अनेक समकालीन विषयों को छुआ। क्रांतिधर्मा संत ने 'रामजस' और 'जेएनयू' में हुई नारेबाजी को अनुचित ठहराया। उन्होंने कहा कि शिक्षा का स्तर बढ़ा है, लेकिन संस्कारों का स्तर दिन–ब–दिन कम होता जा रहा है। बच्चे होशियार तो हो रहे हैं, लेकिन समझदार नहीं। दोनों में बुनियादी अंतर है। जो मां–बाप को मानते हैं वे होशियार हैं, लेकिन जो मां–बाप की मानते हैं वे समझदार हैं। संस्कार देने का काम मां–बाप और शिक्षकों का है।

मुनिश्री ने कहा जो लोग किसी भी कारण से देश विरोधी नारेबाजी करते हैं, वे देशद्रोही हैं। उन्हें यहां टिके रहने का कोई हक नहीं। देश का अर्थ सिर्फ सरकार नहीं होता। देश का अर्थ सिर्फ भावधारा नहीं होती। फिर वह आपकी भावधारा ही क्यों न हो। यह भारत देश भारतीयों की चेतना के प्रसार का देश है।

बदलाहट के पक्षधर तरुण सागर जी ने तीन तलाक व्यवस्था

को महिलाओं पर अत्याचार बताया। उन्होंने कहा कि सरकार को महिलाओं के हितों की रक्षा के लिए आगे आना चाहिए। मुनिश्री ने मौजूदा तलाक व्यवस्था को महिलाओं पर जुर्म बताया और चाहा कि इसका जल्दी ही समाधान खोजा जाना चाहिए। उन्होंने चर्चा में अनेक मामलों को छुआ। उन्होंने कहा कि वस्तुतः धर्म के दुश्मन नास्तिक नहीं हैं, बल्कि तथाकथित आस्तिक हैं। वैसे ही जैसे हीरे के दुश्मन कंकर, पत्थर नहीं बल्कि नकली हीरे होते हैं। धर्म को जितना नुकसान तथाकथित धार्मिकों ने पहुंचाया है। उतना नास्तिकों ने नहीं पहुंचाया। उन्होंने कहा कि नकली और छद्मवेशी संत, ओसामा बिन लादेन से भी ज्यादा खतरनाक हैं। क्योंकि ये लोग लाखों–करोड़ों लोगों की आस्था की हत्या के लिए भी जिम्मेदार हैं। अपने सुराघात से वाणी में प्रभाव और चमत्कार पैदा करते संत तरुण सागर ने कहा कि ऐसे तमाम लोगों को सचमुच हिमालय की कंदराओं में भेज देना चाहिए। ये लोग समाज के लिए नासूर हैं। उन्होंने तथाकथित बाबाओं की संपत्ति की जांच किए जाने की वकालत की और कहा कि बहुत से संतों की संपत्ति करोड़ों में है। सरकार को चाहिए कि वह बाबाओं की संपत्ति को खंगाले।

क्रांतिधर्मी तरुण सागर ने जातिवादिता को सामाजिक समरसता की राह में रोड़ा बताया। उन्होंने कहा कि राजनीतिक दल अपने सत्ता स्वार्थ के लिए जातिवाद को बढ़ावा दे रहे हैं। हो सकता है, इससे तात्कालिक लाभ मिलता हो, लेकिन जातिवाद , जातिवादिता से देश को बड़ा नुकसान हो रहा है। यह देशहित में कदापि नहीं। उन्होंने सभी राजनीतिक दलों से इस बारे में विचार करने की अपील की। कहा कि हर राजनीतिक दल का एजेंडा सामाजिक बदलाव भी होना चाहिए।

महावीर या महाविनाश में किसे चुनेंगे

प्रदीप पंडित

तना की पहली किरण जहां फूटी, प्रकृति का नैसर्गिक दुलार जहां सबसे पहले आती सुबह के साथ दिखाई दिया, वह देश भारत है। यह अन्य देशों की तरह भूगोल का कोई टुकड़ा नहीं, इतिहास के खंडहरों से झांकती सभ्यता नहीं, एक अहिर्निश प्यास का नाम

है। ऐसी प्यास जो बांसुरी को भी भीतर से सुन पाती है। इसलिए यहां के संत मस्तिष्क से नहीं बोलते। उनके बोल हृदय की वीणा की गूंज हैं। उनकी बानी की तरंगों में एक करंट है। ऐसे ही जैन संत हैं मुनिश्री तरुण सागर। उन्होंने 'दैनिक भास्कर' से लंबी चर्चा की।

संत, ऋषि या मुनि प्रतिभावान हों जरूरी नहीं, चित्रकार या कवि हों आवश्यक नहीं, लेकिन वे दिव्यता के माध्यम होते हैं। उनकी प्राणवान उपस्थिति दिव्यता के अवतरण के लिए द्वार खोलती है। ऐसे ही मुनिश्री हैं तरुण सागर, उन्होंने कहा कि नई पीढ़ी अगर धर्म से विमुख हो रही है, तो वह अकेली दोषी नहीं है। वास्तव में तो छद्‌मवेशी संत इसके जिम्मेदार हैं। जिनका दोहरा जीवन नई पीढ़ी को धार्मिकता और धर्म से दूर ले जाता है। ये धर्म के तथ. ाकथित ठेकेदार जिह्वा से बोलते हैं कि माया से दूर रहो और स्वयं कुंडली मारकर बैठे रहते हैं। पढ़ा–लिखा नौजवान जब इनकी ओर देखता है, तो धर्म से दूर हो जाता है। जब तक जिह्वा और जीवन में एकरूपता नहीं दिखेगी, तब तक हम नई पीढ़ी को धर्म के प्रति प्रेरित नहीं कर पाएंगे।

मृण्मय दिये में चिन्मय ज्योति के वाहक तरुण सागर जी ने मौजूदा दौर में घरों के टूटने पर गहरी चिंता जताई। उन्होंने कहा कि रिश्ता भारत की खोज है। इन रिश्तों को बचाया जाना चाहिए। गांव और शहर में थोड़ा अंतर है आज भी। शहरों में पक्के घरों में कच्चे मन के लोग रहते हैं और गांवों में कच्चे घरों में पक्के मन के लोग रहते हैं। शहरों में तो पड़ोसी जैसी भातृवत संज्ञा विदीर्ण हो गई। अब भी पड़ोस में लोग रहते हैं, लेकिन वे पड़ोसी नहीं होते। इसलिए कि सरोकारों से नहीं जुड़ते। इस सब में धर्म और अध्यात्म की एक बड़ी भूमिका हो सकती है। इसका भी कारण है कि रिश्तों में बिखराव का मुख्य कारण अहंकार है। विनम्रता ही एकमात्र मार्ग हो सकती है।

क्रांतिकारी राष्ट्रसंत तरुण सागर जी का मानना है कि समय और परिस्थितियों ने आज मनुष्य को ऐसी जगह खड़ा कर दिया है जहां सिर्फ दो विकल्प हैं– महावीर को चुनें या महाविनाश को। महावीर नहीं चुन पाए तो महाविनाश तय है। यह निर्णय आज की दुनिया को करना है। महावीर अर्थात अहिंसक शक्तियां जो जियो

और जीने दो पर विश्वास करती हैं। यद्यपि हिंसा बुरी है, लेकिन आतंकवादी हिंसा सबसे बुरी है। क्योंकि आतंकवादी सर्प की तरह से डसता नहीं है, वह अजगर की तरह निगल जाता है। वह कुत्ते की तरह भौंककर सावधान नहीं करता, बल्कि भेड़िये की तरह चुपचाप उठाकर ले जाता है। वह शेर की तरह दहाड़ मारकर वार नहीं करता, बल्कि चीते की तरह झपट्टा मारता है। आतंकवादी चोर की तरह चोरी नहीं करता, बल्कि डाकू की तरह दिन दहाड़े जिंदगियों पर डाका डालता है।

मुनिश्री ने कहा इसलिए मैं कहता हूं कि संत और सैनिक को सोने मत देना। अगर ये सो गए तो समाज और देश का भाग्य सो जाएगा और पापी इंसान और भ्रष्ट नेता को जागने मत देना, क्योंकि ये जाग गए तो समाज व देश का अमन–चैन खो जाएगा। जिस देश का संत और सिपाही जागरूक और ईमानदार होगा वह देश कभी भी नष्ट, भ्रष्ट नहीं हो सकता। जागरूक संत और ईमानदार सिपाही ही देश को अमन चैन दे सकता है।

मुनिश्री तरुण सागर से संवाद करना सत्संग करने जैसा है। जिसने जान लिया उसके पास बैठकर स्वाद भी संक्रामक हो जाता है। उनकी भाव–भूमि की तरंगें 'जिप्सम साल्ट' की तरह हैं, जिसमें उतरकर व्यक्ति भारहीन महसूस करने लगता है। उन्होंने कहा जो केवल अपना भला चाहे वह दुर्योधन है, जो अपनों का भला चाहे वह युधिष्ठिर है और जो सबका भला चाहे वह श्रीकृष्ण है। केवल अपना भला चाहने वाला 'पापात्मा' और अपनों का भला चाहने वाला पुण्यात्मा और सबका भला चाहने वाला परमात्मा है। कोई भी व्यक्ति इस तराजू पर स्वयं को तौल सकता है।

उनका समूचा जोर सामाजिक बदलाहट को लेकर है। उनका कहना है कि समाज बदलने से व्यवस्थाएं अपने–आप बदल जाती हैं। बदली हुई व्यवस्थाएं अपेक्षित समाज का निर्माण करती हैं। उन्होंने कहा एक धार्मिक , संगतिपूर्ण समाज के लिए भीतरी बदलाहट बेहद जरूरी है। उसका रास्ता भारत की संस्कृति से ही जाता है। इसलिए मुनिश्री 'बेटियों' की पैरवी भी करते हैं। वे कहते हैं कि 'तुम्हारी सिर्फ बेटियां हैं तो परेशान मत होना। बेटियों को ही बेटा मानकर उनकी अच्छी परवरिश करना। वैसे भी अब बेटे और

बेटियों में फर्क कहां रह गया है। कुछ लोग बेटी के पैदा होने पर बुरा मुंह बनाते हैं जैसे अरण्डी का तेल पी लिया हो और बेटा पैदा होता है तो ऐसे खुश होते हैं जैसे तारनेवाला आ गया हो। अब तारने वाला आया है कि डुबोने वाला, यह तो वक्त ही बताएगा। बेटा लायक हुआ भी तो एक ही कुल को तारेगा और बेटी लायक हुई तो दो कुलों को तार देगी।'

मुनिश्री ने नक्सलियों और आतंकवादियों में फर्क करते हुए कहा कि नक्सलियों की समस्याएं हैं जैसे बेरोजगारी, जातिगत भी हैं, बदले की भावना भी हो सकती है। लेकिन आतंकवादियों ने तो धर्म को हथियार बना लिया है। आज हमारे यहां भी जो नवयुवक देश के विरुद्ध नारेबाजी कर रहे हैं, उसे ध्यान से सुनने की जरूरत है। यह खतरे की घंटी है, इससे सख्ती से निपटना चाहिए। आज जो लोग भी इनके नारों में पार्टी हित देख रहे हैं, वे देशहित पर विचार नहीं कर रहे। हो सकता है आज उन्हें यह लाभकारी लगे, लेकिन आने वाले समय में यह उनके लिए भी लाभकारी नहीं होगा।

ऊर्जावान मुनिश्री उत्साह बांटते रहते हैं। उनका मानना है कि परिवर्तन निजी आकांक्षा और सामाजिक सरोकारों के मिलने उसके गतिशील होने से होता है। उनका कहना है कि जिंदगी में बदलाव जरूरी है। सिर्फ दो लोग हैं जो कभी नहीं बदलते। एक मूर्ख दूसरा मुर्दा। अगर आप कहते हैं कि मैं जहां हूं वहां कोई नहीं पहुंच सकता तो इसका अर्थ है कि आप अपना प्रमोशन नहीं चाहते। याद रखना होगा कि सीढ़ी और सड़क बैठने के लिए नहीं होती। इस पर चलते रहना जरूरी है। बदलाव का यह मतलब नहीं है कि हम अपने अतीत को भूल जाएं। बदलाव का मतलब गतिशीलता। पानी ठहर जाए तो गंदा हो जाता है और जीवन ठहर जाए तो धुंधला हो जाता है।

मुनिश्री तरुण सागर जीवन के हर पहलू को छूते हैं। आठ मार्च को बीते महिला दिवस पर उन्होंने कहा महिला परिवार को बहुत अच्छे ढंग से संभाल सकती है, संभाल रही है। वह देश को भी इतने ही अच्छे ढंग से संभाल सकती है। लेकिन ऐसे में पुरुष बेरोजगार से नजर आएंगे। महिला सशक्तिकरण के नाम पर महिला शरीर में पुरुष दिमाग काम कर रहा है, जो कि गलत है। पुरुषवादी सोच

की बनिस्बत नारीवादी विचारधारा देश को ज्यादा खूबसूरत बना सकती है। किसी ने कहा है कि 'एक नहीं दो–दो मात्राएं, नर से बढ़कर नारी।'

उन्होंने कहा जीवन में प्रार्थना सर्वाधिक मूल्यवान है। यह सिर्फ एटीएम नहीं है। अभी की और अभी प्रतिफल मिल गया। प्रार्थना पूरी हो गई आपका काम खत्म, अब परमात्मा का काम शुरू। जैसे किसान बीज बो देता है, किसान का काम खत्म, फिर वह अंकुरण की बाट जोहता है। ऐसे ही मनुष्य को प्रार्थना के साथ ही परमात्मा के फैसले की प्रतीक्षा करनी चाहिए।

जैन परंपरा के मुनिश्री तरुण सागर अनेकांतवाद के अधिकारी विद्वान हैं, फिर भी अपने उपदेशों में वे प्राणिक चिकित्सा जैसा कुछ करते चलते हैं। इसलिए उनके वाक्य विधायी और सीधे होते हैं। यह जैन परंपरा की अनूठी बात है। आदेश अर्थात आग्रह! यानी आपको ऐसा करना ही होगा। लेकिन उपदेश का अर्थ है कह दिया, भला लगे तो मान भी सकते हो। मानने का आग्रह इसमें नहीं होता। तरुण सागर जी भी आग्रह नहीं करते।

12 जनवरी 2017

राजनीतिक उठापटक तो क्षणिक है, गहरे तक जड़ें जमी हुई हैं नेताजी की

वहां की निबौरियां भी जानती हैं मुलायम का नाम

समाजवादी पार्टी और कुनबे में आजकल जो राजनीतिक घमासान मचा हुआ है, उससे सभी न केवल वाकिफ हैं, बल्कि विपक्षी दल इस पर चुटिकयां भी ले रहे हैं। लेकिन, बहुत कम लोग ही ऐसे होंगे, जिन्हें पहलवानी के अखाड़े से लेकर राजनीति के दंगल तक के 'सुल्तान' माने जाने वाले 'नेताजी' के नाम से मशहूर सियासतदां मुलायम सिंह यादव की राजनीतिक दूरदर्शिता, कर्मठता, मेहनत और लगन की गहरी जानकारी हो। नेताजी से जुड़ी ऐसी ही कई कही–अनकही बातों को इस लेख के जरिये जगजाहिर कर रहे हैं...

समाजवादी पार्टी के **सूज** की यह दशा वर्तमान होनी थी, नहीं हुई, फिर भी एक बड़े भूगोल पर उसे जानने वाले– उसके साथ हैं। इतना ही नहीं वे उन्हें भी पहचान रहे हैं जो कल तक कहते फिर रहे थे 'कुछ लोगों को राजनीति में नसीब और विरासत से सब कुछ मिल जाता है, जबकि कुछ लोग संघर्ष करते ही रह जाते हैं।' यह बयान सत्ताकांक्षी शिवपाल यादव का है, जिन्होंने इस पारिवारिक संग्राम की चिंगारी लगाई। बावजूद इसके कि समाजवादी पार्टी ऐन चुनाव के वक्त विभाजन का दंश झेल रही है और अखिलेश यादव की पकड़ संगठन पर मजबूत हो गई है। एक बड़ा क्षेत्रफल है, जो उस शख्स को अपना 'साथी' मानता है, जो किसी भी हाल में हाथ

में आए रिश्तों को गलने नहीं देता था। उस शख्स का नाम मुलायम सिंह यादव है, जिसे संपर्क, पहचान और न्याय पंचायत की वजह से प्रदेश ने सबसे पहले 1967 में चुना था। सैफई का गुंचा–गुंचा उनकी अपराजेय पहलवानी के साथ बदली हुई अपनी सूरत पर आज इठलाता है। स्टेडियम, मॉल और एयरस्ट्रिप ने सैफई का कायाकल्प कर दिया। वहीं से ईंट–दर–ईंट संगठन को आकार और अमरत्व देने के हौसले और अनथक परिश्रम ने मुलायम को अपनी जिद और शर्त का जनाधारी बना दिया। कदाचित आज वे देश के उन गिने–चुने नेताओं में शामिल हैं, जिन्हें अपने क्षेत्र के अधिसंख्य लोगों के नाम याद हैं। बूढ़े होने पर भी वे किसी को याद करने के लिए किसी के मोहताज नहीं, बल्कि समय–समय पर साथियों को ही लोगों के नाम बताते रहते हैं।

सैफई से 30 किलोमीटर दूर एक नीम का पेड़ है। आज वहां एक ढाबा भी है। वह पेड़ 'नेताजी' का गवाह है कि कैसे संघर्षरत रहते हुए उन्होंने लोगों को जोड़े रखा और किस हद तक वे लोगों से जुड़े रहे। यह और बात है कि 'नेताजी' पांच बरस पहले यहां आए थे। बात एक दुर्घटना की है। नेताजी के पुराने साथी वीरभान सिंह भदौरिया की बेटी का दुर्घटना में निधन हो गया था। वीरभान, 'नेताजी' की पार्टी छोड़कर 'बसपा' में चले गए थे, फिर भी मुलायम सिंह उनके साथी बने रहे। जैसा अंग्रेजी में कहते हैं 'ब्रदर दाय नीड इज ग्रेटर देन माइन' वैसा व्यवहार मुलायम का रहा, ऐसा वहां के लोगों का कहना है। सैफई में ही 'छोटे मंत्री' की भी कोठी है, जो अखिलेश के मुख्यमंत्रित्व में तेरह अमलों का कामकाज देखते थे, फिर विवाद हुआ और अखिलेश ने इनकी विदाई कर दी। इन्होंने मुलायम सिंह को उन तमाम वक्तों की सनद याद दिला दी कि 'मैं तो सिर्फ आपका' और फिर वे प्रदेश अध्यक्ष बन गए। उसी समय से वे पार्टी के जरिए सरकार पर नकेल कसने में लग गए। यह और बात है कि वे ऐसा कर कभी नहीं पाए। अलग से उनकी स्थिति एक ऐसे एमएलए की है, जो अपनी धौंसिया भाषा और आत्यंतिक संकेतों के चलते पांच–सात और एमएलए अपने साथ रख लेता है। उनकी समूची ताकत मुलायम सिंह यादव हैं, फिर भी वे एक किताब लिखने की घोषणा कर 'नेताजीज' को भी चौंका चुके हैं।

दूसरी तरफ अखिलेश के पाले में नई सौगंध उठाए प्रो. राम गोपाल यादव हैं, जिनका कहना है कि पार्टी का संविधान उन्होंने बनाया। इसलिए संविधान की सबसे अच्छी जानकारी सिर्फ उन्हें है। वे 'एरोगेंट' माने और समझे जाते हैं। कुछ इस कदर कि आज उनसे मिलने पहुंचे और मिनट भर देरी या जल्दी पहुंचने पर वे आपको बेरंग लौटा सकते हैं। लेकिन, अखिलेश यादव की संभ्रांत भाषा, विनम्र व्यवहार और मिलनसारिता फिलहाल संतुलन बनाए हुए है। जो किसी पाले में नहीं है और दोनों तरफ है, उनका नाम है आजम खान! वे अपनी प्रतिबद्धता की कसमें मिर्जा गालिब के अंदाज में खाते रहते हैं। उन्होंने कहा भी और छपा भी कि वे परिवार की बेहतरी के लिए बाप–बेटे को मिलाने की इच्छा रखते हैं। इतना भर नहीं है। वे अपने बेटे अब्दुल्ला आजम को रामपुर जिले की स्वार सीट से सपा प्रत्याशी बनाने का इरादा रखते हैं। इसके लिए भी उधेड़बुन में हैं। हालांकि उन्हें पता है कि मुसलमानों के पारंपरिक गणित से इतर अखिलेश यादव इस बार हॉवर्ड के स्टीव जार्डन को चुनावी रणनीतिकार की तरह लेकर आए हैं। इसका अर्थ यह नहीं कि मुस्लिम वोट बैंक पर उनकी नजर नहीं है। लेकिन, नजरिया बदला हुआ है। उन्हें अपील नए सिरे से किए जाने की कोशिश जारी है।

आजम साहब अकेले नहीं हैं, जो यादव परिवारियों में एका चाहते हैं। इसी शनिवार को कड़ाके की ठंड में सांसद रामगोपाल यादव के भाई अंतर सिंह यादव, अभय राम सिंह के घर अलाव ताप रहे थे। जानते होंगे अभयराम सिंह, मुलायम सिंह के छोटे भाई सांसद धर्मेंद्र यादव के पिता हैं। अंतर सिंह ने बड़े खिन्न मन से कहा यह सब बंद होना चाहिए। घर में एका होना चाहिए। बड़ी मुश्किल से यादव परिवार सियासत की इतनी सीढ़ी चढ़ पाया है। बिल्कुल इसी तरह की बात अभयराम सिंह कह रहे थे। उन्होंने कहा सियासत की बातें हम ज्यादा नहीं जानते, पर इतना जानते हैं जिस बात को बनने में इतने साल लगे, उसे टूटना नहीं चाहिए। कम से कम परिवार में इस तरह की बातें नहीं होनी चाहिए।

शाहजहांपुर, सैफई से दूर नहीं है, लगा हुआ है। वहां के मुकादम सिंह हैं। वाणी और वाक्यों में ठोस! मुलायम सिंह के पुराने

साथी हैं। ठोककर कहते हैं कौन सही, कौन गलत की बात नहीं करते। एक पंक्ति में कहते हैं– मैं मुलायम सिंह के साथ हूं। ये वही मुकादम सिंह हैं, जो मुलायम सिंह के संघर्ष के दौर के साथी हैं। फतेहगढ़ जेल में भी साथ रहे हैं। उनका मानना है कि जनता आज भी मुलायम के साथ है। वे पूछते हैं– अखिलेश को पता क्या है? पीठ पर कभी लाठी खाई? गरीबों को नजदीक से देखा? इनका दर्द तो मुलायम सिंह ही जानते हैं। उन्हें तो बनी–बनाई राजगद्दी मिल गई। यह ठीक है यदि उनको अतीक, मुख्तार अंसारी, डीपी यादव जैसे लोगों को टिकट नहीं देना था, नहीं देते, इस पर इतना झंझट क्यों करना था?

इसी तरह 66 साल के राम प्रकाश यादव हैं। दूध बेचते हैं। वे कहते हैं भाई! खुरपीवाले लोग हैं। सुनते हैं कंप्यूटर युग आ रहा है, मैं पूछता हूं क्या कंप्यूटर दूध देगा? हम तो तन–मन–धन और डंडे के साथ मुलायम सिंह के साथ हैं और कहीं मुंह मारने की हमारी आदत नहीं, लेकिन सभी युवाओं का मन इस तरह की संवदेना का नहीं है। 35 वर्षीय अतुल कुमार का कहना है कि नेता जी हमारे पूजनीय हैं, हम हमेशा उनकी तस्वीर ऊपर लगाएंगे, लेकिन यदि पार्टी बंट गई तो वोट भैया (अखिलेश यादव) को ही देंगे।

बात इतनी ही नहीं है। उत्तर प्रदेश चुनाव फिर से जाति आधा. रित गोल बंदी की ओर उन्मुख हो रहा है। जैसा कि 2012 वगैरह में समझा जाने लगा था कि विकास की चाह के कारण जातिगत राजनीति का 'यूपीआट' दौर खत्म हो चुका है और अब हसरतों की राजनीति का दौर शुरू हो गया है। इसलिए उम्मीद थी कि इस बार के विधानसभा चुनाव कुछ अलग परिदृश्य प्रस्तुत करेंगे, जिनकी अलग सामाजिक और राजनीतिक स्थापनाएं होंगी।

इससे कोई भी राजनीतिक दल अछूता नहीं है। मौर्य और पटेलों को इलाहाबाद के पास अंदाबा में भाजपा के अध्यक्ष अमित शाह संबोधित कर चुके हैं। इसके साथ ही भाजपा ने पहली बार मंडल स्तर तक इस तरह की तैयारी की है कि उसमें स्त्रियों, पिछड़ों और छोटी जातियों को भी जगह मिले। यह एक तरह से सवर्ण तमगे से निजात का भी रास्ता था, जिसे पार्टी ने चुना और दलित कहे जाने वाले वर्ग के क्षेत्रीय वर्चस्व की गारंटी को दुहराया गया। आप देखें

कि इसी तरह का काम समाजवादी पार्टी भी कर रही है। उसने बाथम, गौंड, धीमर, मल्लाह, मधुआ, कश्यप, केवट, निषाद को अपनी तरफ खींचने का प्रयास किया। इतना ही नहीं हुआ, उनकी श्रेणी परिवर्तन में भी उत्सुकता दिखाई। हालांकि, अखिलेश इस बार सिर्फ पारंपरिक वोट बैंक की तरफ ही नहीं बढ़ना चाह रहे थे। इसलिए लगने लगा था कि इस बार चुनाव विकास के नाम पर ही लड़ा जाएगा, जिसमें सिर्फ उपलब्धियों का बखान ही नहीं होगा, नए उत्तर प्रदेश की तस्वीर का ढांचा भी होगा। लेकिन, ऐसा अब तक नहीं हो पाया और सपा पारिवारिक विवाद में उलझ गई। इसके क्षत्रप यह समझने में असमर्थ रहे कि अखिलेश एक नई तरह की स्थापना की संभावना अपनी पार्टी के लिए देख रहा है, जिसमें पारंपरिक वोट बैंक तो है ही, यानी यादव, मुसलमान तो हैं ही, दूसरे वोट भी पार्टी से जुड़ जाएंगे। ऐसा न हो पाने की स्थिति में बहन मायावती को लगा कि अब मौका अच्छा है। मुस्लिम वोटों को सपा से चुराया जा सकता है। इसलिए उन्होंने सवर्ण, मुसलमान और दलितों का मिश्रण तैयार करने की मंशा के साथ टिकट बांट दिए। 2012 में उन्हें 25.91 प्रतिशत वोट मिले थे और जातीय ध्रुवीकरण छितराया हुआ था। लेकिन बूथ तक अपनी पकड़ के चलते वे आशान्वित हैं कि मुसलमान वोट सपा से जरा भी दरका तो सरकार निश्चित है। इसलिए उन्होंने 2012 की तुलना में इस बार करीब 97 प्रत्याशियों को मैदान में उतारा है। पहले 85 मुसलमानों को टिकट दिया था और सीटें आईं थीं कुल 80। सांख्यिकी के आधार पर भी मायावती 'डाग्मेटिक' लग रही हैं। मगर नई बात सिर्फ यह है कि वे दलित–मुस्लिम मतों पर इस बार जोर दे रही हैं और बहुजन हिताय–बहुजन सुखाय की जगह सर्वजन हिताय–सर्वजन सुखाय की बात कर रही हैं। अब वह कितनी प्रभावी रह पाती हैं, यह तो मार्च ही बताएगा।

कांग्रेस ने भी इन सबसे हटकर कुछ नहीं किया। सबसे पहले उ. प्र. राजनीति के सबसे आजमाए नुस्खे जातीय राजनीति पर हाथ उसी ने रखा और शीला दीक्षित का नाम घोषित किया। यह 12 फीसदी ब्राह्मण वोटरों पर कांग्रेस का सांत्वना हाथ था, कुछ इस भाव के साथ कि कांग्रेस ने आपका आजादी की लड़ाई में तो

इस्तेमाल किया ही, अब भी वह आपके द्वार से बहुत दूर नहीं है। हालांकि, इस चुनाव में लगभग अ–प्रासंगिक हो चुकी कांग्रेस धर्म–. निरपेक्षता की चादर में अपने साथ अल्पसंख्यकों का थोड़ा बहुत वोट रखती है। इसी वोट को दिखाकर वह अखिलेश को लुभाना चाहती है। जैसी कि खबरें हैं डिम्पल यादव और प्रियंका गांधी यदि एक साथ चुनाव प्रचार करती हैं, तो चुनावी रेस का आकलन कठिन हो जाएगा। यह सब इसलिए भी करना चाह रहे हैं कि ध्रुवीकरण के प्रत्युत्तर में 'प्रति–ध्रुवीकरण' की स्थिति पैदा न हो जाए। यदि जा. तिगत ध्रुवीकरण की गति बढ़ी और 'प्रति–ध्रवीकरण' भी शुरू हुआ जो कि सामान्य सामाजिक प्रतिक्रिया है, तो भाजपा ही फायदे में होगी। यही सारे दलों का डर है। चुनाव के नतीजे ही हैं, जो इस डर से निजात दिला सकेंगे।

●●●

www.ingramcontent.com/pod-product-compliance
Lightning Source LLC
LaVergne TN
LVHW101422051026
849519LV00005BC/1851
* 9 7 8 9 3 5 2 7 8 8 1 4 9 *